W0311526

LA PETITE MARTYRE

ANGELA HART

Traduit de l'anglais (Royaume-Uni)
par Julien Renart

City
Poche

© **City Editions 2019**, pour la traduction française
© Angela Hart 2016
Publié pour la première fois au Royaume-Uni par Bluebird,
une marque de Pan Macmillan sous le titre Terrified.
Couverture : Shutterstock/Studio City

ISBN : 978-2-8246-2222-4
Code Hachette : 61 9645 3

Collection dirigée par Christian English & Frédéric Thibaud.
Catalogue et manuscrits : city-editions.com

Conformément au Code de la propriété intellectuelle, il est interdit
de reproduire intégralement ou partiellement le présent ouvrage, et ce,
par quelque moyen que ce soit, sans l'autorisation préalable de l'éditeur.

Dépôt légal : Mai 2023

1

QU'EST-CE QU'ON A FAIT ?

—Ça te dit un chinois ce soir ? demandai-je à mon mari, Jonathan.

—Absolument. Je crois que nous l'avons bien mérité, me répondit-il.

Il était 17 h 20, par un doux vendredi de juillet 1989, et nous étions en train de fermer notre magasin de fleurs. Comme d'habitude, la semaine avait été épuisante, et ce n'était pas encore terminé ; le samedi était toujours notre plus grosse journée de travail.

—On pourrait peut-être louer un film ? lui proposai-je en passant un coup de balai et en baissant le rideau. Quelque chose qui plaira à tout le monde. Tu t'en occupes ?

Alors que Jonathan était en train de regarder la liste des dernières sorties, dont *Un poisson nommé Wanda* et *J'ai épousé une extraterrestre*, le téléphone a sonné. C'était Tricia, notre assistante sociale de référence depuis que nous étions devenus famille d'accueil, deux ans plus tôt.

—Bonjour, Angela, excusez-moi de vous appeler un vendredi soir, mais je me demandais si vous seriez d'accord pour accueillir une jeune fille de 13 ans ?

—Quand ça exactement ?

—Dès ce soir, à vrai dire. Il s'agit d'un placement provisoire. Elle vivait avec sa sœur, mais la sœur a besoin de faire un break : elle est enceinte jusqu'aux yeux. J'ai pensé à vous parce que ça se passe vraiment bien avec Michelle.

Michelle venait d'avoir 14 ans et vivait avec nous depuis 2 ans. C'était une jeune fille calme et de bonne composition, elle était toujours très agréable avec les autres enfants que nous accueillions pour des périodes courtes. C'était gentil de la part de Tricia de reconnaître le bon travail que nous faisions avec Michelle. Ragaillardie, je demandai à l'assistante sociale de bien vouloir rester en ligne le temps que j'expose succinctement la situation à Jonathan. Il a souri et j'ai compris qu'il pensait la même chose que moi et qu'il était heureux de rendre service.

Jonathan et moi étions ensemble depuis 16 ans, nous nous étions rencontrés au début des années 1970 alors que nous étions ados. Et aussi loin que je me souvienne, nous nous sommes toujours compris comme par télépathie. Nous avons échangé un regard et j'ai annoncé à Tricia que nous étions ravis d'accepter le placement.

—Fantastique ! Merci, Angela. Nous serons chez vous d'ici une heure si ça ne vous dérange pas. Elle est avec moi dans mon bureau. Elle s'appelle Vicky.

J'allai d'un pas léger finir de ranger les fleurs dans la chambre froide, qui se trouvait dans l'arrière-boutique.

Au cours de cette période relativement brève où nous avions fait office de famille d'accueil, j'avais appris à reconnaître cette sensation. L'attente qui précède l'arrivée d'un nouvel enfant est toujours un moment d'excitation et de stress.

Nous vivions dans une grande maison attenante au magasin, qui avait trois chambres et une salle de bain au dernier étage, le salon, notre chambre et une salle de bain au premier étage, et un grand rez-de-chaussée divisé en deux. Une partie était occupée par la cuisine et la salle à manger, l'autre était réservée au magasin. Ce qui voulait dire que j'avais le temps d'aller dans ma chambre pour me changer, d'informer Michelle de l'arrivée imminente de Vicky et d'ouvrir les fenêtres de la plus grande des deux chambres d'amis au dernier étage de la maison. Pendant que j'aérais la chambre, Michelle m'a proposé de m'aider à faire le lit avec des draps propres, du linge rose et blanc avec des imprimés de sucres d'orge qui venait tout juste d'être lavé. C'étaient les draps préférés de Michelle ; elle adorait tout ce qui était joli et rose.

—Je crois que Vicky va aimer sa chambre, m'assura-t-elle en regardant autour d'elle d'un air approbateur. La lumière du soleil pénétrait dans la pièce par la fenêtre, projetant des carrés de lumière qui se reflétaient sur l'abat-jour et sur les murs blancs fraîchement peints.

—Est-ce que tu crois qu'elle aimera Whitney Houston ?

—Je pense qu'elle n'aura pas vraiment le choix, n'est-ce pas ? lui répondis-je en souriant.

Michelle est devenue toute rouge. Elle semblait plus jeune que son âge. D'un naturel timide, elle aimait la musique, et nous avions eu une ou deux discussions orageuses à propos du volume de sa chaîne stéréo. Surtout lorsqu'elle mettait le son au maximum pour écouter sa chanson préférée de Whitney, *So Emotional.*

À cette époque, nous n'avions pas encore établi de règles de vie commune à la maison ; aujourd'hui, avec presque 13 ans d'expérience dans l'accueil de jeunes enfants sous notre toit, nous avons des règles bien définies pour que tout le monde s'y retrouve, mais à ce moment-là, nous nous en remettions à notre bon sens et nous réglions les problèmes de notre mieux à mesure qu'ils surgissaient. Avec la musique de Michelle, nous avions décidé d'un commun accord que le volume de sa stéréo ne devait pas dépasser le chiffre six du cadran. C'était assez simple de s'entendre avec elle, et, à bien des égards, ça avait été une chance pour nous d'avoir eu Michelle comme premier placement.

—Leurrés par un faux sentiment de sécurité, je dirais ! avait l'habitude de dire Jonathan en plaisantant, et ce n'était pas très loin de la vérité.

Il était très facile de rendre Michelle heureuse, elle faisait rarement des histoires.

—Je peux aider ? était généralement la première chose qu'elle me disait lorsque je m'installais dans la cuisine pour préparer le dîner en revenant du magasin après le travail.

—Bien sûr, ça serait formidable. Voyons voir…

Et avant que j'aie terminé de répondre, Michelle avait déjà attrapé l'économe ou commencé à ranger les assiettes qui se trouvaient sur l'égouttoir.

—Qu'est-ce que tu as prévu de faire ce soir, Michelle ? lui demandais-je souvent, même si la réponse était presque toujours la même.

—Pas grand-chose, répondait-elle en haussant les épaules. J'ai déjà fini mes devoirs. Est-ce que tu veux qu'on regarde la télé plus tard ?

—Cela me ferait plaisir, ma chérie, répondais-je presque chaque fois.

Michelle avait un cercle d'amis proches relativement restreint à l'école. Ils étaient tous aussi polis et réservés qu'elle, et elle ne sortait presque jamais. Nous aimions toutes les deux regarder les feuilletons. Depuis quelque temps, nous étions tenues en haleine par une intrigue de *Coronation Street* qui se développait autour de la fille adoptive de Rita Fairclough, Jenny Bradley, dont le père, Alan, avait été tué par un tram à Blackpool.

—Ça doit être terrible pour cette pauvre Jenny d'avoir perdu son père comme ça, avait commenté Michelle.

L'histoire nous avait touchées toutes les deux. Le personnage du père de l'adolescente l'avait déçue à maintes reprises ; il avait même tenté de tuer Rita, mais, à l'image de Michelle vis-à-vis de son père, Jenny était d'une grande fidélité à l'égard d'Alan et elle le soutenait envers et contre tout. Le père de Michelle n'habitait pas très loin de chez nous. Elle le voyait deux à trois fois par semaine. Il avait fait preuve d'une grande irresponsabilité par le passé et refusait désormais que sa fille vive avec lui, mais Michelle était très indulgente et ne lui faisait jamais aucun reproche.

—Je me demande si Vicky aime regarder les feuilletons, dit-elle gaiement pendant que nous finissions de préparer le lit. J'espère !

Avant que j'aie eu la possibilité de répondre, nous avons été interrompues par Jonathan qui nous appelait de la cuisine.

—Elles sont là ! hurla-t-il avec une certaine urgence dans la voix qui me surprit.

—Ça a été rapide, observai-je.

—Oui ! Je crois que je vais attendre un peu ici, m'indiqua Michelle.

Là-dessus, elle a filé dans sa chambre sur le palier et j'ai dévalé les deux étages pour rejoindre le rez-de-chaussée, où j'ai retrouvé Jonathan les yeux collés à la fenêtre de la cuisine, l'air horrifié.

—Oh mon Dieu ! dit-il. Vois un peu !

En suivant son regard, j'ai aperçu deux personnes au loin, qui arrivaient par le passage longeant notre maison sur la gauche. L'une d'elles était Tricia ; on ne risquait pas de la confondre avec sa permanente noire volumineuse et sa silhouette plantureuse. L'autre devait être Vicky.

—Oh mon Dieu ! m'exclamai-je en me tournant vers Jonathan. Qu'est-ce qu'on a fait ?

Vicky portait un survêtement violet foncé qui semblait trois fois trop grand pour elle, mais le plus alarmant était sa démarche. À vrai dire, il était difficile de lui donner ce nom. Elle avançait en se déhanchant vulgairement, ressemblant à une version blonde de Barracuda dans *L'Agence tous risques.*

J'imagine que je m'attendais à ce que Vicky soit à l'image des cinq autres enfants que nous avions accueillis pour des placements provisoires au cours des deux dernières années. Tous sans exception étaient arrivés pour des séjours de quelques jours, maximum deux semaines, ce qu'on appelle des placements d'urgence. Ils avaient l'air plutôt timide, étaient habillés simplement avec un jean ou un pantalon de survêtement, avec un petit sac qu'ils serraient nerveusement dans leurs mains.

Vicky avait elle aussi un sac à la main – un cabas de supermarché –, mais elle ne se cramponnait pas désespérément à ses affaires comme le faisaient la plupart des enfants. Non, le sac de Vicky se balançait frénétiquement d'un côté à l'autre au rythme de sa démarche extravagante.

Vicky et Tricia ont disparu de notre champ visuel en approchant de la maison. Une palissade relativement haute clôturait notre jardin sur toute sa longueur pour nous protéger des regards indiscrets des nombreux badauds qui empruntaient le passage pour se rendre à un ensemble de magasins dont faisait partie notre boutique.

—Oui, qu'est-ce qu'on a fait ?... bredouilla Jonathan, apparemment convaincu qu'un malheur imminent allait nous frapper. Est-ce qu'il est trop tard ?

La sonnette de la porte a carillonné et j'ai senti mon estomac se tordre, mais j'ai pris une grande respiration et je suis allée ouvrir la porte en me forçant à sourire. Quelle que soit son allure, Vicky était une jeune fille de 13 ans qui n'avait pas la chance de pouvoir vivre avec sa propre famille pour le moment. Et quelles que soient nos craintes, les siennes étaient certainement bien plus grandes encore. Comme je l'ai si souvent répété durant toutes ces années, ce n'est pas facile d'être assistant familial, mais c'est encore plus difficile d'être un enfant placé.

—Bonjour ! Tu dois être Vicky ! déclarai-je en ouvrant grand la porte, un sourire aux lèvres, sur le ton le plus agréable possible.

—C'est moi ! certifia-t-elle fièrement avec un large sourire en posant sa main sur son front et en me saluant à la manière d'un soldat. Enchantée de vous connaître, madame Hart !

—Tu peux m'appeler Angela.

—Enchantée de vous connaître, Angela, dit-elle en répétant son salut.

J'ai alors eu un sourire sincère, car, bien qu'elle semblât très sûre d'elle, voire un peu présomptueuse, Vicky avait un côté charmant qui m'a tout de suite plu. Elle paraissait pleine de vie, et je ne pouvais m'empêcher d'admirer son attitude fringante malgré ce qui devait être une situation très difficile pour elle.

J'ai conduit Vicky et Tricia à la cuisine, où Jonathan faisait bouillir de l'eau. Il les a accueillies avec un grand sourire.

—Bonjour ! Je suis Jonathan, enchanté de te connaître. Voulez-vous une tasse de thé, ou peut-être une boisson fraîche vu la chaleur qu'il fait dehors ?

—J'aimerais beaucoup, mais je ne peux pas m'attarder, répondit Tricia en s'adressant à moi plutôt qu'à Jonathan. J'ai une visite de l'autre côté de la ville et je suis déjà en retard. Merci, Angela, d'accueillir Vicky dans l'urgence. Je m'en remets à vous. On reste en contact.

Puis elle m'a remis des papiers où étaient simplement indiqués son nom et celui de Vicky, et pour seul numéro de téléphone celui du bureau des services sociaux que je connaissais par cœur. J'ai échangé un regard avec

Jonathan qui signifiait : « Du Tricia tout craché. » Elle était tout le temps pressée et ne reconnaissait presque jamais que Jonathan était aussi impliqué que moi dans l'accueil des enfants sous notre toit, ce qui était pourtant la pure vérité.

Trois ans plus tôt, en 1986, lorsque pour la première fois, j'ai repéré une annonce pour devenir famille d'accueil, Jonathan s'est montré d'un grand soutien, même si, d'après lui, mon intérêt soudain ne semblait venir de nulle part.

Assistants familiaux recherchés, avais-je lu dans un journal local en étudiant l'annonce avec une sorte d'excitation.

—Ça t'intéresserait, Jonathan ?

—Assistant familial ? Ce n'est pas une chose à laquelle j'ai déjà réfléchi, Angela. Et je ne savais pas que c'était ton cas.

—Eh bien, pour tout dire, je ne l'avais jamais envisagé, mais ça a attiré mon attention, voilà tout. Je crois que j'aimerais en savoir plus.

Le soir même, nous nous sommes assis et nous en avons discuté. Jonathan m'a écoutée patiemment pendant que je lui expliquais mes raisons. Je n'avais pas totalement compris d'où me venait cette idée, mais en parlant avec lui, j'ai commencé à repenser à mon passé et à comprendre pourquoi les expériences que j'avais vécues dans mon enfance m'avaient amenée à considérer cette annonce.

À l'école maternelle, j'avais une amie du nom de Belinda. Elle était adoptée et sa mère avait l'habitude d'accueillir des enfants pour des périodes courtes, pendant les vacances d'été. Leur maison était pleine de monde et de vie, et j'adorais y aller parce qu'on ne s'y ennuyait jamais. Mon amie avait toujours plein de camarades de jeu très intéressants.De mon côté, j'ai plus ou moins grandi comme une enfant unique. Mon frère aîné, Andrew, avait 14 ans quand je suis née, et il a quitté la maison alors que j'avais à peine 5 ans. Il m'a énormément manqué, et, chaque fois que je lui rendais visite, je passais tout mon temps à redouter le moment où j'allais devoir lui dire au revoir.

—Est-ce qu'on pourrait devenir une famille d'accueil comme la famille de Belinda ? demandai-je à ma mère avec envie un été, en imaginant à quel point ça serait merveilleux de toujours avoir d'autres enfants pour jouer avec moi.

—Oh ! fit-elle. Je ne crois pas que je suis faite pour cela, Angela. La maman de Belinda a la patience d'une sainte ! Je vais te dire, si tu cherches une occupation pour les vacances, monsieur Roberts a dit qu'il pourrait encore avoir besoin de ton aide ; il a dit que tu avais été incroyable la dernière fois.

M. Roberts était un de nos voisins. Il recueillait des animaux sauvages issus d'un centre de secours des environs et s'en occupait jusqu'à ce qu'ils soient remis sur pied. Je l'avais aidé plusieurs fois et ça m'avait beaucoup plu, et ma maman a intelligemment détourné mon attention en me promettant que je pourrais y retourner.

—Est-ce qu'il a vraiment dit que j'avais été incroyable ? demandai-je en souriant, comblée par ce compliment.

—Oui, c'est ce qu'il a dit.

—Est-ce que je pourrai encore donner à manger aux hérissons ? J'adore ça ! Les petits bébés sont si mignons !

En y repensant bien, ma mère avait obtenu un résultat remarquable. Il était difficile pour elle de laisser le magasin de fleurs, et cette activité m'avait occupée des jours entiers jusqu'à la fin des vacances scolaires.

Mes parents travaillaient très dur au magasin, et, dans la plupart de mes souvenirs d'enfance, ma mère et mon père étaient soit derrière le comptoir, soit chez les grossistes, soit à faire des livraisons ou à se reposer à la maison après une journée de travail harassante, trop fatigués pour faire autre chose que de dîner et d'aller se coucher tôt. L'aspect négatif de cette situation, c'est qu'aucun des deux n'était vraiment disponible ; le bon côté par contre, c'est que mes parents étaient toujours présents, ce qui m'a permis de jouir en général d'une grande stabilité.

Quand j'avais sept ans, malheureusement, ma mère a eu un grave problème au dos et a dû se faire opérer. Mon père étant tout seul pour s'occuper du magasin, ils ont décidé de m'envoyer chez ma tante Hattie pendant 12 interminables semaines, le temps que ma mère sorte de l'hôpital. Ma tante était très gentille, elle remplissait à dessein son petit congélateur de glaces Mini Milk que j'adorais, et elle m'accompagnait presque tous les jours en bus voir ma mère à l'hôpital de l'autre côté de la ville. Mes parents m'ont offert un super nouvel écran magique pour me remonter le moral, mais je l'aurais rendu à la vitesse de l'éclair pour que ma mère rentre à la maison et que nos vies redeviennent comme avant. Ma mère me manquait. Je souffrais quand je pensais à elle et je pleurais chaque fois que je devais lui dire au revoir et retourner chez ma tante.

—Je ne veux pas aller là-bas ! disais-je en boudant. Je veux rentrer à la maison ! Je veux ma maman !

Dans son grenier, tante Hattie avait déniché une boîte remplie de livres pour enfants qui avaient appartenu à sa fille, devenue grande, et avec lesquels elle essayait de me distraire lorsque je me mettais à pleurer ou à me lamenter. Je connaissais certains de ces livres, comme *Oui-Oui* et *Le Club des cinq*, mais lorsque je les feuilletais chez ma tante, j'avais l'impression que ce n'était pas le cas. Tout était étrange et différent, et, disons-le, pas comme à la maison. Sa maison avait même une odeur différente de la nôtre, un mélange de talc et de naphtaline au lieu de l'odeur douce et enivrante des fleurs qui venaient de « passer », comme disait ma mère, et qui occupaient toujours un grand vase en céramique dans le vestibule.

Je voulais tellement rentrer à la maison que j'en suis tombée malade ; un vrai mal du pays. Mes questions incessantes sur le temps que ma maman devait encore passer à l'hôpital ont dû agacer ma tante Hattie. En y repensant, mon comportement a dû lui causer pas mal de frustration, elle qui faisait tout ce qu'elle pouvait pour que mon séjour soit aussi agréable que possible, mais elle n'a jamais perdu son calme et a toujours été très gentille.

Un jour où je passais voir mon père au magasin en rentrant de l'école avec ma tante Hattie, un client est entré et a dit :

—Hé ! Trevor, tu dois être content ! J'ai entendu dire que Thelma était rentrée.

Mes oreilles se sont dressées, je suis passée devant mon père et j'ai traversé la réserve qui menait au vestibule de la maison où nous vivons aujourd'hui, Jonathan et moi, avant de me précipiter dans l'escalier. Mon père ne pouvait pas laisser le magasin sans surveillance et, de toute façon, même s'il avait pu le faire, il ne m'aurait sans doute pas arrêtée ; je n'ai jamais couru aussi vite de ma vie.

—Maman ! criai-je en me précipitant dans sa chambre, en face du salon au premier étage. Maman, maman, maman !

—Angela ! s'exclama-t-elle. Quelle belle surprise !

Maman était allongée dans son lit, emprisonnée dans un plâtre, et j'ai couru vers elle comme attirée par la force d'un aimant. Avec le recul, je me rends compte que ma mère souhaitait récupérer tranquillement et dans le calme avant que je ne revienne de chez ma tante Hattie, mais maintenant que je savais qu'elle était à la maison, il était hors de question pour moi de repartir. Je l'ai enlacée avec ferveur et je me souviens encore de l'euphorie et de la gratitude que le retour de ma mère m'avait causées. La vie redevenait ce qu'elle devait être, mon enfance heureuse et insouciante pouvait enfin reprendre son cours.

Jonathan m'écoutait patiemment pendant que je lui racontais tous ces souvenirs. Quand je me suis tue, il s'est penché sur le journal pour examiner l'annonce que j'avais lue. Elle parlait de placement provisoire pour des enfants dont les parents ne pouvaient pas s'occuper, l'un des deux se trouvant par exemple à l'hôpital. Il y avait un numéro de téléphone à appeler pour obtenir des informations complémentaires. Jonathan a attrapé un crayon, entouré le numéro et m'a tendu le journal.

—Je crois que tu devrais les appeler demain, me dit-il. Je vois bien que ça te tient à cœur. Et puis je crois que tu ferais une bonne assistante familiale.

—Et toi, qu'est-ce que tu en penses ? C'est une chose qu'on doit faire ensemble.

—Je n'en sais trop rien pour le moment, mais je crois que tu devrais approfondir le sujet. On ne saura jamais si on ne se renseigne pas. Je pense que le pire qui puisse nous arriver, c'est de découvrir que nous ne sommes pas faits pour ça, mais au moins tu auras écouté ton cœur.

—Merci, fis-je. Et si ça fonctionne, j'imagine que ce sera un bon entraînement pour le jour où nous aurons des enfants.

—Exactement. Qui ne risque rien n'a rien. Et tu n'as pas besoin de me remercier. Comme d'habitude, c'est sans doute moi qui devrais te remercier.

—Pourquoi ?

—Tu es toujours active, Angela ! On ne s'ennuie jamais, merci à toi.

J'étais flattée et très heureuse. Jonathan et moi avons toujours eu une relation très solide, et sa réaction était caractéristique. Je savais qu'il me soutiendrait quelle que soit l'issue finale, et j'ai senti une bouffée d'amour pour lui m'envahir.

Après avoir raccompagné Tricia et être retournée dans la cuisine où Jonathan était en train de discuter tranquillement avec Vicky, le même sentiment m'a submergée. Jonathan se comportait de manière naturelle avec les enfants que nous accueillions, et j'imaginais déjà qu'il serait un père formidable le jour où nous aurions des enfants.

Installée à la table de la cuisine, Vicky sirotait un grand verre de jus d'orange en parlant avec entrain des oiseaux.

—Les rouges-gorges sont ceux que je préfère, disait-elle à Jonathan. Mais j'aime tous les oiseaux, vraiment. J'aimerais travailler dans une réserve ornithologique quand je serai plus grande.

Elle regardait une carte postale posée sur la table tandis que Jonathan lui expliquait qu'elle nous avait été envoyée par un ami qui avait visité une volière tropicale en Australie. Au moment où je suis entrée dans la cuisine, Vicky a levé la tête.

—Merci de m'accueillir, Angela, me dit-elle avant qu'un rot sonore ne lui échappe accidentellement. Oups ! excusez-moi ! Ça me fait toujours ça quand je bois trop vite.

Vicky s'est mise à rire de bon cœur sans avoir l'air d'être gênée, et Jonathan et moi n'avons pas pu nous empêcher de sourire. Certains des enfants que nous avions eus en placement ne disaient pas un mot, et c'était agréable de voir Vicky aussi décontractée.

Le respect des bons usages de la vie sociale était habituellement un point sur lequel nous étions intransigeants, mais ce n'était clairement pas le moment pour parler des bonnes manières.

—Je te montre ta chambre ? Est-ce que Tricia t'a parlé de Michelle ?

—Non, répondit-elle. Qui c'est ?

À ce moment-là, Michelle est apparue dans l'embrasure de la porte en souriant et disant timidement bonjour.

—Je peux montrer sa chambre à Vicky si tu veux, proposa-t-elle, toujours prompte à rendre service.

—Cool ! s'exclama Vicky en se levant et en prenant son sac. C'est parti ! T'es en placement, toi aussi ?

—Oui. Je suis ici depuis deux ans.

—Deux ans ? C'est long ! Est-ce qu'ils sont sympas ?

Vicky nous a jeté un regard rapide par-dessus son épaule et nous a fait un clin d'œil en suivant Michelle dans l'escalier.

J'ai senti que mon cœur se gonflait.

—Je viens dans une minute pour te montrer où se trouve tout ce dont tu as besoin ! lançai-je en direction des filles avant de me mettre à rire.

—Eh bien, quel personnage ! Une bonne démonstration qu'il ne faut pas juger un livre sur sa couverture. J'ai un peu honte de la manière dont j'ai réagi en la voyant pour la première fois.

—Moi aussi, assura Jonathan. De quoi diable avons-nous eu peur ?

2

JE NE VAIS PAS RESTER LONGTEMPS

En rejoignant les filles à l'étage, j'ai été agréablement surprise de les entendre parler de faire le chemin de l'école ensemble. Il s'avérait qu'elles étaient toutes les deux dans le même collège mixte, même si Michelle était dans la classe au-dessus de Vicky.

—Tu pourrais prendre le bus avec moi, disait Michelle au moment où j'arrivais à la porte de Vicky et que je frappais.

—Est-ce que je peux entrer, les filles ?

Elles ont répondu en criant en chœur que oui et ont repris leur conversation.

—Je préfère marcher, déclara Vicky en sortant son uniforme et une paire de chaussures de son sac.

—Pourquoi ?

—Comme ça. C'est plus sympa ; je retrouve mes amis en route. Pourquoi tu ne viens pas avec nous ?

Michelle a répondu qu'elle y penserait avant d'aller dans sa chambre en proposant à Vicky de lui montrer sa collection de disques une fois qu'elle aurait rangé ses affaires. J'ai pris le relais et montré à Vicky où se trouvait la salle de bain et comment fonctionnait la douche.

—Cette salle de bain est pour toi et Michelle. Jonathan et moi avons la nôtre à l'étage en dessous, lui expliquai-je.

J'étais sur le point d'ajouter : « Tu peux donc laisser tes produits de toilette ici si tu veux », et puis j'ai réalisé que Vicky n'avait emporté que son uniforme et ses chaussures d'école, une brosse à dents et quelques sous-vêtements, qu'elle a lancés sur son lit avant de jeter le cabas vide dans la poubelle.

À propos, j'ai appris durant toutes ces années à dire aux enfants qu'ils n'avaient pas à demander la permission pour utiliser la salle de bain et qu'ils étaient libres d'y aller aussi souvent qu'ils le souhaitaient, de jour comme de nuit. Certains d'entre eux n'en étaient pas conscients, car ils venaient de milieux si dysfonctionnels qu'ils avaient toujours peur de mal faire. Mais Vicky n'était pas le genre de fille à hésiter à prendre la parole ; c'était d'ailleurs plutôt le contraire.

—Est-ce que c'est le seul savon que vous avez ? me demanda-t-elle en grimaçant devant le savon d'Imperial Leather qui se trouvait sur le porte-savon de la douche.

—Je crois que oui, répondis-je. Ce savon ne te plaît pas ?

—D'habitude, j'utilise du gel douche. J'aime pas partager les savons. Chez ma sœur, il est tout gras une fois que son mari l'a utilisé.

—Je vois. Eh bien, dans ce cas, je vais aller chercher du gel douche dans ma salle de bain. Je crois que j'en ai.

Je comprenais ce que Vicky venait de dire ; elle n'avait pas tort. Même si je voulais qu'elle se sente ici chez elle, c'était encore une étrangère pour le moment, et je réalisais que je n'aurais pas voulu utiliser le même savon que celui de personnes que je ne connaissais pas.

—J'imagine que tu devras récupérer certaines de tes affaires chez ta sœur, lui dis-je en hésitant, car je n'avais aucune idée de la situation, pas plus que des arrangements passés, s'il y en avait. Tout ce que je savais, c'était que la sœur de Vicky était enceinte et qu'elle avait besoin d'un petit break avant la naissance de son bébé.

—Je n'ai pas besoin de grand-chose, en fait, me répondit Vicky avec désinvolture. Je ne vais pas rester longtemps. Et de toute façon, je porte toujours le même survêt' quand je ne vais pas à l'école ; donc, ça ira.

Même si je m'occupais d'enfants depuis deux ans, je n'avais jamais suivi de formation, mais je me suis tout de suite rendu compte qu'il ne fallait pas que je brusque Vicky pour obtenir des informations. J'aurais aimé lui poser un tas de questions, évidemment, par exemple pourquoi elle vivait chez sa sœur et non avec sa mère et son père, et pourquoi exactement sa sœur avait contacté les services sociaux, parce que la fatigue d'une grossesse ne me semblait pas un motif suffisant pour envoyer sa petite sœur en famille d'accueil.

—OK. J'espère que lundi l'assistante sociale nous aidera à régler certaines choses, déclarai-je. Descends quand tu seras prête et jette un œil sur le menu. Ce soir, on mange chinois.

—Super ! Est-ce qu'ils ont des frites et de la sauce ?

—Sûrement ! Je prends toujours le poulet Maryland, mais on peut demander.

Quand Vicky est descendue, une vingtaine de minutes plus tard, elle était sombre et très calme. Jonathan a essayé d'engager la conversation avec elle à propos des films, comme il allait en louer un au moment où il allait retirer le chinois, mais elle répondait par monosyllabes.

—Quel genre de films tu aimerais voir ? lui demanda-t-il.

—Peu importe, répondit-elle en haussant les épaules.

—On aime tous les comédies, ici. Ça te va ?

—Ça n'a pas d'importance, vraiment.

—Est-ce qu'il y a des films que tu n'aimes vraiment pas, ou quelque chose que tu as vu récemment et que tu ne veux pas revoir ? Comme ça, on les élimine.

—Non, je ne crois pas. Enfin, si, je n'aime pas les films d'horreur. Je ne comprends pas pourquoi les gens aiment se faire peur. C'est fou.

—Vu sous cet angle, je suppose que tu as raison. Je vais peut-être demander à Michelle et Angela si elles veulent voir quelque chose en particulier, et on évitera les films d'horreur !

—D'accord.

Sincèrement, c'était un peu comme si Vicky avait laissé sa personnalité et son énergie dans sa chambre, et qu'elle était devenue l'ombre de la jeune fille qui, il y a moins d'une heure, fanfaronnait avec assurance dans la maison.

—Est-ce que tu te sens bien, ma chérie ? lui demandai-je.

—Oui, très bien, merci. Je suis juste fatiguée.

Elle s'est comportée de la même manière tout le week-end. Peu importe ce que nous proposions, une sortie à pied pour aller faire des courses, un snack ou bien regarder la télévision, elle répondait à tout par un haussement d'épaules résigné ou un acquiescement peu enthousiaste. C'était frustrant, mais j'imaginais que c'était normal ; Vicky venait de vivre un changement majeur et elle avait sans doute besoin de temps pour s'acclimater.

—Est-ce que tu veux que je lave ton survêtement demain pendant que tu es à l'école ? lui proposai-je le dimanche soir, étant donné qu'elle n'avait porté que ça depuis son arrivée.

—Non, merci, je ne crois pas que c'est nécessaire.

—Je pourrais le mettre dans le sèche-linge après la lessive. Il sera prêt quand tu rentreras de l'école.

—Merci, mais c'est pas la peine. Ça va très bien comme ça, vraiment. Je le ferai quand je serai chez ma sœur.

—Très bien. De toute façon, je vais appeler Tricia dès que le bureau des services sociaux sera ouvert demain, et je demanderai à ce qu'on t'apporte d'autres affaires personnelles.

—Merci, mais j'ai vraiment besoin de pas grand-chose, je ne vais pas rester longtemps.

Les yeux de Vicky se sont perdus dans le vide.

—Je laisse juste un peu de temps à ma sœur pour qu'elle se repose. C'est tout. Son bébé va bientôt naître.

Il me semblait que Vicky cherchait plus à se convaincre elle-même qu'elle ne décrivait la situation telle qu'elle était.

—C'est ce qu'on m'a dit, dis-je pour la rassurer.

—Je vais retourner chez elle dès que le bébé sera né. Il devrait naître d'un jour à l'autre.

—Vraiment ? demandai-je, car je ne m'attendais pas à ce que ce soit aussi imminent. Déjà ?

—Euh, je crois, oui.

Le lundi matin, Vicky était arrivée à ses fins et allait au collège à pied avec Michelle qu'elle avait réussi à convaincre de l'accompagner, mais elles sont revenues séparément. Michelle a pris le bus et est arrivée à la maison la première.

Comme d'habitude, Michelle est passée me voir au magasin avant de rentrer à la maison.

—Bonjour, ma chérie ! Comment était Vicky ce matin ? demandai-je.

—Euh… bien, répondit Michelle d'un air bizarre.

Je connaissais bien Michelle et je voyais qu'elle voulait me dire quelque chose. Pour être tout à fait franche, un des défauts de Michelle était son goût pour les commérages. Elle aimait les potins ou raconter les problèmes des autres au collège.

Je me tenais prête, un peu inquiète de ce qu'elle était sur le point de me dire sur Vicky. Au vu de son comportement durant le week-end, où elle avait été si calme et introvertie, après s'être présentée de manière bruyante et fanfaronne, je ne savais vraiment pas à quoi m'attendre.

—Est-ce que tu es sûre que tout va bien, Michelle ? demandai-je en la poussant à parler.

—Eh bien, à part…

—À part quoi ?

—À part que je sais pourquoi Vicky aime aller à l'école à pied. C'est parce qu'elle fume ! Elle fume trois cigarettes sur le chemin de l'école.

Pour quelqu'un qui semblait ne pas vouloir cracher le morceau, Michelle avait vendu la mèche d'un air plutôt triomphant.

—Oh ! vraiment ? dis-je en tiquant.

—Oui. Je devais te le dire, n'est-ce pas, Angela ? Mais ne dis pas à Vicky que je te l'ai dit.

—Je suis contente que tu l'aies fait, et merci, Michelle. Ne t'inquiète pas, je ne vais pas cafeter.

Michelle a souri en entendant le mot « cafeter », comme si ça avait été un mot que tous les adolescents utilisaient et qui était incongru dans ma bouche.

—Merci, Angela, et pas de quoi !

Un peu plus tard, quand Vicky est rentrée à la maison, j'ai senti l'odeur de cigarette sur ses vêtements et dans ses cheveux, mais je n'y ai pas fait allusion dans un premier temps. Elle semblait s'être considérablement ragaillardie durant la journée et avait envie de parler : elle m'a demandé si elle pourrait aller à la maison des jeunes, le vendredi soir, et dans une discothèque pour adolescents qui se trouvait en ville, le samedi après-midi.

—Je suis sûre que ça ne posera aucun problème. Tu as le droit d'y aller, d'habitude ?

—Oui. J'y vais toutes les semaines.

—Et ta sœur est d'accord avec ça ?

—Lorraine ? Oui. Je crois qu'elle préfère quand je ne suis pas chez elle !

—Je vois. Dans ce cas, j'en parlerai avec Jonathan et nous verrons l'heure à laquelle tu devras rentrer et comment on s'organise pour les trajets.

—Merci, Angela, dit-elle en souriant. C'est seulement au cas où je serais encore ici, évidemment ! Peut-être que Lorraine aura accouché d'ici là. On ne sait jamais vraiment quand ça va arriver, pas vrai ?

—Non, on ne sait pas, répondis-je.

—Est-ce que tu voudrais avoir des enfants à toi, Angela ?

Vicky était plutôt culottée de me poser une question aussi directe et j'ai été un peu surprise, mais ça ne me dérangeait pas de lui répondre.

—Oui, j'aimerais, assurai-je. Jonathan et moi avons toujours voulu fonder une famille.

—Qu'est-ce que vous attendez alors ?

Jonathan et moi avions la trentaine ; ce n'était donc pas une question absurde. Cela étant, l'audace de Vicky m'a fait rire.

—Nous sommes simplement très heureux pour le moment d'accueillir des enfants, c'est tout. Nous ne sommes pas pressés.

Bien qu'elle m'ait mise dans une situation un peu embarrassante, j'étais heureuse de la voir discuter si ouvertement, sans poser de questions sur sa propre situation. Malheureusement, je n'étais parvenue à parler à personne des services sociaux tout au long de la journée. Tôt dans la matinée, j'avais laissé un message sur le répondeur de Tricia et réessayé de la joindre à son bureau après le déjeuner, mais personne ne m'avait rappelée. Ça n'avait rien d'extraordinaire ; je savais que Tricia s'occupait de bien plus d'enfants que ce qu'elle aurait dû : une de ses collègues était en arrêt-maladie prolongé et personne n'était venu la remplacer. Cette situation durait depuis des mois, les aides aux services sociaux diminuaient et il n'y avait pas grand-chose à faire. Mais ce n'était pas une consolation pour Vicky, car même si elle n'était là que provisoirement, elle avait quand même besoin, à mon avis, de certaines de ses affaires, et elle avait aussi le droit de savoir ce qui était prévu pour elle.

Pour le dîner du lundi soir, j'avais préparé des lasagnes, du pain à l'ail et une salade, et, à 18 heures, Jonathan et moi nous sommes installés à table avec Vicky et Michelle. L'atmosphère était détendue et les filles semblaient avoir sympathisé, ce qui était agréable à voir.

—Oh ! j'adore les lasagnes ! s'exclama Vicky en me voyant déposer le plat fumant sur la table et servir tout le monde.

—C'est délicieux, décréta Jonathan après y avoir goûté. Oh ! Vicky, est-ce que ça va ? ajouta-t-il tout à coup en jetant un coup d'œil de l'autre côté de la table. Tu ne t'es pas brûlée ?

Le visage de Vicky s'était décomposé après avoir avalé une fourchette de lasagnes, et elle grimaçait de façon dramatique.

—Non, balbutia-t-elle après avoir ingurgité ce qu'elle avait dans la bouche. C'est juste que je n'ai jamais mangé des lasagnes comme ça avant.

—Vraiment ? dis-je. C'est la recette traditionnelle ; je n'ai pas ajouté d'ingrédients.

—C'est fait maison, dit Michelle en jetant un regard complice à Vicky. C'est pour ça que ça n'a pas le même goût que les plats cuisinés, ou que celles qu'on mange à l'école.

Vicky s'est forcée à sourire.

—Je pensais que ça aurait le même goût que celles que Lorraine achète au supermarché. C'est la première fois que je mange des lasagnes maison.

—Oh ! eh bien, pourquoi tu n'essaies pas d'en manger encore un peu, ma chérie ? Une fois que tu seras habituée, tu trouveras certainement qu'elles sont meilleures que les plats cuisinés.

Vicky a acquiescé et, sans conviction, a avalé un petit bout de pâte à lasagne, avec un gros morceau de pain à l'ail. Elle n'a pas touché la salade qui était dans son assiette.

—Je n'avais pas l'habitude non plus de manger de la salade, ajouta Michelle en voyant les rondelles de tomate et de concombre que Vicky avait tenté de cacher sous les feuilles de salade. Mais maintenant, j'aime tout, surtout les tomates. Tu sais, c'est la maman d'Angela qui les fait pousser dans son jardin et ça m'arrive de l'aider.

À ce moment-là, Michelle ressemblait un peu à la petite fille modèle, et je voyais bien que Vicky en avait assez de cette conversation et qu'elle commençait à s'énerver.

—Eh ben, tant mieux pour toi, Michelle ! finit-elle par rétorquer.

Comme d'habitude, Michelle m'a aidée à débarrasser la table après le dîner, et Vicky également, même si elle l'a plus fait par obligation que par envie et que nous avons dû le lui demander.

—Je déteste débarrasser, marmonna-t-elle en faisant le minimum syndical avant de disparaître dans sa chambre.

Plus tard dans la soirée, j'ai abordé le thème de la cigarette avec Vicky après avoir regardé un peu la télévision avec elle, vu qu'elle semblait plutôt de bonne humeur. Je ne lui ai pas dit que c'était Michelle qui m'avait informée ; je lui ai raconté que j'avais senti l'odeur sur son uniforme, ce qui était vrai.

—Oh ! fit-elle, ne semblant pas ennuyée que son secret ait été découvert. Ce n'est pas un crime, que je sache ?

—Eh bien, à vrai dire, tu n'as pas le droit d'en acheter à ton âge. C'est pour ça que je ne peux pas me taire et ne rien dire, je m'inquiète pour ta santé. Fumer est extrêmement mauvais pour toi. Jonathan et moi avons fumé pendant des années avant d'arrêter quand nous avons eu une vingtaine d'années, et ça a été très difficile pour nous. En y repensant, je me demande bien pourquoi j'ai commencé à fumer, et je tremble rien qu'à penser à l'argent que nous avons gaspillé là-dedans. Pour être tout à fait franche, ma chérie, tu devrais arrêter avant d'être accroc comme nous l'avons été.

Vicky a baissé les yeux et s'est mordu légèrement la lèvre inférieure.

—Je fume depuis que j'ai neuf ans, Angela, finit-elle par me dire, comme si elle avait honte d'elle-même. Je suis déjà accroc.

Puis, elle s'est mise à pleurer.

—Oh ! ma chérie, je suis désolée. Vraiment. Viens là, je peux te serrer dans mes bras ?

Vicky a reniflé avant d'acquiescer, et je me suis approchée d'elle sur le canapé et l'ai enlacée tendrement. Dès qu'elle s'est retrouvée dans mes bras, les vannes se sont ouvertes, et elle s'est mise à pleurer pour de bon.

—Je pensais que Lorraine plaisantait quand elle disait qu'elle en avait assez de moi, lâcha-t-elle. C'est ce que j'ai vraiment cru.

—Je suis désolée, ma chérie.

—Elle m'a mise dans la voiture et m'a dit qu'elle m'emmenait aux services sociaux, mais je croyais qu'elle allait juste faire un tour de pâté de maisons et qu'elle me ramènerait chez elle ensuite. Elle l'avait déjà fait quand je l'énervais trop.

Vicky a fait une pause pour essuyer ses yeux gris bleu et s'est mouchée.

—Je ne pensais pas qu'elle était sérieuse cette fois. Je ne croyais pas qu'elle le ferait.

—Oh ! Vicky, ça a dû être un vrai choc, ma chérie. Je suis désolée.

Vicky a alors tenté de se ressaisir, faisant preuve d'une grande force de caractère.

—C'est… commença-t-elle en se tamponnant les yeux et en respirant profondément. C'est ma sœur, après tout. Désolée, Angela, ça ira mieux dans une minute.

—Prends ton temps, ma chérie, prends ton temps.

Vicky s'est mouchée et a redressé les épaules. Malgré sa pâleur et la minceur de son corps dégingandé qui lui donnait un air fragile, elle avait un regard d'acier, plein de ténacité, qui semblait dire : « Ce n'est pas ça qui va me briser. »

En observant Vicky se reprendre de manière aussi courageuse, j'ai repensé au moment où elle était arrivée. Sa confiance en elle-même était probablement un mécanisme de défense ; c'était sa façon à elle de faire face à l'impensable, de prétendre que tout allait bien.

J'aurais aimé pouvoir dire à Vicky qu'elle retournerait très vite chez sa sœur, mais évidemment je ne pouvais pas le faire, et je n'étais pas sûre non plus que c'était ce qui était le mieux pour elle. Je ne savais toujours pas ce qui s'était passé chez sa sœur Lorraine et ne connaissais pas les intentions des services sociaux concernant l'avenir immédiat de Vicky.

Cette situation pleine d'incertitude n'est pas inhabituelle au début d'un placement. Les évènements qui amènent à placer un enfant dans une famille d'accueil peuvent être chaotiques et traumatisants pour toutes les personnes concernées. Trouver une famille d'accueil pour l'enfant est la priorité ; la gestion des conséquences et la programmation des actions à entreprendre viennent après. Selon toute vraisemblance, même si j'avais pu parler avec Tricia ce matin-là, je n'aurais pas fait grand-chose d'autre à ce stade que d'obtenir qu'on nous amène certaines des affaires personnelles de Vicky.

—Je ne crois pas que le bébé naîtra cette semaine, finit-elle par dire après une minute ou deux en me regardant droit dans les yeux.

—Qu'est-ce qui t'a fait croire le contraire ? lui demandai-je.

—J'imaginais, c'est tout, parce que Lorraine est très grosse. Et que je voulais que ça se passe cette semaine.

—Oh ! je vois. Est-ce que tu as une idée de l'avancement de sa grossesse ?

—Non. Mais elle est énorme.

—D'accord, mais certaines femmes sont énormes à six mois, d'autres à huit. C'est difficile de savoir, et je ne voudrais pas que tu te fasses de faux espoirs.

Le visage de Vicky s'est soudainement illuminé, comme si une idée venait de lui traverser l'esprit.

—Est-ce que tu crois que, si elle se repose bien maintenant, elle me fera revenir *avant* la naissance du bébé ? Je veux dire, si elle est enceinte seulement de six mois, elle ne va pas avoir besoin des trois mois entiers pour se reposer, non ?

J'observais Vicky, et ça m'a rappelé mon attitude pendant mon enfance, quand je cassais les pieds à mon père pour savoir combien de temps ma mère allait rester à l'hôpital. Vicky avait le même regard désespéré que celui que je devais avoir, espérant que sa vie redevienne normale, quel que soit ce que « normal » voulait dire pour Vicky. Le fait qu'elle fume depuis l'âge de neuf ans avait suscité en moi quelques questions par rapport à la vie qu'elle avait dû avoir, et j'espérais obtenir plus d'information sur son histoire pour pouvoir l'aider à aller de l'avant.

—Je vais essayer d'en savoir plus demain, assurai-je en tirant doucement sa manche pour tenter de détendre l'atmosphère. Si ça peut nous aider à te faire mettre autre chose que ce survêtement !

Vicky s'est mise à rire, ce qui m'a soulagée.

—Merci, Angela, dit-elle. Je ne veux pas que tu penses que je ne suis pas reconnaissante. C'est vraiment gentil de votre part de m'accueillir ici, mais j'aimerais mieux être chez ma sœur.

3

ELLE A TOUJOURS ÉTÉ LÀ POUR MOI

Une semaine exactement après l'arrivée de Vicky, le vendredi en fin d'après-midi, un sac à moitié rempli de vêtements lui est parvenu. Apparemment, Lorraine l'avait laissé aux services sociaux un peu plus tôt dans la semaine, et Tricia l'a déposé sur le comptoir de la boutique, au moment où je commençais à faire ma caisse.

—Excusez-moi, il est dans ma voiture depuis mardi, mais je n'ai pas eu une minute à moi, s'excusa Tricia. Comment va Vicky ?

Pour être honnête, j'avais envie de lui dire : « Très bien, mais pas grâce à vous ! », mais je préférais une approche plus fine.

—Très bien, merci. Je suis sûre qu'elle sera ravie de recevoir ses affaires.

—Tant mieux. Bon, eh bien, on reste en contact…

—Attendez, Tricia ! Vous pouvez m'accorder deux minutes ?

Durant la première semaine de Vicky, j'avais dû lui acheter des sous-vêtements et des affaires de toilette, ainsi qu'un nouveau cartable pour l'école, une trousse et des crayons. Ce n'était pas un problème d'argent. Jonathan et moi n'étions pas riches, mais nous n'étions pas pauvres non plus, et je pouvais me permettre cette dépense. D'ici quelque temps, j'allais recevoir l'indemnisation de 25 livres qui était versée pour chaque enfant placé à cette époque, mais ça prenait généralement du temps avant de passer par les rouages du système. Cela étant, ce n'était pas vraiment un problème, et je ne m'étais certainement pas engagée comme assistante familiale pour gagner de l'argent. Ce qui m'embêtait, par contre, c'est que Vicky avait été placée dans une famille et avait passé une semaine entière avec un seul uniforme scolaire, un survêtement qui n'était pas à sa taille, une brosse à dents et quelques sous-vêtements. Elle n'avait aucune affaire scolaire, et absolument aucun effet personnel pour l'aider à se sentir bien dans une maison qui ne lui était pas familière.

Vicky m'avait dit qu'elle adorait lire et qu'elle avait commencé *Les oiseaux se cachent pour mourir* de Colleen McCullough, qu'elle avait emprunté à la bibliothèque locale. Il devait sans doute encore se trouver dans sa chambre chez Lorraine, car je pouvais voir que le petit sac qu'avait apporté Tricia ne contenait que quelques vêtements. J'aurais aimé que Lorraine ait été un peu plus attentive à l'heure de remplir le sac, mais, encore une fois, je ne savais quasiment rien de ce qui se passait dans sa vie.

—J'adore les sagas familiales, m'avait dit Vicky un soir pendant la semaine, sans aucune ironie si l'on considère qu'elle se trouvait elle-même en train d'en vivre une. Est-ce que tu aimes ce genre de livres, Angela ?

—Figure-toi que oui, répondis-je. J'aime tous les romans de Catherine Cookson, par exemple. Tu peux en lire un en attendant si tu veux. J'en ai plein sur une étagère.

Ses yeux se sont écarquillés et elle m'a avoué qu'elle adorerait.

—Je lisais beaucoup plus, avant.

Après avoir prononcé ces mots, Vicky s'est tue et a semblé nerveuse, comme si elle se remémorait quelque chose.

—Vraiment ? dis-je en lui laissant suffisamment de temps pour qu'elle puisse poursuivre, mais elle n'a rien dit. Tu es une grande lectrice ?

—Oui ! J'aime bien aller à la bibliothèque. J'aime la tranquillité et le calme, tu vois ce que je veux dire ?

—Oui, complètement. On a tous besoin d'un peu de calme parfois, n'est-ce pas ?

Vicky a acquiescé.

Je ne voulais pas être indiscrète, mais je souhaitais que Vicky sache que je m'intéressais à elle et qu'elle pouvait me parler si elle le désirait. Aujourd'hui, après toutes ces années de formation et d'expérience, je sais qu'il faut répéter ce que vient de dire un enfant pour l'amener à parler.

À ce moment-là, j'aurais dû dire : « Tu lisais beaucoup plus avant ? » De cette manière, on évite de mettre des mots dans la bouche des enfants ou de les amener à dire des choses qu'ils ne pensent pas. Je ne le savais pas à l'époque, mais dans tous les cas, j'avais réussi à ne pas mettre les deux pieds dans le plat par inadvertance, étant donné que Vicky n'avait rien dit que je lui aurais suggéré, ou rien qui m'aurait obligée à prendre des mesures ou à contacter les services sociaux.

Quoi qu'il en soit, lorsque j'ai demandé à Tricia si elle avait deux minutes à me consacrer alors qu'elle passait en vitesse à la boutique déposer le sac, elle m'a répondu par l'affirmative.

—Merci, Tricia, lui dis-je. J'en suis très heureuse. Avez-vous d'autres informations à me donner quant à la durée du séjour de Vicky chez nous ? Et même si elle ne reste pas très longtemps, est-ce qu'elle pourrait récupérer certaines de ses affaires qui sont chez Lorraine, par exemple le livre qu'elle est en train de lire ?

—Je vais faire de mon mieux, mais je devrais en savoir plus la semaine prochaine, Angela. J'ai su que l'accouchement de Lorraine était prévu pour la fin du mois d'août, donc pour le moment, tout ce que je peux dire, c'est qu'il est possible, mais pas définitif, que Vicky reste avec vous pendant environ un mois, jusqu'à ce que le bébé naisse. Apparemment, Lorraine est épuisée, et elle n'est pas en mesure de s'occuper de Vicky avec sa grossesse et les vacances scolaires qui sont sur le point de commencer. De notre côté, nous essayons de retrouver d'autres membres de sa famille.

—Les parents de Vicky, vous voulez dire ?

Tricia a levé les yeux au ciel et soupiré avec un certain dédain. Après avoir regardé autour d'elle pour s'assurer qu'il n'y avait personne dans la boutique, elle m'a dit à voix basse :

—Nous savons où vit sa mère grâce à Lorraine, mais elle ne répond ni à la porte ni au téléphone.

—Oh mon Dieu !… Et le père ?

—On ne sait rien de son père. La famille n'a jamais eu affaire aux services sociaux auparavant ; par conséquent, on n'a aucun dossier sur Vicky.

—Lorraine ne peut pas vous aider ?

—Tout ce qu'elle dit est qu'elle en a assez de Vicky. À vrai dire, elle n'est pas très coopérative ; elle veut juste se débarrasser de Vicky, c'est tout. De toute façon, c'est trop tôt, et, comme je vous l'ai dit, je devrais en savoir plus la semaine prochaine. Je dois vous laisser maintenant, mais ne vous inquiétez pas, je m'occupe de son cas et je fais tout ce qui est en mon pouvoir.

Juste après que Tricia fut sortie de la boutique, je me suis sentie totalement désespérée. J'aurais voulu m'impliquer davantage, contribuer à trouver les réponses dont on avait besoin, mais ce n'était pas mon rôle. J'étais aux ordres de Tricia, je devais accepter ma mission et continuer à faire le mieux possible mon travail, qui consistait à m'occuper de Vicky et à lui offrir un toit sûr et agréable pour un temps indéterminé.

J'étais en mode automatique pendant mon rituel quotidien du soir qui consistait à nourrir et arroser les fleurs et à porter les vases et les bacs dans l'arrière-boutique au moment de la fermeture. Mes pensées étaient focalisées sur Vicky et sur ce que Tricia m'avait raconté sur sa famille. Je voulais comprendre pourquoi la mère de Vicky ne répondait pas à la porte, et ce qu'était devenu son père. C'était extrêmement frustrant de ne pas avoir de réponse, et j'étais également très triste. Je me revoyais petite fille, à 13 ans, et je m'imaginais ce que j'aurais ressenti si je n'avais pas pu vivre avec mes parents et que j'aie ensuite été mise dehors par ma sœur. C'était inconcevable, vraiment. À 13 ans, j'étais insouciante et aimée. C'était en 1969, l'année ou Neil Armstrong a marché sur la Lune.

—La vie n'est-elle pas incroyable ? s'était émerveillée ma mère en regardant l'extraordinaire évènement retransmis en noir et blanc sur notre petit téléviseur.

Quand ma mère a vu les images fascinantes de la Terre prises depuis la Lune, je me souviens du regard qu'elle m'a jeté et de la façon dont elle s'est exclamée :

—Angela, quelle merveilleuse planète que la nôtre ! On a vraiment de la chance, n'est-ce pas ?

—Oui ! répondis-je joyeusement, et j'avais vraiment l'impression que c'était vrai.

J'étais aimée et choyée, tous mes besoins étaient satisfaits, et la planète incroyable sur laquelle nous vivions était là, à attendre que je grandisse pour l'explorer à mon gré.

Quand Vicky est rentrée à la maison, je lui ai donné le sac que Tricia avait apporté.

—Je suis sûre que tu seras contente d'avoir ça.

—Je ne porte pas ces vêtements, répondit-elle en faisant la moue. Ils ne sont même pas à ma taille.

—Comment tu le sais ? Tu n'as même pas regardé ce qu'il y a dedans.

—Je le sais, c'est tout, marmonna-t-elle.

Plus tard dans la soirée, Vicky s'est préparée pour aller à la maison des jeunes. Elle faisait un peu garçonne avec son survêtement, ses cheveux blonds tout juste lavés et attachés en queue de cheval.

—Est-ce que tu portes ça d'habitude pour aller là-bas ? lui demandai-je en hésitant.

—Oui, répondit-elle, sur la défensive. C'est Lorraine qui me l'a acheté. Je l'adore. Tu n'aimes pas ?

Elle a croisé les bras et caressé les manches de son survêtement en signe d'affection.

—Si, bien sûr, ma chérie ! répondis-je en souriant. Je pensais juste que tu aurais peut-être voulu mettre autre chose.

—De toute façon, je te l'ai dit, les autres vêtements ne me vont pas. Ils ne sont même pas à moi.

—Qu'est-ce que tu veux dire par là ?

—C'est des fripes. Elles étaient déjà trop petites quand je les ai eues.

—Ah ! je vois. Bon, est-ce que ça te dirait de venir faire des courses demain avec moi à l'heure du déjeuner, et on te trouvera des vêtements à ta taille ? Il commence à faire plus chaud et j'imagine que tu ne vas pas continuer à porter ce survêtement quand il fera chaud.

—Euh… peut-être, répondit-elle prudemment. Est-ce que je peux y aller maintenant ? À quelle heure est-ce que je dois rentrer ? Et s'il te plaît, ne me dis pas de rentrer quand il commencera à faire noir. Comment est-ce que je saurai quand il commencera à faire noir ?

—OK, tu n'as pas tort ! Voyons voir, si la maison des jeunes ferme à 21 heures, disons que tu devras être rentrée à 21 h 30 au plus tard.

J'avais déjà discuté de la question avec Jonathan. Nous n'étions pas habitués à négocier ce genre de choses étant donné que Michelle ne sortait presque jamais, mais nous avions décidé que ça semblait juste et raisonnable.

—Très bien, merci, Angela ! À plus tard alors !

Nous avions proposé à Vicky de l'emmener, mais elle avait déjà convenu de retrouver son amie Izzy à l'arrêt de bus entre notre maison et celle de son amie. Elles retrouveraient ensuite deux garçons de l'école avec qui elles iraient à pied jusqu'à la maison des jeunes. Je lui ai donné 3,50 livres, la même somme d'argent de poche que nous donnions à Michelle toutes les semaines, et elle est sortie en se déhanchant, un large sourire sur le visage.

—On se voit à 21 h 30 ! lança-t-elle en levant son pouce vers le ciel.

Comme prévu, à 21 h 30, Vicky est rentrée à la maison et Michelle a descendu l'escalier en courant pour lui ouvrir la porte. Je regardais la télévision dans le salon avec Jonathan, et Vicky s'est assise entre nous deux sur le canapé et nous a raconté sa soirée.

—Il y a une nouvelle table de billard, dit-elle. On a fait un tournoi et je suis arrivée en finale après avoir battu un tas de garçons.

—C'est bien, ma chérie ! Tu avais déjà joué au billard avant ?

—Oui, beaucoup. Ça fait longtemps que je vais à la maison des jeunes. J'adore cet endroit.

Vicky était une jeune fille très sociable. Le lendemain, elle était impatiente d'aller à la disco pour ados qui était ouverte de 14 h 30 à 16 h 30 dans une pièce à l'étage d'une des discothèques de la ville. Mais avant ça, au moment de ma pause déjeuner au magasin, je l'ai emmenée dans la rue commerçante dans l'espoir de lui acheter de nouveaux vêtements. Elle n'était pas très enthousiaste, mais j'imaginais que c'était simplement parce qu'elle n'était pas intéressée par la mode ou que nos boutiques locales n'avaient rien de bien engageant. J'allais généralement dans un grand centre commercial qui se trouvait à une heure de route environ en dehors de la ville quand je voulais faire du shopping, même s'il y avait quelques boutiques indépendantes en ville qui plaisaient aux jeunes et que je connaissais, des grandes surfaces avec des espaces « ados » et des petites franchises Tammy Girl et C&A.

—Tu n'as pas besoin de faire ça, tu sais, me dit Vicky lorsqu'elle est venue me retrouver à l'heure convenue vers midi au magasin.

—Ça me fait plaisir, lui répondis-je. On a juste une heure, mais je suis sûre qu'on va réussir à te trouver deux ou trois trucs. Viens, on y va.

Vicky a traîné les pieds pour me suivre et quand nous sommes arrivées devant la première boutique, elle a carrément refusé d'y entrer.

—Je peux déjà te dire que rien ne me plaira ici.

—Très bien, allons à la prochaine.

Cette fois, elle s'est à peine arrêtée pour regarder la vitrine.

—Non, ce n'est pas pour moi, assura-t-elle en accélérant le pas.

—Bon, eh bien, tu choisis le prochain magasin alors, proposai-je. Tammy Girl ou C&A ?

—Euh, aucun des deux, en fait. Est-ce qu'on peut s'en aller. Je n'ai besoin de rien, vraiment.

—Allez, ma chérie, on va juste jeter un coup d'œil, fais-le pour moi, d'accord ?

À contrecœur, Vicky m'a suivie dans le C&A. Au premier étage, elle a commencé à s'agiter nerveusement.

—Je ne suis jamais venue ici avant, dit-elle.

—Vraiment ? Il y a beaucoup de choix, pour tous les âges. Tu vas sûrement trouver quelque chose qui te plaira.

Vicky paraissait incroyablement mal à l'aise au moment où je la conduisis vers les portants qui nous intéressaient et que je sélectionnais quelques tee-shirts, des shorts et des jeans. J'avais choisi des vêtements simples, susceptibles de plaire même à une adolescente peu féminine comme Vicky, mais rien ne lui convenait.

—De toute façon, ça ne m'ira pas, ajouta-t-elle en remettant ce que j'avais pris sur les portants.

—Tu pourrais quand même les essayer, observai-je. La cabine d'essayage est juste là.

Vicky a regardé d'un air perplexe les cabines que je lui avais indiquées à l'autre bout du magasin.

—Quoi ? Là-dedans ? demanda-t-elle d'un ton méfiant.

Les cabines avaient des portes mal fichues, qui laissaient un peu trop voir l'intérieur.

—Tu es sérieuse ? Il faut aller là-dedans ?

—Ce ne sont pas les plus belles cabines du monde, je te l'accorde, mais elles sont correctes. Je les ai déjà utilisées.

—Je préfère pas. Est-ce qu'on peut y aller ?

—Mais on n'a rien acheté, Vicky ! Est-ce qu'on peut au moins prendre un ou deux tee-shirts et tu les essaieras à la maison ?

—Non, merci. Je ne les mettrai pas.

—Pourquoi ? Tu n'as pas beaucoup de vêtements, et ça serait utile de les avoir.

—Je ne les aime pas. Ça ne va pas m'aller.

—Bon, eh bien, pourquoi ne choisis-tu pas quelque chose qui t'ira ?

—J'ai regardé. Y a rien qui me plaît.

J'ai raconté notre petite sortie shopping à Jonathan pendant que Vicky était à la discothèque, attifée de son survêtement.

—Ce magnifique survêtement violet est sans doute la seule chose qui lui rappelle sa maison, dit-il. Ce n'est pas étonnant qu'elle y soit si attachée. Est-ce que tu peux imaginer être envoyée dans une maison que tu ne connais pas et ne pas avoir un seul de tes objets personnels avec toi, rien de familier ?

—J'y ai pensé, répondis-je. Et non, je ne peux pas me l'imaginer, pas le moins du monde.

Nous avions décidé que Vicky pouvait rentrer à la maison après la discothèque à 18 heures au plus tard, et que nous sortirions pour aller acheter des *fish and chips* dès que Michelle serait rentrée elle aussi, une demi-heure plus tard. Michelle allait voir sa mère pendant trois heures tous les samedis après-midi et rentrait vers 18 h 30. À cette heure, tout le monde était généralement fatigué et affamé, et c'était devenu une tradition pour Jonathan, Michelle et moi d'aller manger du poisson frit et des frites. Ce n'était pas ce qu'il y avait de plus conseillé pour moi qui souhaitais perdre du poids avant nos vacances ; nous allions en Floride à Pâques. Je me promettais chaque semaine de ne manger qu'une petite portion de frites et de ne pas toucher la pâte du poisson frit, mais je ne respectais pas toujours mes promesses !

Peu après notre mariage, Jonathan et moi étions allés à Disney World et, depuis que nous avions commencé cette activité d'assistants familiaux, nous parlions d'y emmener Michelle ou n'importe quel autre enfant en placement. Lorsque nous avions abordé le sujet avec Tricia, un peu plus d'un an après le placement de Michelle, nous nous attendions à ce qu'elle soit enthousiaste, mais ses nombreuses années d'expérience d'assistante sociale l'avaient amenée à être prudente, voire pessimiste.

—Il faut que je vous prévienne que parfois les parents n'apprécient pas. Si l'ordre de placement des enfants est volontaire, alors, les parents ont le droit de ne pas donner leur accord, nous expliqua Tricia.

Un « ordre de placement volontaire » signifie que le ou les parents ont accepté de placer leur enfant en famille d'accueil, plutôt que de le voir placé de force, et ils conservent leur responsabilité parentale. Je savais tout cela, bien sûr, mais je n'avais encore jamais eu à gérer ce genre de situation, sauf une fois, lorsque nous avions eu la garde d'un garçon de 10 ans pendant 15 jours et qu'il avait eu besoin de la permission de sa mère pour participer à une visite scolaire dans une ferme. Le temps que je fasse signer tous les papiers nécessaires, il n'y avait plus de places pour la visite et il n'était pas allé à la sortie. C'était très frustrant pour toutes les personnes concernées, mais dans le cas de Michelle, je ne pouvais pas imaginer que nous puissions éprouver des problèmes. Cela faisait 12 mois que nous préparions nos vacances en Floride. En plus, la mère de Michelle avait déjà accepté une autre demande, même si elle était d'une autre nature. Michelle souffrait de supraclusion, et nous avions demandé la permission pour qu'elle aille chez l'orthodontiste qui exerçait au sein du cabinet dentaire où nous nous rendions depuis des années, Jonathan et moi. Sa mère avait accepté et signé les documents nécessaires sans faire d'histoires, ce que j'avais signalé à Tricia.

—Je suis sûre qu'elle souhaite le meilleur pour sa fille, avais-je dit. Je ne peux pas imaginer une minute qu'elle s'opposera à ce qu'on emmène Michelle en vacances à Disney World !

—Angela, tout le monde ne voit pas le monde comme vous, m'avait prévenue Tricia. Le fait est que, quand les parents voient que la famille d'accueil offre à leur enfant des choses qu'ils ne sont pas en mesure de leur offrir, ils ont du mal à le supporter. Parce que ça montre que vous réussissez là où ils ont échoué. Je demanderai à la mère de Michelle, mais n'allez pas trop vite en besogne et ne faites surtout aucune réservation pour le moment.

Malheureusement, la triste prophétie de Tricia s'était révélée exacte : la mère de Michelle n'avait pas facilement accepté l'idée de ces vacances. Pour commencer, elle avait dit qu'elle devait y réfléchir, et nous avait fait patienter pendant environ deux mois avant de nous donner une réponse, au moment où nous voulions faire les réservations. Ensuite, après avoir donné sa permission du bout des lèvres, elle avait mis encore six mois avant de signer les papiers pour la demande de passeport de Michelle. En gros, nous n'avions pu faire nos réservations que très récemment – juste avant l'arrivée de Vicky, en fait.

—Comment ça va ton régime, Angela ? me demanda Michelle au moment où nous nous asseyions pour manger notre *fish and chips* ce soir-là et qu'elle m'a vue, à mon grand dam, retirer la friture qui enrobait mon poisson.

—Oh ! tu sais, comme ci comme ça, lui répondis-je. Je pense que je vais rejoindre le club minceur quand les vacances se rapprocheront, ça m'aide toujours.

—C'est une bonne idée. D'ailleurs, ma maman voulait savoir où nous allions dormir. Est-ce que vous pourriez le lui dire et lui indiquer comment ça se passera ?

—Bien sûr, ma chérie. Tout est organisé.

—Vous avez vraiment de la chance, s'émerveilla Vicky, quand je lui ai dit et expliqué ce que nous avions prévu. J'aimerais tellement pouvoir aller à Disney World.

—Vicky ne peut pas venir avec nous ? demanda Michelle.

—Eh bien, nous ne sommes qu'en juillet, et on part dans neuf mois. Vicky ne pense pas rester avec nous aussi longtemps.

—Non, effectivement, confirma Vicky.

—Oh ! c'est dommage, assura Michelle. J'espérais que tu allais rester un petit peu.

Le compliment inopiné de Michelle a paru toucher Vicky. Les filles étaient aux antipodes en termes de personnalité, mais elles semblaient très bien s'entendre, et j'avais noté qu'elles passaient du temps ensemble dans leurs chambres le soir, à écouter Whitney Houston ou parfois pour faire leurs devoirs.

Comme à son habitude, Vicky est sortie une heure pour voir un ami après avoir fini ses devoirs et je l'ai entendue demander à Michelle si elle voulait l'accompagner, même si Michelle répondait toujours par la négative.

—J'ai horreur d'être enfermée, avait dit Vicky. Comment fais-tu pour rester ici ?

—Je suis habituée, marmonna Michelle.

—Eh bien, pas moi, répondit Vicky.

Après notre *fish and chips*, les filles m'ont aidée à débarrasser la table, et Vicky a demandé si elle pouvait sortir retrouver son amie Izzy. Michelle avait l'air déçue ; je savais qu'elle espérait qu'on reste ensemble après le dîner à jouer au Cluedo, un de nos rituels du samedi soir. Le Cluedo était le jeu préféré de Michelle, et Vicky lui avait récemment demandé de lui apprendre à jouer.

—Eh bien, pas d'objection, dis-je. Vous allez chez Izzy ?

—Non. Il y a le « Club du samedi » près de chez elle ce soir, dit-elle. Ne vous inquiétez pas, je peux prendre le bus et je serai à la maison pour 21 h 30 comme hier soir.

Je ne voyais pas de raisons de lui refuser de sortir, il s'agissait d'un autre club pour les jeunes, et Vicky avait été très ponctuelle la nuit précédente.

—D'accord, ma chérie. Écris-moi juste le nom et l'adresse du club sur un papier, parce que je ne sais pas exactement où il se trouve.

—C'est juste dans le centre communautaire derrière le supermarché Co-op, m'indiqua-t-elle. C'est pas aussi bien que la maison des jeunes du vendredi soir, mais Izzy préfère. Elle m'a harcelée pour que j'y aille.

—On dirait que tu es une bonne amie alors, constatai-je. C'est bien.

—Elle a toujours été là pour moi.

Le regard de Vicky s'est voilé en prononçant cette phrase. Puis elle est devenue toute calme et a fixé le sol.

—Est-ce que ça va, mon cœur ?

—Oui, répondit-elle en relevant la tête et en souriant.

—Izzy est une bonne amie à toi ?

—Oui.

Sur ce, Vicky m'a fait un de ses saluts militaires et m'a demandé en prenant un accent militaire :

—Autorisation de quitter la cuisine, Angela ?

—Autorisation accordée, dis-je en riant. On se voit à 21 h 30.

Jonathan et moi avons joué au Cluedo avec Michelle, et à 21 h 30 précises, Vicky est rentrée. Elle s'est mise à parler avec volubilité de ses amis, de leurs parties de balle au prisonnier dans le sous-sol du centre, des milk-shakes à la framboise qu'ils avaient préparés dans la cuisine avec les animateurs. Vicky sentait de nouveau très fort la fumée de cigarette, mais je ne voulais pas en parler devant Michelle, qui était blottie sur le canapé, affublée de sa robe de chambre et de ses pantoufles Winnie l'ourson. Après quoi, Vicky est allée se coucher quelques minutes avant Michelle, qui a alors froncé les sourcils et murmuré avec désapprobation :

—Je me demande bien dans quoi Vicky dépense son argent de poche.

Je n'ai pas voulu relever et j'ai simplement dit :

—Allez, Michelle, il est l'heure d'aller te coucher, toi aussi.

—C'est fou comme elles sont différentes toutes les deux, dis-je à Jonathan lorsque nous nous sommes retrouvés seuls. Et c'est drôle qu'elles s'entendent aussi bien.

—Je suppose qu'elles comprennent ce que vit l'autre comme personne, me dit-il. Ça doit être réconfortant de se savoir dans le même bateau.

Jonathan a toujours eu ce bon sens, cette capacité à prendre du recul, à soupeser la situation avec clairvoyance et à voir les choses du point de vue des autres.

—Je crois que tu as raison, confirmai-je. Je m'inquiète pour les deux, mais d'une manière différente. J'aimerais que Michelle soit un peu plus sociable et que Vicky le soit un peu moins.

—Elles n'auront pas le dernier mot, ces adolescentes ! se moqua Jonathan.

—Sûrement pas ! N'empêche, je crois que je devrais juste être heureuse que Vicky se soit aussi bien intégrée ici.

—Exactement, assura Jonathan. Elle est vraiment agréable à vivre. Elle me manquera quand elle sera partie.

4

MA MÈRE ME FAISAIT PEUR

Alors que nous entrions dans la troisième semaine de son séjour, Vicky continuait à être aussi agréable à vivre, même si la durée du placement était clairement devenue plus longue que ce qu'elle avait escompté. Sa routine respectait celle qu'elle avait établie dès son arrivée. Elle allait tous les jours à l'école à pied, faisait ses devoirs seule et participait à la maison quand je le lui demandais, bien qu'à contrecœur. Lorsqu'elle allait dans une des maisons des jeunes ou qu'elle se rendait à la discothèque le samedi, elle rentrait toujours à l'heure et elle commençait même à inviter des amis à la maison. J'étais vraiment satisfaite de son comportement, car certains enfants en placement n'aiment pas que leurs amis connaissent leur situation. Mais cela ne semblait pas du tout perturber Vicky. En fait, elle ne manquait jamais de me présenter à ses amies, et j'avais l'impression qu'elle était heureuse de faire partie de la famille.

—Est-ce que je peux rencontrer ta maman, Angela ? me demanda-t-elle un après-midi.

—Bien sûr, répondis-je. Elle a hâte de te connaître, d'ailleurs. On est tous invités à déjeuner dimanche.

—Vraiment ? Elle va cuisiner pour nous tous ?

—Oui, et elle prépare un excellent rôti de bœuf. C'est toujours un régal.

—Ouah ! j'ai hâte de voir ça. Tu es sûre que ça ne pose pas de problème ? Je veux dire, est-ce qu'elle n'est pas trop vieille ?

—Fais bien attention à ce qu'elle ne t'entende pas dire ça ! Non, elle a la soixantaine et elle est pleine d'énergie. À propos, elle s'appelle Thelma.

Maman a toujours été d'un grand soutien dans notre activité d'assistants familiaux. Elle me disait qu'elle admirait ma patience, comme pour la maman de mon amie Belinda quand j'étais enfant. Maman était en croisière avec une vieille amie lorsque Vicky est arrivée, et j'étais impatiente qu'elles se rencontrent.

Le dimanche, maman nous a vraiment gâtés. Elle avait préparé un délicieux gigot d'agneau et a demandé à Vicky et Michelle d'aller chercher des framboises dans son jardin. Puis elle s'est installée avec elles dans son lumineux jardin d'hiver pour jouer à des jeux pendant que je faisais la vaisselle.

Vicky s'est amusée comme une folle.

—Angela, tu devrais jouer la prochaine fois ! dit-elle plus tard en souriant. Tous les jeux étaient très amusants. Est-ce que tu les connais ?

—Oui, ma chérie ! dis-je en riant, car tous les jeux de maman étaient mes vieux jeux préférés, comme Kerplunk, Docteur Maboul, Mousetrap et Buckaroo, auxquels j'ai joué des milliers de fois dans ma vie.

Le jour suivant, un cabas contenant d'autres vêtements et quelques affaires personnelles, dont une brosse à cheveux et une paire de sandalettes, est arrivé pour Vicky, par l'entremise de Tricia. Heureusement, Vicky a porté certains des vêtements cette fois-ci ; ils étaient tous un peu usés, mais ils semblaient au moins à sa taille. La pauvreté de sa garde-robe ne semblait pas du tout affecter Vicky, mais je me suis résolue à l'emmener dès que je le pourrais dans d'autres boutiques.

—Je n'ai toujours pas d'autres informations à vous donner, j'en ai peur, m'a dit Tricia en entrant dans le magasin avec le cabas. La mère de Vicky refuse toujours de nous répondre, que ce soit à sa porte, par courrier ou par téléphone. On continuera à essayer, évidemment, car on voudrait avoir une réunion de suivi avec elle, dès que possible.

De nos jours, une réunion de suivi doit avoir lieu dans les 28 jours ouvrables suivant le début du placement, mais à cette époque, ce délai n'était pas vraiment respecté. Toutes les parties, dont l'enfant, les parents ou les responsables légaux, la famille d'accueil, l'assistante sociale de référence et son manager, sont invitées à la réunion pour discuter de la façon dont se passe le placement, et décider du programme à venir. Malheureusement, comme dans le cas de Vicky, il n'est pas toujours facile de joindre les parents, et ça peut entraîner des retards.

—Je sais que vous ne pouvez peut-être pas en parler, mais est-ce que vous avez une idée de la nature du problème avec la mère de Vicky ? m'aventurai-je à demander avec diplomatie, même si ce que j'aurais aimé dire était plutôt : « C'est si frustrant ! Donnez-moi l'adresse et je vais y aller moi-même ! L'avenir d'un enfant est en jeu et il faut vraiment que sa mère réponde à la porte ! »

Bien entendu, je savais que c'était inutile de demander directement des informations aussi sensibles à Tricia que l'adresse d'une personne. J'ai appris avec l'expérience qu'il n'est pas conseillé de poser des questions. Les auxiliaires familiaux dépendent totalement de leur assistante sociale de référence. Vous devez accepter le statu quo, respecter son autorité et attendre de recevoir des informations. Heureusement, cette fois-ci, Tricia a développé :

—Les voisins nous ont dit que la mère de Vicky ne sortait jamais de chez elle, m'informa-t-elle mollement.

Il y a eu un silence que je n'ai pas brisé, et Tricia a ajouté :

—Ce ne sont que des ouï-dire à ce stade, mais il semblerait que le problème soit lié à l'alcool.

Comme Tricia avait décidé de partager cette information, j'ai voulu tenter ma chance :

—Je vois. Je suppose que vous ne savez pas depuis combien de temps Vicky n'habite plus chez sa mère, ni quand elle est allée vivre chez Lorraine ?

—Non. C'est Carl, le mari de Lorraine, qui a déposé le cabas et je n'ai pas eu l'occasion de reparler avec elle. Il m'a dit que Lorraine se désintéresse totalement de Vicky et qu'elle ne veut pas entendre parler d'elle. J'ai donc peur de ne pas pouvoir obtenir d'informations par Lorraine avant quelque temps. Par contre, d'après ce que je sais, je ne crois pas que Lorraine hébergeait Vicky depuis très longtemps.

Cette information me laissait perplexe.

—Je n'arrive pas à croire que Vicky soit si difficile, dis-je. D'après ce que j'ai vu, c'est une petite fille polie, très agréable et sociable. Elle rentre tout le temps à l'heure à la maison, elle fait ses devoirs. Et elle participe aux tâches domestiques quand on le lui demande.

Tricia a poussé une sorte de grognement.

—Je suis ravie d'entendre ça, mais j'ai bien peur que vous soyez en train de vivre une sorte de lune de miel, Angela. Ça n'a rien d'exceptionnel avec les enfants en placement, comme vous le savez, j'en suis sûre. Est-ce que vous n'êtes pas passée par là avec Michelle ?

—Non, pas du tout. Michelle était bonne comme le pain quand elle est arrivée. Et elle n'a pas changé.

—D'après ce que Lorraine nous a dit, il se pourrait que vous n'ayez pas la même chance avec Vicky. D'après elle, sa sœur est impossible à vivre. Un « cauchemar », c'est comme ça qu'elle l'a décrite, en fait !

J'étais très surprise d'entendre ça.

—Comment ça ?

—Elle a dit qu'elle était négligente, très désordonnée, et toujours dehors, quand elle nous a amené Vicky. De toute façon, dès que je sais quoi que ce soit de nouveau, je vous tiens au courant.

Quand Tricia est partie, j'ai repensé à ce qu'elle m'avait dit. Il était évident que Lorraine n'avait pas voulu ramener Vicky chez sa mère quand elle s'était rendu compte qu'elle ne pouvait pas faire face, et il semblait que nous savions maintenant pourquoi.

J'étais très embarrassée en pensant à la vie qu'avait dû avoir Vicky, son quotidien avec une mère ayant un problème d'alcool. Je savais que Lorraine avait 10 ans de plus que Vicky ; il était donc probable qu'elle ait quitté leur maison des années plus tôt et que Vicky ait grandi seule avec sa mère. Je me suis souvenue de ce que Vicky avait dit à propos de son amie Izzy – « Elle a toujours été là pour moi » – et j'ai commencé à gamberger.

—Quel genre de vie a eu Vicky ? demandai-je à Jonathan un peu plus tard. Ça a dû être terrible pour elle de grandir aux côtés d'une mère alcoolique.

Comme d'habitude, Jonathan s'est montré d'une grande sagesse et a fait en sorte que je me concentre sur les faits et que j'arrête mes conjectures.

—On n'est pas sûrs à cent pour cent que Vicky ait été seule avec sa mère, ni de ce qui se passait, dit-il. Et on ne sait pas non plus depuis combien de temps sa mère a un problème d'alcool, et la nature du problème. Tricia a dit que le problème était l'alcool, mais elle n'a pas dit que la mère de Vicky était une alcoolique, n'est-ce pas ? On n'en sait pas assez pour tirer des conclusions.

—Je suppose que tu as raison, mais…

—Écoute, Angela, ne te fais pas autant de mouron. Vicky semble s'être bien intégrée et elle t'a même ouvertement parlé de la cigarette, qui est la seule chose qu'on pourrait lui reprocher. En plus, il n'existe aucun dossier sur elle aux services sociaux, pas vrai ? Si elle avait été en danger durant toutes ces années, il y aurait un dossier sur elle ; or Tricia nous a dit qu'il n'y avait rien, pas un seul document la concernant.

—J'imagine que tu as raison. J'espère juste que si ces problèmes d'alcool durent depuis des années, Lorraine n'a pas laissé Vicky avec sa mère quand elle était petite.

Jonathan m'a serrée dans ses bras. C'est un homme très intuitif. Il a immédiatement senti que ces préoccupations étaient une sorte de transfert de ma propre enfance ; c'était impossible à éviter après la conversation que nous venions d'avoir.

Mon père était alcoolique quand il était jeune. Il avait rendu la vie impossible à ma mère au début de leur mariage, mais je ne l'ai su que bien plus tard, quand j'ai été grande et sur le point de me marier. C'est à ce moment-là que ma mère m'a tout raconté, notamment qu'elle avait donné un ultimatum à mon père quand j'avais cinq ans, en lui disant que s'il n'arrêtait pas de boire, elle le mettrait dehors. Je me souvenais de cette dispute et qu'après leur discussion, mon père s'était rendu dans ce que maman avait appelé « une clinique de sevrage », et qu'il n'avait plus jamais touché une goutte d'alcool après en être sorti.

Grâce à ma mère, au-delà de la dispute, le seul souvenir ou presque que j'ai du problème de mon père avec l'alcool est quand il était « à la campagne » ; c'est comme ça que ma mère me décrivait son séjour à la clinique. Il était parti six semaines en tout, et je me souviens que lorsque ma mère lui avait rendu visite, elle avait été contrainte de dormir sur place, car la clinique était assez loin. J'avais passé la nuit chez ma tante Hattie, ce que j'ai détesté évidemment, car ma mère me manquait terriblement et que je n'avais jamais passé une nuit loin d'elle avant ça. Cet épisode a sans aucun doute conditionné ma réaction au moment où j'ai de nouveau été envoyée chez ma tante Hattie pour une période bien plus longue, quand ma mère a été hospitalisée l'année suivante.

—J'ai eu de la chance, dis-je à Jonathan. Ma mère était là pour gérer le problème. Elle a agi de façon incroyable, mais la pauvre Vicky n'a probablement pu compter sur personne pour faire face à cette situation.

Plus tard dans la semaine, j'ai emmené Vicky chez le docteur pour qu'elle passe une visite médicale, comme l'exige la loi au cours des premières semaines de placement de l'enfant. Un contrôle dentaire et une visite ophtalmologique devant également être effectués pour assurer un suivi, j'ai pris rendez-vous au cas où Vicky serait encore avec nous au moment où ces visites devaient se faire. Notre médecin préférait que j'accompagne les enfants au cabinet, pour qu'il puisse les peser et les mesurer, leur poser quelques questions générales sur leur santé et faire quelques contrôles de routine, comme ausculter leur poitrine.

—Est-ce que ça te pose un problème que je t'accompagne au cabinet médical ? demandai-je à Vicky.

—Non, aucun, me répondit-elle. Pourquoi ?

Le médecin semblait satisfait de l'état de santé général de Vicky, mais elle avait du mal à respirer ce jour-là, et il en a déduit que Vicky fumait.

—Combien de cigarettes fumes-tu par jour ? lui demanda-t-il.

—Euh, autant que je peux, déclara Vicky, l'air un peu embarrassé. Des fois 4 ou 5, des fois 20.

—Je vois. Et depuis combien de temps fumes-tu ?

Le médecin s'en tenait aux faits et ne donnait pas l'impression de juger, et cette approche semblait porter ses fruits, car Vicky était franche avec lui.

—Trois ou quatre ans. J'avais l'habitude de piquer des cigarettes à ma mère quand elle dormait sur le canapé.

—Je vois. Eh bien, Vicky, je pense que tu respirerais mieux si tu utilisais un inhalateur. Je vais te préparer une ordonnance. Tu souffres d'asthme léger et, si tu n'arrêtes pas de fumer, cela pourrait considérablement s'aggraver. Je voudrais que tu essaies d'arrêter le plus rapidement possible.

—D'accord, répondit Vicky docilement, j'essaierai. J'en ai vraiment envie.

Pendant que nous attendions qu'on nous serve l'ordonnance à la pharmacie de l'autre côté de la rue, j'ai félicité Vicky pour son honnêteté et lui ai annoncé que je parlerais avec Jonathan pour lui trouver une récompense ; comme ça, elle aurait une bonne raison pour arrêter de fumer.

—Merci, dit-elle. Je sais que ce ne sera pas facile. C'est gentil de ta part.

Cette nuit-là, Jonathan et moi avons discuté et décidé de lui offrir deux billets pour un concert dont elle avait parlé en disant qu'elle aurait aimé y aller plus tard cette année.

—Super ! dit-elle. C'est sûr que je vais arrêter, maintenant. Je commence la semaine prochaine.

Jonathan et moi nous sommes regardés en pensant tous les deux : « Pourquoi attendre la semaine prochaine ? », mais nous n'avons rien dit. Si c'était comme ça que ça fonctionnait avec Vicky : il fallait laisser faire.

L'école s'est terminée la semaine suivante, et Michelle est allée dormir chez son père pour quelques jours, une visite qu'elle attendait avec impatience. Jonathan et moi voulions aussi faire un petit break. Nous avons fermé le magasin et emmené Vicky pour trois nuits dans un camping près de la côte où nous étions déjà allés plusieurs fois. Vicky n'avait jamais dormi dans une caravane et elle était très excitée. Jonathan et moi étions nous aussi impatients d'y aller. Nous le faisions deux ou trois fois par an, généralement pendant des week-ends prolongés, ou quand nous n'avions ni mariage ni aucune autre réception de prévus, ce qui nous laissait la liberté de fermer le magasin.

—Je ne suis allée qu'une seule fois sur la côte, nous dit Vicky sur la route.

—Vraiment ? m'exclamai-je. Et tu as aimé ?

—Je crois que oui. J'étais très petite et je ne m'en souviens presque pas. Je ne me rappelle plus qui nous y a emmenées, mais c'était un monsieur, et maman a voulu rester dans la voiture avec lui, et c'est Lorraine qui m'a emmenée jouer dans les vagues.

Avant de partir, j'avais décidé que Vicky pourrait aller se baigner, étant donné qu'elle avait suivi des cours à l'école, et elle avait accepté que je lui achète un maillot de bain. Le séjour a été incroyable. Nous avons passé tous les trois un excellent moment, nous sommes allés dans un parc aquatique des environs, nous avons mangé des pizzas le soir, joué au bowling, fait des barbecues. Vicky semblait détendue et n'a pas fumé une seule cigarette les deux premiers jours.

—Je fume quand je suis stressée, et ici, je ne suis pas stressée, me dit-elle comme je la félicitais.

Un soir, Vicky est allée jouer au minigolf avec des jumelles qu'elle avait rencontrées dans le camping. Jonathan et moi étions assis dehors à profiter des derniers rayons du soleil quand Vicky est revenue. Sa peau était brune et ses cheveux, attachés en queue de cheval, comme d'habitude, semblaient plus blonds et éclatants que jamais. Elle portait un short et une veste que je lui avais achetés en même temps que son maillot de bain, et c'était agréable de la voir si heureuse et en forme.

—J'adore cet endroit, nous annonça-t-elle avant d'ouvrir une chaise de camping et de s'asseoir à côté de moi.

—Je crois que la vie en extérieur te convient bien, Vicky, lui dis-je. Tu as l'air en forme. Peut-être qu'on devrait acheter une caravane et l'installer dans le jardin pour toi quand on sera rentrés à la maison.

Étonnée, Vicky a demandé tout de go :

—Tu ne ferais pas ça ?

—Mais non, ma chérie ! Je plaisantais.

—Oh ! Je voulais juste être sûre, ajouta-t-elle.

—Qu'est-ce qui te fait croire que j'étais sérieuse ?

—Ma maman l'aurait dit sans rigoler.

—Qu'est-ce que tu veux dire par là ?

—Je ne sais pas, je vais faire un tour, finit-elle par dire en haussant les épaules.

J'ai réalisé que cela avait peut-être rappelé quelque chose à Vicky, et pas quelque chose d'heureux. Elle est partie une vingtaine de minutes et, quand elle est revenue, je pouvais sentir son haleine de fumeuse. J'ai décidé de ne pas lui faire de reproches, même si je mourais d'envie de lui demander ce qu'elle avait dans la tête.

Le dernier matin de notre séjour, Vicky et moi sommes allées marcher sur la plage pendant que Jonathan était parti faire le plein d'essence et contrôler la pression des pneumatiques de la voiture.

—Je ne veux pas partir, me dit Vicky. J'aimerais rester ici en vacances.

—Je suis heureuse de voir que ça t'a plu, lui répondis-je.

Jonathan et moi avons toujours aimé faire du camping. On a prévu des vacances plus longues un peu plus tard cette année avec Michelle, dans un endroit qui est bien plus grand que celui-ci. Peut-être que tu pourras venir avec nous si tu es encore chez nous ? On aime bien partir une semaine juste avant que l'école ne reprenne.

Vicky n'a pas répondu à ma suggestion, et j'ai réalisé qu'elle avait arrêté de demander quand elle pourrait retourner chez Lorraine. J'ai informé Vicky de ce que Tricia m'avait dit à propos du bébé qui devait arriver à la fin du mois d'août, et elle m'a simplement répondu :

—Oh ! c'est plus tard que ce que je pensais.

Alors qu'elle observait la mer, elle m'a dit :

—Une des jumelles m'a demandé si j'avais une sœur et je lui ai dit que non.

—Mais c'est faux, ma chérie. Pourquoi as-tu dit ça ?

—Parce que Lorraine et moi, on n'est pas comme elles.

—Tu veux dire parce qu'elles sont jumelles et qu'entre toi et Lorraine il y a une grande différence d'âge ?

—Oui. Lorraine est partie de la maison quand j'avais quatre ou cinq ans. Plus ou moins quand j'ai commencé l'école maternelle. J'ai du mal à me souvenir d'elle à la maison ; donc, j'étais vraiment petite quand elle est partie.

—Et après le départ de Lorraine, tu es restée toute seule avec ta maman ?

—Moi, elle et son *meilleur ami*, lâcha Vicky sur un ton sarcastique.

—Meilleur ami ? m'aventurai-je gentiment.

—Oui. On l'appelait « bouteille de vodka » !

Vicky s'est mise à rire amèrement après sa saillie. Elle lui avait échappé si naturellement que ça laissait penser que ça n'était pas la première fois qu'elle utilisait cette plaisanterie ou qu'elle la répétait telle qu'elle l'avait entendue.

J'ai eu un pincement au cœur pour Vicky et je l'ai instinctivement tirée vers moi en lui serrant doucement le bras. Je voulais la serrer contre moi, mais l'assistante sociale m'avait dit de faire attention avec ce genre de contacts physiques ; il faut d'abord se demander si c'est ou non approprié de les prendre dans nos bras.

—Les étreintes peuvent être mal interprétées, avait dit Tricia. Mieux vaut pécher par excès de prudence, en particulier quand vous ne connaissez pas l'histoire de l'enfant. Et si vous sentez que c'est approprié de les prendre dans vos bras, par exemple si le fait de garder vos distances risque d'être interprété comme du désintéressement, vous devez toujours demander en premier à l'enfant s'il est d'accord.

J'avais compris le message, mais sur le moment, dans une situation comme celle-ci, ça semble souvent incongru de demander la permission à quelqu'un de le serrer contre soi ; j'ai donc décidé de m'en tenir à cette marque d'affection.

—Désolée, je ne veux pas gâcher les heures qui nous restent, dit Vicky, qui avait senti ma tristesse. Je n'aime pas parler de ma mère. Je ne sais pas pourquoi j'ai parlé d'elle. C'est à cause d'elle que je suis allée vivre chez Lorraine, mais j'imagine que tu le sais déjà.

—Je m'en doutais, mais je n'étais pas sûre. Combien de temps as-tu vécu chez Lorraine ?

En posant la question, j'espérais que sa réponse allait être « depuis plusieurs années », mais Vicky m'a répondu :

—Depuis deux mois. J'ai, euh… j'ai dit à ma mère que je sortais acheter du pain.

—Qu'est-ce que tu veux dire par là ?

—J'ai dit que j'allais au magasin du coin, mais ce n'était pas vrai. Au lieu de ça, j'ai couru tout le long du chemin pour aller chez Lorraine. Lorraine ne voulait pas vraiment que je reste chez elle, mais j'ai refusé de retourner avec ma mère.

—À cause de son problème avec l'alcool ?

J'étais consciente de prendre un risque, mais je voulais en savoir plus, pour mieux comprendre et être en mesure de l'aider.

—Ma mère me faisait peur.

Vicky, devenue très pâle, avait parlé à voix basse.

—Est-ce qu'on peut arrêter de parler de ça maintenant, Angela ?

—Bien sûr, ma chérie. Mais tu sais que tu peux me parler n'importe quand.

—Je sais. Merci.

J'ai respiré profondément, un peu circonspecte en pensant à ce que je devais lui annoncer à ce moment-là.

—Une dernière petite chose, Vicky. Comme nous sommes ta famille d'accueil, je suis obligée de communiquer à ton assistante sociale tout ce qui est, selon moi, important qu'elle sache.

Vicky m'a regardée d'un air inquiet.

—Est-ce que tu vas lui dire ce que je t'ai dit sur ma mère ?

—Oui, la prochaine fois que je verrai Tricia. C'est mon devoir, ma chérie, mais ne t'inquiète pas. On se parle comme ça toutes les deux pour une seule et simple raison : s'assurer que tu es en sécurité et trouver les meilleures solutions. Personne ne veut te causer de problèmes supplémentaires. De toute façon, je ne crois pas que tu m'aies dit des choses que Tricia ne sache pas déjà. Ne t'inquiète pas.

Vicky ne semblait pas convaincue et n'a presque pas décroché un mot en retournant à la caravane. J'étais obnubilé par ce que je venais d'apprendre : Vicky avait vécu seule avec sa mère alcoolique de l'âge de 4 ou 5 ans jusqu'à l'âge de 13 ans. Ça avait dû être très dur pour elle, et malheureusement il semblait inévitable désormais que d'autres révélations allaient surgir, même si je n'étais pas certaine que Vicky souhaiterait de nouveau s'ouvrir à moi. La question de savoir si la mère de Vicky se présenterait à la réunion de suivi que Tricia tentait d'organiser était maintenant au centre de mes préoccupations. Le fait que Vicky avait aussi peur de sa mère m'inquiétait profondément, et je pouvais imaginer que cette réunion n'allait pas être de tout repos.

Lorsque j'ai vu l'annonce pour devenir auxiliaire familial quelques années plus tôt, je n'avais pas considéré le fait que vous devez rencontrer les parents des enfants dont vous avez la charge. Jonathan et moi avions un regard naïf sur ce qu'impliquait ce travail, nous imaginions que nous allions accueillir un ou deux enfants, les aimer et leur procurer un lieu de vie agréable, et que tout irait très bien comme ça. Ensuite, quand les enfants partiraient, nous pensions que nous n'aurions qu'à refaire la même chose avec d'autres enfants qui auraient à leur tour besoin d'une maison temporaire. Ça semble ridicule aujourd'hui, mais je n'avais aucune idée du système d'évaluation ou du fait que les familles d'accueil devaient s'asseoir autour de la table avec la mère ou le père, ou quiconque ayant la responsabilité parentale, pour discuter des tenants et aboutissants de l'accueil de l'enfant.

De plus, tous les enfants dont nous nous sommes occupés voulaient retourner le plus vite possible auprès de leur famille, quel que soit le motif qui les avait amenés à être placés en famille d'accueil. La mère de Michelle, par exemple, Maureen, avait eu des problèmes de drogue par le passé et, n'étant pas capable de s'occuper de sa fille, elle avait envoyé Michelle dans un foyer alors qu'elle avait 10 ans. Michelle avait passé deux ans dans ce foyer avant de venir chez nous. J'avais appris par les services sociaux que Maureen ne parvenait pas à nourrir correctement sa fille, ou à l'envoyer à l'école régulièrement, et un de ses anciens compagnons avait été en prison pour avoir agressé un membre proche de la famille.

Michelle ne se laissait pas décourager par ça. Encore maintenant, après deux ans, elle continuait à dire fréquemment « Quand je serai rentrée à la maison » comme si elle parlait de retourner dans son lieu de villégiature préféré. Et ce, alors que sa mère ne montrait aucunement la volonté de la reprendre avec elle, même si aujourd'hui c'était une ex-toxicomane et que les services sociaux auraient permis à Michelle de retourner vivre chez elle. Après ses visites le week-end, Michelle ne semblait jamais dans son assiette. Quelque chose m'échappait ; elle n'était pas vraiment elle-même, sans que je comprenne pourquoi. Mais quelles que soient les raisons de son changement de comportement, cela ne diminuait en rien son envie de retourner vivre avec sa mère. Elle serait partie sans se retourner si Maureen avait donné son accord.

—Est-ce que tu vas bien ? lui demandais-je toujours. As-tu passé un bon moment ? Qu'est-ce que vous avez fait ?

—Ça va ! répondait-elle joyeusement. C'était très bien. On a regardé la télé et mangé des chips.

—Comment va ta maman ?

—Bien ! Je devrais pouvoir rentrer d'ici peu !

J'avais une peine immense lorsque j'entendais Michelle parler avec autant de courage et d'optimisme. Au cours des deux années qu'elle avait passées avec nous, sa mère ne s'était présentée qu'à une seule réunion de suivi, au cours de laquelle elle avait été grossière et agressive quand nous avions abordé les projets concernant l'avenir pour sa fille. Et pourtant, Michelle n'avait jamais fait une seule remarque négative sur sa mère, et son envie de retourner vivre avec elle ne faiblissait pas. Sa loyauté envers son père était également très forte. Il s'était remarié et avait une nouvelle famille à charge, ce qui, selon ses dires, ne lui permettait pas de prendre Michelle chez lui. Elle acceptait sa décision sans poser de questions et sans le juger. Elle semblait toujours ravie de le voir, laissant rarement passer plus de quelques jours entre les visites qu'elle faisait à son domicile, qui ne se trouvait pas très loin de chez nous en bus.

Les enfants que nous avions accueillis en placement pour des courts séjours étaient tous, en général, impatients de retourner chez leurs parents. C'était compréhensible quand, par exemple, un des parents était à l'hôpital ; je savais exactement ce qu'on pouvait ressentir lorsqu'on passait chaque minute de la journée à attendre impatiemment de retourner à sa vie normale. Un petit garçon de huit ans avait souffert de violences physiques de la part de sa mère et avait eu une fracture du crâne, et pourtant, il était impatient de la retrouver. Nous nous sommes rendu compte à quel point les liens du sang sont forts, le jour où nous avons appris que même les enfants ayant subi des abus sexuels de la part de leurs parents souhaitent quitter le plus vite possible leurs familles d'accueil pour retourner vivre avec les personnes qui leur ont fait du mal.

Les choses étaient sans aucun doute différentes avec Vicky. C'était la première enfant que je connaissais qui avait fui sa propre mère et qui en avait peur.

—La réunion de suivi de Vicky me rend nerveuse, dis-je à Jonathan une fois de retour à la maison après nos petites vacances.

La réunion pouvait avoir lieu n'importe quand maintenant, et même si je voulais que Vicky sache ce qu'allait être son avenir proche, je commençais à appréhender cette réunion.

—Moi aussi, je suis inquiet, me répondit Jonathan. Ça pourrait être un moment compliqué, et quels que soient nos sentiments, ça risque d'être encore bien plus éprouvant pour Vicky en termes de peur et de tension nerveuse.

—Tu as raison. La pauvre. C'est vraiment injuste. Je serais vraiment heureuse pour Vicky si elle pouvait rester plus longtemps avec nous, le cas échéant. Et toi ?

—Bien sûr ! J'aimerais qu'elle reste avec nous, mais comme tu le sais, ce que nous voulons n'est pas le problème. On verra bien ce qui va se passer.

Lorsque j'ai eu Tricia au téléphone la fois suivante, je lui ai dit que Vicky avait parlé du problème d'alcool de sa mère, et je lui ai communiqué les informations que j'avais recueillies, que Vicky avait vécu seule avec sa mère dès l'âge de quatre ou cinq ans et qu'elle avait si peur d'elle qu'elle s'était échappée il y a quelques mois pour aller chez Lorraine.

Tricia m'a dit que la mère de Vicky, qui, comme je l'avais appris, s'appelait Brenda, refusait toujours de répondre à la porte, mais qu'elle avait réussi à parler avec une voisine, une vieille dame qui lui avait fourni des informations.

—Êtes-vous en droit de me dire quel type d'information ? lui demandai-je sans détour.

Tricia a soupiré et j'ai entendu qu'elle tapotait son stylo ou son ongle sur le bureau.

—La voisine m'a dit qu'elle entendait souvent des cris et du vacarme provenant de la maison où Vicky habitait.

—Je vois. Est-ce que c'était quand Vicky était très jeune ou plus récemment ?

—Pendant que Vicky vivait là-bas. La femme m'a dit qu'elle avait averti les services sociaux à plusieurs reprises durant toutes ces années, mais nous n'avons malheureusement aucune trace de ces appels. On devrait avoir un dossier ou quelque chose, car tous les appels de cette nature sont enregistrés et on les traite, comme vous le savez. Mais il n'y a rien du tout.

—Qu'est-ce qui s'est passé, d'après vous ? demandai-je.

Tricia a respiré profondément.

—Je suis désolée, mais il semblerait que le dossier de Vicky se soit perdu quelque part dans les méandres de l'administration. Avant que tout soit informatisé, il arrivait parfois que des dossiers se perdent. Je sais aussi que des papiers ont fini à la poubelle quand on a commencé à enregistrer les dossiers dans notre système informatique.

J'ai demandé à Tricia s'il était possible qu'une enquête ait été menée par les services sociaux suite aux appels des voisins, que rien de sérieux n'ait été trouvé et qu'en conséquence, aucun dossier n'ait été ouvert. Je savais que je me raccrochais aux branches, surtout après que Vicky avait admis avoir peur de sa mère, mais j'ai quand même posé la question étant donné que Tricia semblait moins pressée que d'habitude et que j'avais vraiment besoin de réponses.

—La mère de Vicky semble avoir un sérieux problème d'alcoolémie depuis très longtemps. Si une enquête avait été menée, je ne peux pas croire que rien ne se serait passé, et on aurait un dossier de toute façon, même si aucune action n'avait été entreprise. La voisine m'a également dit qu'elle avait souvent vu Vicky dehors en chemise de nuit, même en hiver. C'est évident que cette situation faisait de Vicky une enfant à risque et que les services sociaux n'auraient pas pris la situation à la légère. D'ailleurs, ça aurait plutôt été considéré comme une urgence.

Quelle que soit la vérité autour du dossier manquant sur Vicky, sa vie dans cette maison avec une mère alcoolique avait dû être traumatique, sans parler de ces escapades nocturnes dans le froid.

Tricia a mis fin à notre conversation en m'assurant qu'elle essaierait de parler avec le voisin de l'autre côté, un certain Alf. D'après la vieille femme, c'était un ami proche de Brenda, il faisait régulièrement les courses pour elle, mais pour une raison ou une autre il refusait également d'ouvrir sa porte.

—Je continuerai à essayer, me dit Tricia. Il faut vraiment qu'on organise cette réunion de suivi. Espérons que j'aurai de nouvelles informations bientôt, et si on n'y arrive pas, la réunion devra avoir lieu sans la mère de Vicky.

—Merci, lui dis-je. Nous n'avons aucun problème à ce que Vicky reste avec nous le temps qu'il faudra. Il n'y a aucun souci avec elle. On vient de passer un très agréable week-end, d'ailleurs. On l'a emmenée à…

—Très bien, me coupa Tricia. Désolée, vraiment, mais je dois vous laisser. J'ai un autre appel en attente. On se reparle très vite.

La ligne a été coupée et j'ai senti les battements de mon cœur s'accélérer. Tricia était un bourreau de travail, et je voyais bien que c'était aussi frustrant pour elle que pour moi de ne jamais avoir le temps suffisant pour faire son travail aussi bien qu'elle l'aurait souhaité. Elle avait l'air sincèrement désolé de mettre fin aussi sèchement à notre conversation, mais elle ne pouvait rien faire pour changer les choses. En plus de s'occuper d'un nombre trop important d'auxiliaires familiaux et d'enfants, Tricia devait aussi faire du travail administratif, comme répondre à tous les coups de téléphone entrants de son bureau, dont certains avaient un vrai caractère d'urgence. Par exemple, si un membre de l'administration publique ou un enseignant signalait un problème de sécurité concernant un enfant, elle avait l'obligation de trouver immédiatement un endroit pour placer l'enfant. Tricia et ses collègues étaient également impliqués dans le recrutement de nouvelles familles d'accueil, ce qui supposait qu'elles devaient tenir des stands dans des centres commerciaux ou lors de fêtes. En plus, Tricia devait maintenir à jour toute sa paperasse, transcrire toutes les conversations qu'elle avait eues par téléphone ou en personne. Le fait que sa collègue, qui était en arrêt-maladie de longue durée, n'allait pas revenir avait été confirmé. Pour autant, elle ne serait pas remplacée. Malheureusement, en raison du stress engendré par le travail, de nombreux assistants sociaux tombaient malades, et comme leurs congés-maladies étaient payés, les finances ne permettaient pas d'engager des personnes supplémentaires pour couvrir leurs absences. Je savais que Tricia faisait un travail remarquable dans ces circonstances difficiles, mais je ne pouvais contenir une certaine agitation.

—Tout va bien ? me demanda Jonathan en m'apportant une tasse de thé.

—Pas vraiment, répondis-je en lui faisant part de ma conversation avec Tricia.

—Biscuit ?

—Oui, merci, dis-je en en prenant trois dans la boîte que me tendait Jonathan.

Il a été étonné, car normalement je ne me permettais qu'un seul biscuit en disant : « Vraiment, je ne devrais pas ! »

—Tu sais quoi ? lui dis-je en plongeant un biscuit dans mon thé et en le dévorant en une bouchée. Je suis très en colère. Tricia devrait s'asseoir devant la maison de Brenda jusqu'à ce qu'elle se décide à ouvrir la porte.

Même si elle ne sort jamais, elle doit bien ouvrir pour recevoir les courses que lui fait cet Alf, elle doit bien être obligée de se montrer à un moment donné.

—Je suis d'accord avec toi. Mais Tricia est bien trop occupée pour faire le guet pendant des heures là-bas, non ? me fit sagement remarquer Jonathan.

—Je sais, mais c'est exactement ce que je veux dire ! Tout le monde est trop occupé. J'aimerais vraiment avoir cette adresse, je filerais là-bas et je découvrirais ce qui se passe réellement.

—Attends un peu… commença Jonathan.

—Pas la peine de me dire quoi que ce soit. Je ne vais pas faire d'idioties, et je n'ai pas la moindre idée de l'endroit où vit la mère de Vicky. J'ai juste besoin de me défouler un peu. On dirait que Vicky a été en danger pendant des années. Regarde un peu le temps que ça a pris pour en arriver là. À ce rythme, elle sera majeure avant que tout soit réglé.

5

JE DEVAIS MENTIR POUR ÊTRE EN SÉCURITÉ

La semaine qui a suivi nos petites vacances en caravane, une cliente régulière est venue au magasin et a demandé à me parler.

—Bien sûr, lui répondis-je. De quoi s'agit-il ?

—C'est à propos de la jeune fille qui vit chez vous. Vicky, n'est-ce pas ?

—Oui, c'est ça. Qu'est-ce qui se passe ?

—Eh bien, voilà, Angela. J'ai bien peur que la petite Vicky soit à l'origine de certaines nuisances le soir, dans les jardins du côté de la maison de retraite où elle traîne avec un groupe d'adolescents. Ma sœur travaille là-bas et elle m'a demandé de vous en parler, car elle sait que je suis cliente chez vous.

—Je vois. Merci de me prévenir. Qu'est-ce qu'elle fait exactement ? Vous le savez ?

—Ils font du bruit, ils fument, ils laissent des ordures, ce genre de choses. La nuit dernière, ils ont collé un chewing-gum sur le mur. Ils sont sept ou huit, des garçons et des filles. J'espère que vous n'êtes pas fâchée que je vous en parle.

—Pas du tout. Vous avez bien fait. Je vais m'en occuper.

Plus tard dans la journée, Vicky m'a demandé si elle pouvait aller retrouver Izzy chez elle dans la soirée, où elle m'avait dit qu'elle allait également la nuit précédente. Je ne l'avais jamais empêchée d'aller voir ses amies, et j'avais fait la connaissance de certains d'entre eux quand ils étaient venus la retrouver chez nous. Ils avaient l'air de former un petit groupe d'enfants bien comme il faut, toujours polis, qui nous remerciaient de les recevoir chez nous. J'étais heureuse que Vicky ait des camarades, mais je ne l'aurais jamais laissée traîner dans la rue avec eux et devenir une source de gêne pour les riverains.

—Es-tu sûre que vous étiez chez Izzy hier soir ? lui demandai-je en fronçant les sourcils.

—Qu'est-ce que tu veux dire ? demanda Vicky en rougissant.

—Quelqu'un m'a dit que vous étiez à traîner autour de la maison de retraite, à fumer et à faire du bruit et du bazar, alors que je croyais que vous étiez chez Izzy. Ou devrais-je dire, alors que tu m'avais dit que vous étiez chez Izzy.

Vicky a eu l'air furieuse.

—Qui a dit ça ? Tu as des espions qui me surveillent ?

—Ne sois pas stupide. J'ai un commerce et je suis connue en ville. Il n'y a pas grand-chose dont je ne sois pas au courant. Je ne veux pas que tu retournes traîner là-bas, ni autre part d'ailleurs.

—Qu'est-ce que je devrais faire ? hurla-t-elle. Rester à la maison et être un ermite comme Michelle ?

Vicky a monté l'escalier d'un pas lourd en bougonnant pour aller s'enfermer dans sa chambre, et j'espérais qu'elle se calmerait si je la laissais seule un moment avant le dîner, qui serait prêt d'ici une demi-heure. Malheureusement, ce soir-là, l'ambiance à table a été glaciale. Michelle avait entendu ce que Vicky avait dit à son propos, ce qui l'avait irritée, et Vicky semblait une cocotte-minute sur le point d'exploser. Elle n'adressait la parole à personne.

—Les filles, il reste encore plein de spaghettis si quelqu'un en veut encore, dis-je d'un ton désinvolte. Servez-vous !

—Excellent ! s'exclama Jonathan. Est-ce que ça dérange quelqu'un si je finis ce qui reste de fromage râpé ?

Les deux filles étaient assises et ne disaient pas un mot. Elles ont mangé leur assiette de spaghettis bolognaise très vite pour pouvoir disparaître dans leurs chambres respectives.

—Qu'est-ce qu'on fait ? demandai-je à Jonathan.

—J'imagine qu'on va juste devoir attendre que Vicky vienne s'excuser. Je ne crois pas que ça va être long parce qu'elle veut sortir ce soir.

—On ne lui a pas encore interdit de sortir ?

—Non, je ne crois pas, mais est-ce que ça ne coule pas de source ? Il n'y a pas moyen qu'elle sorte ce soir, pas après ce qui s'est passé.

Sur ce, Vicky est arrivée à la porte, avec un air penaud et en tenant la manche bien trop grande de son survêtement autour de son ventre.

—Je suis vraiment désolée, commença-t-elle. J'ai dû mentir pour ma sécurité. Parfois je ne réfléchis pas. J'ai tellement menti, je n'ai pas réfléchi…

De grosses larmes se sont mises à couler sur ses joues et elle a fait demi-tour pour s'en aller.

—Attends une minute, ma chérie. Viens ici.

Vicky s'est approchée et m'a prise dans ses bras en sanglotant sur mon épaule.

—Qu'est-ce que tu essaies de dire, ma chérie ?

—Je devais mentir pour être en sécurité. Je ne peux pas vous raconter…

J'ai respiré profondément en tentant d'assimiler ce que Vicky venait de me dire. Est-ce que je devais lui demander pourquoi elle devait mentir, est-ce que je devais lui parler du fait qu'elle nous avait menti la veille, ou est-ce que je devais être simplement reconnaissante, car elle s'était excusée aussi rapidement et d'une manière qui, je le sentais, avait été sincère et sans aucun doute difficile pour elle ? J'ai laissé parler mon instinct.

—Oh ! ma chérie ! Merci de t'être excusée. Souviens-toi de ce que je t'ai dit. Tu peux me parler, de tout ce que tu veux.

—Merci, Angela.

Vicky a reniflé bruyamment et a demandé un kleenex à Jonathan qui était assis à côté du rebord de la fenêtre où ils étaient posés.

—Est-ce que tu veux que je vous laisse entre filles ? demanda-t-il en tendant la boîte à Vicky.

—Non, répondit-elle d'un ton ferme en regardant Jonathan avant de se tourner vers moi. Je me sens mieux. Je suis vraiment désolée. Je ne vous mentirai plus, je vous le promets.

—Nous sommes heureux de te l'entendre dire, assura Jonathan. Seulement, au-delà de toute autre considération, pour des raisons de sécurité, il faut que nous sachions où tu es. Et évidemment, il faut tenir compte des autres personnes qui habitent en ville. Imagine un peu si une bande faisait son apparition et squattait devant la maison en faisant du bruit ? Ça ne nous ferait pas plaisir, n'est-ce pas ?

Vicky a secoué la tête.

—Je n'ai pas réfléchi. Je l'ai juste fait. Personne ne voulait savoir où j'allais avant, ou les problèmes que je pouvais causer, tant que j'étais en dehors de la maison. J'avais oublié que c'était différent ici.

—Ça a dû être difficile, dis-je. De vivre comme ça.

Vicky a haussé les épaules et a affiché un grand sourire.

—J'ai survécu, non ? Est-ce que je peux aller chez Izzy maintenant ? Et je promets que c'est vraiment là que je vais ce soir !

—Oh ça, je ne sais pas, ma chérie… lui dis-je.

—Moi non plus, ajouta Jonathan.

—Mais on prépare des posters pour la maison des jeunes, expliqua-t-elle, toute déçue.

Vicky a joint ses mains en prière et ajouté :

—S'il vous plaît, s'il vous plaît ! Je vous téléphonerai quand je serai arrivée là-bas si vous voulez.

Après avoir échangé un regard et un signe d'approbation avec Jonathan, j'ai dit à Vicky qu'elle pouvait y aller, mais qu'elle devait y aller et rentrer directement, sans faire de crochets autre part, et à l'heure convenue. Et qu'elle devait aller voir Michelle pour s'excuser de l'avoir énervée plus tôt avant de sortir.

—Marché conclu ! Merci ! Je vous appelle dès que j'arrive là-bas.

—Merci, c'est gentil. Est-ce que tu pourrais me donner le numéro d'Izzy ? Je ne vais pas appeler pour contrôler, mais j'aimerais l'avoir au cas où j'aurais besoin de te joindre.

—Pas de problème, dit Vicky en attrapant un stylo et le bloc-notes qui se trouvaient à côté du téléphone sur le plan de travail de la cuisine.

Elle a écrit le numéro de mémoire.

—Voilà. Mais ce n'est pas le téléphone de sa maison. C'est le numéro de la cabine qui est dehors. Il y a beaucoup de monde dans ce coin et il y a toujours quelqu'un pour répondre. Si vous avez besoin de me joindre, demandez juste à la personne qui répondra d'aller frapper au 36.

Jonathan et moi avons échangé un nouveau regard.

—C'est une drôle d'organisation ! dis-je. Izzy n'a pas le téléphone chez elle ?

—Si, mais il a été coupé. La cabine est le moyen le plus sûr si vous avez besoin de me joindre. Ne vous en faites pas, tout le monde fait la même chose.

—D'accord. J'imagine que c'est pour ça que tu connais le numéro par cœur ?

—Oui. Je connais tous les numéros des cabines des environs par cœur. Je monte et je vais voir Michelle avant de sortir. Encore merci, je serai rentrée à 22 heures !

Sur ce, Vicky a tourné les talons et s'est engouffrée dans l'escalier.

Nous l'avons autorisée à rentrer à 22 heures, car c'étaient les vacances d'été et qu'elle rentrait toujours à l'heure.

—Comment s'est passée la création des posters ? demandai-je à son retour.

—Oh ! on ne s'en est pas occupées, répondit-elle, pensive.

—Pourquoi ? Il y a un problème, ma chérie ?

—Eh bien, en fait, oui, j'imagine. C'est un peu compliqué chez Izzy en ce moment : sa maman est partie avec un autre gars.

—Oh ! je suis vraiment désolée d'entendre ça. Ça a dû être un choc terrible pour Izzy.

—Pas vraiment, c'est pas la première fois.

—Et avec qui vit-elle, alors ?

—Son beau-père, et elle ne le supporte pas. Elle le déteste même. Il est horrible.

—Oh ! ma chérie, ça n'a pas l'air très gai.

—Non. Izzy dit qu'elle a vu le bien que ça m'avait fait d'être chez vous et qu'elle veut aller vivre en famille d'accueil.

—Vraiment ? dis-je, choquée d'entendre ça.

—Oui. Izzy dit qu'elle avait toujours pensé que de vivre en famille d'accueil devait être la pire des choses. Comme moi, d'ailleurs, mais à vrai dire ce n'est pas le cas ! Je lui ai dit que j'y serais allée bien avant si j'avais su que c'était comme ça, mais je ne pensais pas qu'on prendrait soin de moi comme vous le faites. Enfin bref, je suis crevée. Bonne nuit !

Vicky a pris un verre d'eau et est montée dans sa chambre en nous laissant, Jonathan et moi, ébranlés par un mélange de sentiments. Nous étions évidemment inquiets pour Izzy et nous étions touchés par ce que Vicky nous avait dit.

Sans s'en rendre compte, Vicky venait de nous faire un immense compliment. Normalement, on aurait été gênés de recevoir de telles louanges. Si un client du magasin nous complimentait au sujet d'un bouquet ou qu'il le commandait, ça nous faisait plaisir ; c'était aussi simple que ça.

Mais il y avait quelque chose d'un peu embarrassant dans le fait d'être fier de répondre aux besoins de base de Vicky et de lui donner ce que chaque enfant mérite. C'était triste, vraiment, de voir qu'elle était reconnaissante pour des choses normales que la plupart des enfants considèrent comme un dû. Je ressentais de la peine, bien plus que de la satisfaction.

—C'est une gentille petite, dis-je à Jonathan.

—Oui, confirma-t-il. J'imagine que ça aurait été trop beau pour être vrai si elle ne nous avait pas donné un peu de fil à retordre. C'est normal pour une adolescente, tu ne crois pas ?

J'acquiesçai.

—C'est marrant, tu ne trouves pas ? On apprend à être parents d'adolescents sans même avoir eu de bébés. Tout est inversé.

—Je sais, dit en riant Jonathan. On sera compétents au moment où les nôtres arriveront à cet âge. De vrais experts, pour tout dire !

Jonathan et moi avons toujours voulu fonder une famille. On s'est rencontrés dans une salle de danse des environs alors que nous avions 17 ans, au début des années 1970. À l'époque, je fréquentais un ami de Jonathan du nom de Norman, mais dès que j'ai vu Jonathan, le pauvre Norman n'a plus trouvé grâce à mes yeux. Jonathan était très élégant et avait un sourire incroyable, et quand il m'a invitée à danser, j'étais au paradis. Plus tard, il m'a raccompagnée chez moi à pied et m'a embrassée sur la joue. Je me sentais flotter dans les airs, et on est devenus inséparables à partir de ce jour-là.

À 18 ans, tous les deux avec notre baccalauréat en poche, j'ai voulu quitter l'endroit où nous avions grandi pour aller vivre dans une grande ville. J'ai grandi en regardant ma mère et mon père s'occuper du magasin de fleurs et je voulais travailler autre part, être un peu indépendante avant de m'installer. Jonathan était totalement d'accord avec moi et a accepté de me suivre. Je ne voulais pas partir pour toujours ; j'ai toujours eu dans l'idée de revenir quand le moment serait venu, à coup sûr pour reprendre le magasin. Plus vieux que moi, mon frère Andrew avait créé depuis bien longtemps déjà sa propre société à l'autre bout du pays, et elle fonctionnait très bien. Si je ne reprenais pas l'affaire familiale, personne d'autre ne l'aurait fait au moment où mes parents auraient pris leur retraite. Le magasin fonctionnait très bien et ça aurait été idiot de ma part de ne pas en profiter, même si on me l'a toujours présenté comme une sécurité plutôt que comme une obligation ou un moyen de pression.

—Le magasin sera là pour toi si tu le souhaites, me disaient souvent ma mère et mon père. Le monde t'appartient, Angela. Fais que tes rêves deviennent réalité.

Ils m'ont élevée en m'apprenant à avoir une attitude positive, et je leur en suis très reconnaissante. Vu les heures qu'ils passaient à travailler, j'aurais pu leur être très précieuse si je m'étais décidée à m'engager dans l'affaire familiale, mais c'étaient de bonnes personnes et ils ne seraient jamais allés contre mes aspirations.

Jonathan et moi avons eu une éducation totalement différente. Il était le benjamin d'une fratrie de quatre garçons, il a grandi dans une ferme et, comme c'était le dernier et que c'était le plus menu de tous, son père l'a toujours traité comme un avorton. Quand Jonathan n'était pas assez fort pour couper du bois, son père lui donnait des coups de ceinture. Dès qu'il a été en âge de conduire le tracteur, entre 12 et 13 ans, Jonathan était régulièrement battu pour avoir endommagé ou cassé les clôtures. Ce n'est que quelques années plus tard, quand Jonathan était en train d'apprendre à conduire, qu'il a compris que la raison pour laquelle il avait eu autant de collisions était parce qu'il était myope. Il n'arrivait pas à lire la plaque d'immatriculation du véhicule qui était 10 mètres devant lui, et Jonathan a réalisé qu'il aurait sans doute dû porter des lunettes dès son enfance. Lorsqu'il en a parlé à son père, sa réponse a été :

—Donc, tu es à moitié aveugle en plus d'être bête ! Pas surprenant que tu sois aussi inutile !

Ce n'est pas étonnant que Jonathan ait été plus qu'heureux de m'accompagner en ville en laissant ses trois gaillards de frères s'occuper de la ferme avec son père. Ensuite, pendant environ une dizaine d'années, nous avons vécu une vie palpitante et effrénée dans une grande ville à deux heures de notre ville natale. J'ai travaillé dans le département administratif d'une banque, et Jonathan avait un gros poste dans la logistique. Au début, nous louions 2 appartements, même si on se voyait tous les jours, et après notre mariage à l'âge de 23 ans, nous avons acheté un appartement moderne le long de la rivière. Mon père est décédé cinq ans plus tard, en 1985 ; à ce stade, mon envie de vivre en ville était finalement assouvie, et ma mère était prête à me céder le magasin. Si j'étais intéressée, bien sûr. C'était un peu comme si le destin nous montrait le chemin que nous devions suivre, et à ce moment-là nous étions tous les deux disposés au changement. Nous voulions une maison plus grande, ce que nous ne pouvions pas nous permettre en ville, et nous étions prêts à vivre une vie au rythme moins frénétique.

—On dirait que c'est le moment pour un changement, dis-je à Jonathan. Qu'est-ce que t'en penses ? Est-ce qu'on vend l'appartement et on retourne à la maison pour devenir fleuristes ?

—Je crois que c'est ce qu'on devrait faire, conclut-il après une longue conversation. Mais je dois t'avouer que je n'avais jamais pensé devenir fleuriste. Par contre, je crois sincèrement que nous allons aimer ça. Et une fois que tout sera bien arrangé, on pourra commencer à penser à fonder une famille.

—J'adorerais ça. Je suis partante. Je ne peux pas croire que ça fait 10 ans que nous sommes partis.

—Je sais. Mais ta maman dirait que le monde t'appartient encore, Angela.

—À toi aussi, répondis-je. On est dans le même bateau.

Évidemment, l'activité de fleuriste ne se résumait pas à préparer des bouquets, et nous avons dû nous former pour reprendre le magasin. J'ai suivi un cours du soir de fleuriste dans une école professionnelle pendant ma période de préavis à la banque, et Jonathan a suivi une formation de comptabilité, également le soir. En plus de la gestion du magasin, il fallait s'occuper d'un service de livraison très dynamique, et ma mère s'était construit une très bonne réputation dans la fourniture de fleurs et de toutes les décorations de mariage. Nous avons eu beaucoup de chance de pouvoir reprendre une affaire aussi florissante, et le fait que nous étions prêts à fonder une famille semblait tomber à point nommé. Jonathan et moi avons toujours été d'accord sur le fait que ça aurait été mieux d'avoir des enfants dans notre ville natale, où nous avions de la famille que les enfants pourraient connaître en grandissant. Outre le commerce, nous allions également occuper la maison attenante où vivait ma mère, car elle était trop grande pour elle seule, et elle était propriétaire d'une autre petite maison dans les environs.

Dès que nous avons été installés, nous avons arrêté de prendre des précautions en espérant avoir un enfant rapidement, et ce n'est que quelques mois plus tard que j'ai vu l'annonce relative aux auxiliaires familiaux. Cela faisait maintenant presque trois ans que nous avions répondu à l'annonce. Depuis que nous avions commencé cette activité, nous nous étions occupés de plusieurs enfants, dont Michelle et Vicky. Nous aimions tellement ce travail que le temps était passé à la vitesse grand V.

À nous deux, nous parvenions à gérer notre activité professionnelle ainsi que celle de famille d'accueil, et nous savions que les choses seraient certainement différentes lorsque nous aurions nos propres enfants.

Évidemment, je n'étais pas encore tombée enceinte. Avec du recul, trois ans peuvent sembler très longs quand rien ne se passe, mais la vérité est que ma vie me rendait heureuse. J'étais encore jeune et je peux dire sans mentir que je n'étais pas du tout inquiète. Je crois que c'est en partie dû au fait que l'époque était différente. L'infertilité n'était pas une chose dont on parlait en général, et j'étais convaincue que j'allais tomber enceinte à un moment ou à un autre. Jonathan et moi n'avions jamais envisagé de faire des tests, mais après sa remarque sur le fait que nous serions des « experts » au moment où un de nos propres enfants arriverait à l'adolescence, nous avons commencé à en parler.

—Est-ce que tu crois qu'on va finir par avoir un enfant ? lui demandai-je franchement.

Jonathan et moi étions si proches que nous n'avions pas besoin de prendre des pincettes pour discuter de ce genre de choses. En général, c'était moi qui posais les questions sans ambages. Je préférais tout mettre sur la table. Jonathan n'est pas non plus quelqu'un qui évite les problèmes, mais il préfère que ce soit moi qui prenne les devants sur les questions de cette importance. Il était debout au moment où je lui ai posé la question, et, après avoir hésité, il s'est assis l'air pensif.

—Sincèrement, je n'en sais rien, Angela. J'imagine qu'on doit juste être patients. Tu ne crois pas ?

—Eh bien, justement, c'est ça le problème. Moi non plus, je n'en sais rien. Je crois que j'aimerais savoir ce qui se passe. S'il y a un problème et que nous ne pouvons pas avoir d'enfant, je crois que j'aimerais le savoir au plus vite, plutôt que d'attendre passivement de voir ce qui se passe.

Jonathan s'est raclé la gorge avant de reprendre la parole.

—Je comprends, Angela. Mais, d'après toi, comment tu vas te sentir s'il s'avère qu'il y a un problème ?

—Ça ne me dérangera pas, répondis-je aussitôt. Vraiment. Si c'est le cas, alors, c'est le destin. Je me rends compte que je suis arrivée au point où je préfère savoir, quel que soit le verdict.

—Es-tu absolument sûre de ça, Angela ?

—Oui. Je le suis, sincèrement. Comment te sentirais-tu si nous ne pouvions pas avoir d'enfant ?

—À vrai dire, ça m'inquiète. Je crois que si la réponse est négative, nous serons tous les deux autrement plus déçus que ce que tu crois. Cela dit, on n'a pas donné l'impression d'être désespérés, non ? On a mis du temps pour en arriver là et pour avoir cette conversation.

—Exactement ! Nous avons été tellement occupés par notre rôle d'auxiliaires familiaux. Ce que je sais, c'est que j'aimerais continuer à le faire, quoi que nous apprenions.

—Tu es sûre ?

—À cent pour cent. Et toi ?

—Je ne suis pas sûr de ça non plus. J'aime beaucoup m'occuper de ces enfants, mais je n'ai jamais pensé que nous le ferions ad vitam aeternam. Je crois que je pensais *On le fait quelques années et après on reprendra notre vie.* Attendons de voir ce que le médecin va nous dire, d'accord ?

J'ai pris rendez-vous avec mon médecin généraliste, et pour finir, un rendez-vous à l'hôpital a été pris pour le début de 1990, une fois les tests finalisés.

Pendant ce temps, trois jours après que ma cliente m'eut informée du comportement déplacé de Vicky auprès de la maison de retraite, une voisine qui vivait quelques maisons plus bas est entrée dans le magasin et a demandé à me parler.

—C'est à propos de Vicky ? lui dis-je, la gorge serrée.

—Oui. Je pense qu'il faut que vous sachiez.

La voisine m'a expliqué que son fils travaillait comme bénévole dans la discothèque du samedi après-midi que Vicky fréquentait. Elle m'a dit que son fils s'inquiétait de la relation qu'entretenait Vicky avec Jason Brown, le DJ qui travaillait là-bas.

—Je vois. Que s'est-il passé ?

—Jason a emmené Vicky faire un tour dans sa voiture après la disco.

—Vraiment ? Quel âge a-t-il ?

—La vingtaine passée, probablement dans les 26 ans, d'après mon fils.

—Vingt-six ? Bon sang ! Il sait sûrement que ce qu'il fait n'est pas convenable ? Je comprends que vous veniez m'en parler. Je vous remercie. Est-ce que vous en savez plus sur lui ?

—Sur lui, non, mais sur sa famille, oui, malheureusement. Il semblerait que son plus jeune frère, Jeremy, a été récemment entendu par la police.

—À quel propos ? demandai-je nerveusement.

Ma voisine s'est rapprochée de moi.

—Pour avoir eu des relations sexuelles avec des jeunes filles mineures, chuchota-t-elle. Il nie tout en bloc et affirme que c'est quelqu'un qui a une dent contre lui qui a inventé toute cette histoire.

Mon sang s'est glacé dans mes veines. Quelle que soit la vérité concernant son frère, Vicky n'avait pas à monter en voiture avec un homme de 26 ans. J'espérais de tout cœur avoir été avertie avant que quelque chose d'anormal se soit passé. J'ai sincèrement remercié ma voisine et lui ai garanti que je la tiendrais en dehors de tout ça au moment de régler le problème, et elle m'a remerciée.

—Comment ça va, Angela ? me demanda Vicky en entrant dans le magasin environ une heure plus tard. On dirait que tu as vu un fantôme.

—Je te crois, lui dis-je. Est-ce qu'on peut se parler toutes les deux ?

Elle a levé les yeux au ciel, comme pour dire : « C'est quoi le problème, maintenant ? », alors que j'indiquais à Jonathan que nous allions dans l'arrière-boutique.

—Je ne suis pas allée près de la maison de retraite, si c'est à ça que tu penses, dit-elle. Si quelqu'un t'a dit le contraire, il ment.

—Vicky, ma chérie, c'est un peu plus sérieux que ça, j'en ai peur. C'est à propos du DJ de la disco. Tu es allée faire un tour avec lui dans sa voiture, n'est-ce pas ?

Vicky a acquiescé d'un air hésitant.

—Oui, mais on est juste allés sur l'aire de jeux. On a écouté de la musique, c'est tout. Il a plein de cassettes et une super stéréo. On aime les mêmes groupes, tu vois ?

—Oui, mais le problème, Vicky, c'est qu'il ne devrait pas faire ce genre de choses, par exemple t'emmener faire des tours de voiture. Tu es une enfant et c'est un adulte, et ça ne se fait pas.

—On ne fait rien de mal, affirma Vicky, l'air horrifié. Je ne suis pas comme ça, et lui non plus.

Elle a soufflé et, pleine de détermination, croisé ses bras sur sa poitrine.

—Je ne t'ai accusée de rien, lui dis-je avec soulagement, car sa réaction me montrait qu'elle me disait la vérité. C'est lui qui fait quelque chose d'inconvenant, et je ne veux plus que tu montes dans sa voiture, c'est compris ?

—Mouais, répondit-elle en haussant les épaules et en retroussant ses lèvres.

—Non, Vicky, pas « mouais ». Il y a des hommes qui essaient de profiter des jeunes filles. Je ne sais pas si c'est son cas, mais je crains de ne pas avoir entendu que des choses positives sur sa famille, et je ne veux pas que tu te mettes en danger.

Le dernier mot a semblé parler à Vicky.

—En danger ? répéta-t-elle.

—Oui, Vicky, tu pourrais te mettre en danger, et c'est mon rôle de tout faire pour que tu sois en sécurité.

Elle a fixé le sol.

—OK, Angela. Je ne le referai plus, c'est promis.

J'étais satisfaite que Vicky ait compris le message, et plus tard dans la journée, j'ai eu une conversation avec le gérant de la discothèque, qui s'est montré choqué et désolé.

—Je veux que vous sachiez que nous faisons toutes les vérifications nécessaires. Jason Brown n'a pas de casier judiciaire, j'ai moi-même contrôlé.

—Je ne vous accuse de rien, dis-je. Malheureusement, le fait qu'une personne n'ait pas de casier judiciaire ne garantit pas qu'elle ne représente pas une menace ou qu'elle ne va pas commettre un délit, n'est-ce pas ?

—Non, en effet. Il faut rester vigilant. Je suis vraiment désolé de ce qui s'est passé. Je vais faire en sorte qu'il ne travaille plus jamais ici. Vous avez ma parole, et merci de m'avoir averti.

Je n'ai jamais su ce qu'ils avaient dit au DJ, mais il a été renvoyé et Vicky ne l'a plus jamais revu. Elle ne savait pas que j'avais eu une conversation en coulisse, et, pour des raisons qu'elle est la seule à connaître, pendant plusieurs semaines, elle m'a raconté une histoire selon laquelle, tous les samedis, elle disait à Jason : « Non, merci. Je ne veux pas monter en voiture avec toi. Ne me le redemande plus. Je n'ai pas le droit. »

Je n'ai aucune idée de ce qui la poussait à mentir ; je ne peux que supposer qu'elle essayait, d'une manière un peu trop visible et qui prêtait à rire, de me prouver qu'elle respectait la parole donnée. Je ne pouvais pas la blâmer ouvertement pour ça, car je ne voulais pas qu'elle sache ce que j'avais fait ; le plus important était que Vicky ne voie plus cette personne.

À propos, je ne me souviens pas que l'expression « prédateur sexuel » était très utilisée dans le langage courant à cette époque. C'était évidemment bien avant que l'ampleur effrayante de l'exploitation sexuelle des enfants dans des villes comme Rochdale et Rotherham ne soit révélée. Avec le recul, je crois que Vicky était sur le point de devenir une proie sexuelle, et je suis très reconnaissante à cette voisine de m'avoir avertie.

6

ARRÊTE-TOI ! JE DESCENDS... !

C'était un samedi matin nuageux. Ma fourgonnette était pleine de fleurs que je devais livrer en ville. Vicky avait commencé à travailler au magasin quelques heures de temps à autre, quand nous avions beaucoup de travail, comme c'était le cas ce jour-là. Nous avions un mariage important à fournir et quand Michelle a été partie rendre visite à son père, Vicky est venue m'aider à terminer les bouquets avec des rubans pêche et blanc.

—Ça te dit de m'accompagner faire les livraisons ? lui demandai-je. Jonathan peut gérer le magasin tout seul.

La livraison des commandes a toujours été pour moi une activité gratifiante, et je pensais que Vicky apprécierait aussi de le faire, surtout après toute la peine qu'elle s'était donnée pour composer les bouquets de mariage. J'ai toujours aimé impliquer le plus possible dans notre vie quotidienne les enfants dont nous nous occupions, et Vicky était très heureuse d'avoir la possibilité de se faire un peu d'argent de poche supplémentaire.

—Euh, d'accord, répondit-elle. Est-ce que je vais être payée pour ça ?

—Évidemment, petite chipie. Que tu sois dans le magasin ou sur la route, ça reste du travail.

—Oh ! super. Tu peux compter sur moi alors !

Vicky était de très bonne humeur ce matin-là, et elle s'est mise à parler sans discontinuer après notre départ.

—Comment c'était ton mariage ? me demanda-t-elle. Je suis sûre qu'il y avait un tas de fleurs.

—Oh ! C'était dans les années 1970, dis-je en riant. Une décennie au style un peu has been. Je te montrerai des photos plus tard. Jonathan portait un pantalon à pattes d'éléphant marron. J'avais les cheveux crépus et une permanente, et je portais un manteau à grand col d'au moins 15 centimètres de large.

—C'est pas vrai ! J'ai hâte de voir ça pour bien rigoler !

—Elles sont plutôt rigolotes, quand on y pense. Ma maman avait organisé tout le service floral et on a été très fiers d'elle, comme tu peux l'imaginer. Je crois que les fleurs nous ont volé la vedette, en vérité. Il devait y avoir des centaines de roses blanches dans l'église, mon bouquet de mariée était composé de différentes roses et tous les hommes, y compris Jonathan, portaient un œillet rouge à la boutonnière.

Vicky a ri et m'a dit qu'elle n'oublierait pas de me rappeler de lui montrer mon album de mariage à notre retour. Puis elle a commencé à me parler de ma façon de conduire, lente et prudente. Je conduisais tranquillement en effet ; je n'étais pas en retard et je ne voulais pas prendre le risque d'endommager les fleurs que nous avions soigneusement emballées à l'arrière de la fourgonnette.

—Dis donc, Angela, tu ne peux pas appuyer un peu sur le champignon ? T'es pas en train de conduire la mariée à l'église. Si c'était le cas, son mec commencerait à penser qu'il a été largué sur l'autel !

—Eh ! Je t'ai déjà dit aujourd'hui de ne pas faire ta chipie ! Je sais ce que je fais. Ce n'est pas la première fois, tu sais ?

Elle a levé malicieusement les yeux au ciel et j'ai souri. Ça ne me dérangeait pas qu'elle me taquine. Et puis, j'étais heureuse de voir Vicky d'aussi bonne humeur, et j'appréciais vraiment sa compagnie. On a continué à papoter jusqu'à ce que je prenne la direction du nord de la ville, puis la bretelle qui menait au grand lotissement où vivait la mariée.

—Tu es tellement lente que tu bloques la circulation ! s'est moquée Vicky en regardant dans le rétroviseur du côté passager. Ah, ah ! Le mariage est pour aujourd'hui ou pour la semaine prochaine ? Attends ! Angela ! Où est-ce qu'on va ? C'est… Quoi ? NON ! ARRÊTE-TOI !

Vicky regardait fixement devant elle. Elle s'est brusquement mise à crier, en panique, et m'a attrapé le bras. Je sentais ses ongles traverser la manche de mon chemisier quand elle a hurlé :

—ARRÊTE-TOI ! ARRÊTE-TOI, S'IL TE PLAÎT !

—Une minute ! m'exclamai-je, prise de court. Attends une minute, Vicky, le temps que je trouve en endroit où me garer.

Mon cœur battait la chamade et j'essayais de rester concentrée sur la route.

—ARRÊTE-TOI LÀ ! m'implora Vicky, désespérée, en signalant du doigt un abribus. Sa voix tremblait de peur et je voulais obtempérer, mais des gens attendaient à l'arrêt et le bus était juste derrière nous.

—Je ne peux pas me garer là, ma chérie. Je vais devoir m'arrêter un petit peu plus loin parce que…

—Non, non, non. ARRÊTE-TOI ! JE DESCENDS !…

La main de Vicky avait saisi la poignée de la portière, mais j'ai réussi à me rabattre sur le bas-côté et à freiner avant qu'elle n'ouvre la portière. J'ai alors entendu les plateaux glisser et déraper à l'arrière de la fourgonnette. Vicky s'est immobilisée, les doigts toujours accrochés à la poignée, puis, tout est devenu étrangement calme. J'ai tourné la tête et j'ai vu Vicky, raide comme une statue, comme si un interrupteur avait éteint son cerveau en la paralysant aussitôt. La situation était dramatique. Elle était si silencieuse et pétrifiée que j'avais du mal à savoir si elle respirait encore.

—Est-ce que ça va, ma chérie ? lui demandai-je, mais elle ne m'a pas répondu.

Il faisait frais dans la fourgonnette. Je frissonnais et j'avais la chair de poule. Le comportement de Vicky était incompréhensible et inquiétant. Elle avait les yeux vitreux et semblait terriblement effrayée. Je voulais l'enlacer et la ramener à la raison.

—Vicky ? Tu m'entends ? Tu n'as pas à avoir peur. La fourgonnette est arrêtée maintenant. On ne va nulle part.

Vicky regardait à travers le pare-brise ; ses yeux étaient comme deux blocs de marbre. Elle était immobile sur son siège, la main toujours sur la poignée de la portière. En y repensant, ça ressemblait à la scène d'un dessin animé, quand on tire sur un personnage avec un pistolet à glace et qu'il se fige sur place. La pauvre Vicky était figée par la peur. J'ai respiré profondément et j'ai compté jusqu'à 10 mentalement, puis je lui ai redemandé, aussi calmement que possible, comment elle se sentait, et si je pouvais faire quelque chose pour l'aider.

—Je suis là, à tes côtés, Vicky. Tu m'entends ? Je suis là et je peux t'aider. Tu crois que tu peux retirer ta main de la poignée ?

Elle continuait sans bouger ni répondre. Ses joues d'habitude roses étaient blanches comme l'ivoire, et elle était aussi froide et dure qu'une pierre. L'expression de terreur sur son visage ne ressemblait à rien de ce que j'avais pu voir avant. De toute ma vie, je n'avais jamais vu un enfant avoir peur à ce point. Instinctivement, je n'avais pas touché Vicky. Je n'avais pas reçu de formation, et j'agissais en recourant à mon intelligence et à mon bon sens pour gérer la situation. Je sentais bien que si je faisais le moindre geste ou que si je la touchais, j'aurais pu provoquer une réaction anormale. En l'occurrence, j'ai fait le bon choix. Parler calmement est toujours la première chose à faire, sauf si l'intégrité physique de l'enfant est menacée.

—Respire profondément, ma chérie. C'est ce que je viens de faire. Respire et essaie de te calmer. Tu es avec moi, Angela, tu es en sécurité.

Les mots étaient suspendus entre nous dans l'air froid. L'odeur des lis et des freesias, que j'adorais d'habitude, était soudain devenue pesante, et j'ai senti que mon estomac se nouait.

—Vicky, ma chérie, on n'est pas obligées d'entrer dans le lotissement si tu ne veux pas y aller. Est-ce que tu veux qu'on fasse demi-tour ?

Lentement, Vicky a tourné la tête vers moi en enchaînant des petits mouvements saccadés comme le ferait une poupée mécanique qui découvre le monde. Quand elle m'a finalement regardée droit dans les yeux, je l'ai entendue souffler, renifler bruyamment et sortir doucement de sa paralysie.

—Tu as un mouchoir ? me demanda-t-elle en bougeant à peine ses lèvres.

C'était la première fois de ma vie que j'étais aussi heureuse d'entendre des mots aussi simples. Je me suis penchée pour attraper quelques mouchoirs dans la boîte à gants, et je les lui ai tendus.

—Merci, dit-elle d'une voix tremblante en les prenant d'une main hésitante. Est-ce que tu peux me ramener ? Faire demi-tour ici ?

—Bien sûr, ma chérie. Mais qu'est-ce qui s'est passé ? Est-ce que tu veux me dire de quoi il s'agit ?

Vicky ne m'a rien dit. J'ai manœuvré trois fois pour faire demi-tour, en tapant les trottoirs de chaque côté de la route, ce qui a provoqué un autre remue-ménage à l'arrière de la fourgonnette.

—Oh ! c'est pas vrai ! Quelle maladroite !

—C'est pas ta faute, dit Vicky, impassible, en regardant à travers le pare-brise et en s'essuyant distraitement le nez.

Ce n'est qu'une fois que nous avons laissé le lotissement derrière nous que j'ai senti Vicky se détendre un petit peu. Pas besoin d'être un génie pour comprendre que quelque chose ou quelqu'un lui avait fait peur dans ce lotissement.

—Tu peux me parler de tout ce que tu veux, tu le sais, pas vrai ?

—Je sais, répondit-elle tranquillement.

—Qu'est-ce que tu n'aimes pas dans ce lotissement ?

—Tout, trancha-t-elle. Ma mère habite là-bas. Tu peux me laisser à côté de la bibliothèque si tu veux. Je vais marcher le reste du chemin. Je ne voudrais pas que tu sois en retard à cause de moi. J'espère que les fleurs ne sont pas abîmées.

La voix de Vicky retrouvait sa tonalité normale et, le temps que nous arrivions à la bibliothèque, quelques minutes plus tard, ses joues avaient même repris des couleurs.

—Tu es sûre que tu veux descendre ici ? Je peux te ramener à la maison si tu préfères.

—Pas besoin, ça va maintenant. Ne t'inquiète pas. On se voit plus tard. Et puis je vais chercher un livre de toute façon. J'ai envie de lire un autre Colleen McCullough.

Alors qu'elle s'éloignait de la fourgonnette, j'ai reconnu le courage arrogant que Vicky avait eu le jour de son arrivée et j'en étais très heureuse.

—Merci, Angela, dit-elle en me faisant un signe à travers la vitre de la fenêtre. J'espère que les fleurs ne seront pas abîmées ! Et que les mariés seront contents !

À ma grande surprise, elle a ensuite relevé les coins de sa bouche avec ses index, et s'est composé un sourire excessif avant de lever son pouce au ralenti et de me lancer un clin d'œil. J'ai ri de bon cœur. C'était un tel soulagement de la voir se comporter comme elle le faisait d'habitude. La chaleureuse et amusante Vicky que je connaissais était revenue, aussi rapidement qu'elle avait disparu.

—Je suis sûre que les mariés seront très heureux, la rassurai-je, mais dans le fond, seule Vicky me préoccupait.

Je voulais simplement que Vicky soit heureuse, sans que les évènements de son passé gâchent son présent, et accessoirement son avenir. Elle avait été effrayée là-bas, et il était évident qu'elle ne voulait pas se retrouver près de la maison de sa mère. Qu'est-ce qui avait bien pu se passer là-bas pour qu'elle se mette dans un état pareil ? Je savais que les services sociaux faisaient tout ce qu'ils pouvaient pour connaître l'histoire de Vicky, mais ça prenait un temps fou, et c'était de plus en plus frustrant. Il me semblait d'un coup très naïf d'avoir espéré que Vicky n'avait pas de dossier dans les services sociaux parce qu'elle n'en avait pas besoin. Le problème de sa mère avec l'alcool était ancien, et de toute évidence sa fille en avait une peur bleue. Je voulais savoir pourquoi, pour pouvoir aider Vicky à aller de l'avant dans la vie, mais allait-elle m'en parler un jour ?

Lorsque je suis finalement revenue au magasin, juste avant l'heure du déjeuner, Jonathan était blême.

—Qu'est-ce qui t'arrive ? lui demandai-je en pensant immédiatement à Vicky.

—Ah ! Angela, commença-t-il en allant vers la porte pour tourner la pancarte et montrer l'écriteau FERMÉ aux visiteurs. Tu ne vas pas en croire tes oreilles. C'est épouvantable.

—C'est Vicky ? l'interrogeai-je, prise de panique.

—Non, répondit Jonathan. Elle est dans sa chambre, elle lit un livre de la bibliothèque. C'est Aiden. Il a… il a une leucémie.

Jonathan s'est alors mis à pleurer.

—Non ! Mon Dieu ! Le pauvre petit bonhomme. Comment ça s'est passé ?

Jonathan avait du mal à parler. Aiden était notre neveu de six ans, le fils d'un des grands frères de Jonathan. De tous nos neveux et nièces, qui étaient au nombre de sept, Aiden était certainement celui dont Jonathan était le plus proche. Lui et Jonathan donnaient l'impression de se comprendre, peut-être parce que Aiden était lui aussi le plus jeune d'une fratrie de quatre garçons, tout comme Jonathan.

—Tu me le dis s'ils t'embêtent ! lui disait Jonathan en montrant les trois grands frères d'Aiden avec un air de conspirateur, et je leur botte les fesses.

—Tu ne ferais pas ça, disait Aiden en riant. Tu es trop gentil, tonton Jonathan.

Cette nouvelle était absolument terrible, et bouleversante. Les semaines qui ont suivi, nous avons appris que Aiden n'avait que 50 % de chances de survivre. Nous avions tous les deux le cœur brisé et nous avons pleuré en nous enlaçant quand nous avons entendu le pronostic. Cela étant, Jonathan a été merveilleux une fois le choc initial passé. Il a soutenu son frère et faisait rire Aiden quand il lui rendait visite chez eux ou à l'hôpital.

—Ça t'oblige à te poser des questions, m'a dit Jonathan après une visite. Je veux dire, tu peux faire tous les plans d'avenir que tu veux, et puis après il t'arrive un truc comme ça.

—Je sais. Il faut tirer le meilleur de chaque jour qui passe. Il faut profiter de la vie et vivre au jour le jour.

—Tu as raison. Je suis tellement content que nous soyons une famille d'accueil, Angela. Tu as eu raison de suivre ton cœur. Si on peut aider quelques enfants et rendre leur vie meilleure, pourquoi ne pas le faire ? C'est ça la vie.

D'avoir Michelle et Vicky à la maison nous a sans aucun doute aidés à passer ce moment très difficile, parce que nous étions très occupés et les moments de distraction étaient nombreux. De fait, immédiatement après avoir appris la nouvelle concernant Aiden, je suis montée à l'étage pour voir comment allait Vicky après la crise qu'elle avait eue à côté de la maison de sa mère, et j'en ai appris bien plus que ce que j'espérais.

—Tu vas bien, ma chérie ? demandai-je à travers la porte de sa chambre. Tu crois que tu pourrais me donner ton linge sale ? J'aimerais lancer une machine. Ils prévoient du beau temps pour le reste de la journée.

J'avais mis en place une règle selon laquelle Vicky ne pouvait aller à la discothèque du samedi, ce qu'elle avait sans doute prévu de faire plus tard, que si sa chambre était rangée. Jusque-là, elle avait plutôt respecté notre accord, même si elle râlait toujours à ce sujet.

—J'en ai pas, me répondit-elle.

—Tu dois bien en avoir. Est-ce que je peux entrer, ma chérie ?

—Oui. Attends un peu.

J'ai entendu une sorte de bruissement, puis Vicky a ouvert sa porte et a poussé son panier à linge devant moi.

—En fait, il y a un peu de linge sale dedans.

—Oh ! ta chambre est propre et rangée ! m'exclamai-je en voyant sa moquette immaculée, mais au même moment une odeur désagréable m'a piqué le nez.

—Qu'est-ce que c'est que ça ?

—Quoi, ça ?

—Tu ne sens rien ? C'est comme une odeur de pourriture.

Vicky a aspiré par le nez pour sentir et m'a dit qu'elle ne voyait pas de quoi je parlais, mais en me rapprochant d'elle, l'odeur a augmenté. J'ai alors réalisé que cela venait sans doute d'en dessous de son lit.

—Je peux regarder sous ton lit ? lui demandai-je en soulevant le bord de sa couette.

Je me suis mise à quatre pattes pour regarder sous son sommier et j'ai eu des nausées à cause de l'odeur. Je suis alors tombée nez à nez avec les restes d'une vieille cuisse de poulet en décomposition sur une assiette grasse à côté d'un monticule de ketchup durci. À côté de l'assiette sale, il y avait un vieux mug au fond duquel reposait un liquide brun qui ressemblait à de la moisissure et un trognon de pomme pourri jeté sur le tapis.

—Oups ! lâcha Vicky. Désolée, j'ai complètement oublié ces trucs !

—Vicky, dis-je en toussant. Je croyais t'avoir dit qu'il était interdit de manger à l'étage.

—Tu me l'as dit, désolée, Angela.

—Nom d'un chien. C'est dangereux pour la santé !

—Quand même ! Tu exagères un petit peu là, non ?

—Ne réponds pas, Vicky, s'il te plaît. Ce n'est pas acceptable.

À ce moment-là, j'ai jeté un coup d'œil dans son panier à linge et réalisé que les vêtements qu'elle y avait jetés étaient tous repassés et pliés.

—Mais qu'est-ce qui se passe ici, Vicky ? Ces vêtements n'ont même pas été portés.

—Non, mais ils étaient par terre, alors…

—Alors quoi ? Tu t'es dit que tu allais les mettre dans le panier à linge pour que ta chambre paraisse rangée ? Tu sais le temps que ça me prend de laver, sécher et repasser tes vêtements ? Le minimum que tu puisses faire est de les ranger dans ton armoire si tu les sors et que tu décides finalement de ne pas les mettre !

—Désolééééé ! finit-elle par dire d'une manière un peu rude.

—Je crois que ce que tu essaies de me dire est : « Je suis désolée, Angela. J'apprécie ce que tu fais pour moi et je ne monterai plus à manger dans ma chambre ni ne mettrai du linge propre dans le panier à linge sale. »

—Voilà, c'est ce que je voulais dire, *évidemment* !

—Vicky, ma chérie, je sais que tu as vécu un moment compliqué ce matin, mais ça ne veut pas dire que tu peux te permettre de me parler comme ça. On doit tous gérer des situations difficiles dans la vie, Jonathan et moi aussi, mais ça ne veut pas dire pour autant qu'on doit manquer de respect aux autres.

—Je m'excuse, Angela, dit-elle, semblant sincère cette fois-ci. Ça ne se reproduira pas. Je te le promets.

J'ai décidé de raconter à Vicky ce qui se passait avec Aiden, et puis j'ai réalisé que j'étais stressée et que j'avais sans doute été un peu plus dur avec elle qu'à l'accoutumée. Je pensais qu'elle devait savoir, mais en réalité, Vicky était trop jeune pour comprendre la tragédie que ça représentait pour la famille ou pour me soutenir de quelque manière que ce soit.

—C'est triste. J'espère qu'il ira mieux.

C'est le seul commentaire qu'elle a fait.

—Au fait, j'ai toujours le droit d'aller à la disco ?

Comme la plupart des adolescents, elle pensait principalement à elle-même et à ses problèmes. Ce que je comprenais d'ailleurs. Quand vous avez en tête un épisode aussi épouvantable que le diagnostic d'Aiden, je crois que cela vous rend plus compréhensif, car la vie est trop courte pour perdre du temps à se quereller.

—Oui, ma chérie, dis-je en soupirant. Bien sûr que tu peux aller à la disco. Et on ira tous au *fish and chips* après, d'accord ?

—Oui ! me dit Vicky, les yeux étincelants. Est-ce que je pourrai prendre une saucisse frite ?

—Pourquoi pas ? J'en prendrai peut-être une, moi aussi.

—Angela ! Et ton régime ?

—Oh ! je sais, je m'y remettrai la semaine prochaine. On ne vit qu'une fois.

7

ELLE M'OBLIGEAIT À REGARDER

Tricia m'a appelée le mercredi suivant pour me dire que Lorraine avait accouché d'un petit garçon et que Vicky pouvait aller lui rendre visite.

—C'est une très bonne nouvelle, dis-je. Quand a-t-elle accouché ?

—La semaine dernière, en fait. Son mari dit que Lorraine ne voulait voir personne juste après l'accouchement, mais qu'elle est d'accord maintenant pour que Vicky vienne voir le bébé. Elle a proposé qu'elle vienne vendredi à l'heure du déjeuner.

—Vicky sera très heureuse, j'en suis sûre. Merci, Tricia. C'est merveilleux. Je suppose qu'il n'y a pas d'autres nouvelles ?

—Non. Il faut vraiment laisser le temps au temps pour voir comment Lorraine se sentira une fois que sa routine sera bien rodée avec son bébé. J'ai une date pour la réunion de suivi ; elle aura lieu la première semaine de septembre, quelques jours avant la reprise de l'école.

—Oh ! Avez-vous pu finalement entrer en contact avec la mère de Vicky ?

—Oui, d'une certaine manière.

—Et, qu'est-ce qu'elle a dit ?

—Rien. Son voisin Alf a laissé un message qui disait que Brenda avait lu notre lettre, qu'elle serait présente le jour de la réunion et que ce n'était plus la peine qu'on vienne frapper à sa porte ou qu'on lui téléphone.

—Je vois. Ce sont de bonnes nouvelles, somme toute. Je parlerai à Vicky dès que possible. Elle est chez ma maman en ce moment. Elle l'aide un peu dans le jardin.

Vicky est revenue de chez ma mère avec un air triomphant. Elle tenait dans ses mains un bouquet de freesias parfumés qu'elle avait cueillis dans le jardin, et un panier avec des oignons, de la salade, quelques tomates et des radis.

—Je vais préparer une salade ! déclara-t-elle. Et ça, c'est pour toi, Angela !

—C'est très gentil de ta part, dis-je en prenant les fleurs et en souriant à part moi en voyant les bouquets de freesias que j'avais dans le magasin.

—Moi aussi, j'ai quelque chose pour toi !

—Quoi ?

—Des bonnes nouvelles.

—Quoi ? Allez, Angela, dis-moi !

—Lorraine a accouché. C'est un petit garçon !

—C'est pas vrai ! C'est super ! Comment il s'appelle ?

—Je ne sais pas, mais tu le sauras vendredi. Elle a dit que tu pouvais aller la voir à l'heure du déjeuner.

—Youpiiii ! cria Vicky en lançant le poing en l'air. C'est juste génial ! Il faut que je prenne des fleurs chez ta maman pour Lorraine.

—Je pourrais te préparer un joli bouquet, si tu veux ?

—Nan ! Tu vas me faire payer ! Ah, ah ! C'est une super nouvelle.

Le vendredi, Vicky a insisté pour prendre le bus pour se rendre chez sa sœur et a refusé qu'on l'emmène en voiture. Ça ne me dérangeait pas, car Vicky m'avait dit où vivait Lorraine et que ça n'était pas trop loin. Normalement, 72 heures après le début d'un placement, une réunion devrait avoir lieu au cours de laquelle on vous donne des informations concernant l'enfant et sa famille, avec adresses et numéros de téléphone, ainsi que des instructions pour savoir qui appeler en cas d'urgence. Je n'avais rien de tout cela pour Vicky. Tricia était ma seule référence et je pense qu'elle avait oublié cette étape. Heureusement, Vicky m'avait donné l'adresse de Lorraine sans que j'aie à la lui demander.

—Ça ira très bien en bus ! me dit Vicky en partant. Ne t'inquiète pas pour moi ! Je vais faire la connaissance de mon petit neveu ! Youpiiiii !

Vicky avait l'air vraiment heureuse. Elle portait son inévitable survêtement violet, s'était lavé les cheveux et s'était fait une jolie queue de cheval. Ma mère l'avait aidée à cueillir des fleurs violettes et blanches dans son jardin et à envelopper les tiges dans du papier d'aluminium pour composer un beau bouquet.

—Amuse-toi bien, ma chérie ! lui dis-je en lui faisant signe de partir. Bonne visite !

Vicky est revenue environ une heure et demie plus tard, toute souriante, et elle n'arrêtait pas de parler du petit James.

—Oh ! Angela, me dit-elle, il est trop mignon ! C'est la plus belle chose que j'ai vue de toute ma vie.

—Il faut que tu rapportes une photo de lui la prochaine fois. J'aimerais bien voir sa frimousse. James ! Quel beau prénom !

Michelle, tout ouïe, ne perdait aucun détail.

—De quelle couleur sont ses yeux ?

—Bleus.

—Il a des cheveux ?

—Plein. Il est costaud et noir comme son père, et une coupe de cheveux ne lui ferait pas de mal !

—Oh! il a l'air si mignon, indiqua Michelle. Je veux un bébé !

—Tu as encore le temps ! lui fis-je remarquer, un peu inquiète par cette annonce.

—Je sais, répondit Michelle. Mais je veux avoir des bébés pendant que je suis encore jeune. Je ne veux pas être une vieille maman.

—Pas trop jeune, j'espère. Il faut que tu sois capable de subvenir à tes besoins avant d'avoir des enfants.

—Oui, je sais, mais si je n'arrive pas à m'en occuper, je pourrais toujours les mettre en famille d'accueil.

—Michelle, l'interpellai-je, horrifiée par ce que je venais d'entendre. Ce n'est pas une manière d'envisager les choses.

—Pourquoi ? C'est ce qu'a fait ma maman.

—Oui, mais tu ne voudrais pas faire la même chose, n'est-ce pas ?

—Ce n'est pas un problème. Ça fonctionne plutôt bien pour moi et ma maman.

J'étais si choquée par la posture de Michelle que je ne savais plus quoi dire, et j'ai été heureuse de penser qu'elle n'avait pas de petit copain. Même Vicky avait l'air sidérée.

—J'aimerais être mariée comme Lorraine quand j'aurai un enfant, déclara Vicky. Je veux lui donner tout ce que je n'ai pas eu.

—C'est exactement comme ça qu'il faut l'envisager, Vicky, assurai-je. Michelle, tu devrais écouter Vicky. Et quand tu seras assez grande pour avoir des relations sexuelles, il faudra que tu prennes des précautions jusqu'à ce que tu sois sûre d'être prête à avoir un enfant. J'ai entendu récemment l'histoire de deux jeunes adolescentes qui sont tombées enceintes, et c'est une situation très difficile, je t'assure.

—Je sais de qui tu parles, révéla Vicky en me regardant, l'air sérieux. Elles sont toutes les deux dans mon école et de la même année que moi. Je suis vraiment désolée pour elles.

Vicky n'était pas embarrassée de parler de ça, mais Michelle, devenue écarlate, a changé de sujet.

—Quand est-ce que tu retournes voir le petit James ? demanda-t-elle à Vicky.

—Dimanche après-midi. J'ai dit que j'irai après le déjeuner chez la maman d'Angela. Je ne veux pas manquer ça. Thelma prépare un roast-beef cette semaine et j'apprends à faire le Yorkshire pudding. J'ai vraiment hâte !

Nos vacances d'été sur la côte en caravane étaient programmées pour la semaine suivante et je me demandais si l'arrivée du bébé allait tempérer l'enthousiasme de Vicky pour nous accompagner. Je l'avais rapidement informée que la réunion aurait lieu au début du mois de septembre, et qu'en conséquence, elle allait devoir rester avec nous jusqu'à cette date. Elle ne m'a posé aucune question concernant la réunion ; elle était plus intéressée par le fait qu'elle allait rester en placement et donc qu'elle allait pouvoir venir en vacances avec nous.

—J'ai hâte de repartir ! annonça-t-elle. Ça va être génial de partir tous ensemble en vacances, et avec Michelle aussi. Est-ce que c'est un plus grand terrain de camping que la dernière fois, Angela ?

—Oui, c'est énorme ! Il y a deux piscines extérieures, une discothèque et un théâtre, un grand complexe de loisirs avec un bassin pour jouer, des jacuzzis et des chutes d'eau.

—Bon sang ! C'est pas possible ! Ça va être vraiment génial. Ça va être le meilleur de tous mes étés !

En l'occurrence, le fait qu'elle ne verrait pas le petit James pendant une semaine n'était pas un problème, parce que lorsque Vicky est allée, comme prévu, voir sa sœur le dimanche après-midi, son beau-frère, Carl, ne l'a pas laissée entrer.

—Qu'est-ce qui se passe, ma chérie ? lui demandai-je quand Vicky est rentrée à la maison plus tôt que prévu, l'air très énervé.

—Lorraine a des problèmes pour allaiter le bébé et elle a besoin de calme. Carl dit que je ne peux pas les voir, ni elle ni James, pendant quelque temps.

—Je suis désolée, mais ce sont des choses qui arrivent. L'allaitement n'est pas une chose facile et beaucoup de jeunes mamans éprouvent des difficultés et ont besoin d'être tranquilles pour s'adapter et trouver leurs marques. J'imagine que tout ira mieux pour ta sœur quand nous serons rentrés de vacances.

—J'espère. Je suis vraiment déçue ! J'avais économisé pour acheter un jouet à James. Je ne comprends pas pourquoi je ne pouvais pas juste entrer cinq minutes. Qu'est-ce que ça aurait changé ?

Je devais admettre que la décision de ne pas laisser entrer Vicky semblait un peu exagérée. La pauvre gamine avait traversé la ville en bus et apporté un cadeau pour le bébé. C'était tellement dommage. Quoi qu'il en soit, je savais que je ne devais porter aucun jugement. Je ne connaissais pas assez bien la vie de Lorraine et de Carl, et ça n'aurait fait qu'empirer les choses si j'avais été critique à leur encontre.

—Dans tous les cas, tu as déjà vu le petit bonhomme une fois, dis-je joyeusement. Et tu le reverras quand on rentrera de vacances.

—Oui, j'imagine. Combien de temps il faut pour que les dents poussent ?

—Pourquoi tu me demandes ça ?

—J'ai acheté un anneau de dentition à James, avec un petit grelot dedans.

—Oh ! je vois. Les dents mettent longtemps à pousser. Ne t'inquiète pas, ses dents ne seront pas sorties avant qu'on revienne de vacances.

—Ça va, alors. Je le lui donnerai quand j'y retournerai.

Les vacances ont été très distrayantes et nous avons tous passé un moment très agréable. On est allés dans plusieurs attractions locales, à la piscine et au complexe de loisirs, et on a profité le soir des activités du camping, que les deux filles ont adorées.

Un jour, on est allés en ville pour acheter ce qu'il fallait pour faire un barbecue, et Michelle a repéré une boutique de vêtements où elle voulait aller.

—Allez, Vicky, viens jeter un œil à l'intérieur, proposa-t-elle. J'aimerais m'acheter un nouveau haut.

Les services sociaux m'avaient donné une indemnité supplémentaire pour les vacances des filles, et je leur avais dit à toutes les deux qu'elles avaient un peu d'argent en plus pour s'acheter des vêtements neufs si elles le souhaitaient. Cette nouvelle avait été reçue avec enthousiasme par Michelle, mais Vicky avait regimbé à l'idée de faire du shopping, avançant que ses quelques vêtements usés lui suffisaient et qu'elle se débrouillerait avec eux.

—Eh bien, c'est peut-être parfait pour toi, mais pas pour moi, dis-je en rigolant pour tenter de la convaincre de nous suivre. À la maison, je peux laver tes affaires et regarnir ton armoire – voire ton panier à linge sale – dans la journée.

—Très drôle, Angela, marmonna Vicky d'un ton sarcastique en saisissant la petite pique à propos des vêtements repassés qu'elle avait remis à laver sans les porter.

—Je ne peux pas faire la même chose ici, dans la caravane, répondis-je. Et je ne crois pas que tu aies suffisamment de vêtements pour toute la semaine !

—Je vais essayer de ne pas les salir, argumenta-t-elle avec un grand sourire provocateur. Ou j'irai les laver moi-même dans la mer !

—Tu ne peux pas faire ça, coupa Michelle, ne comprenant pas que Vicky plaisantait. Allez, tu viens avec moi !

Sur ce, Michelle a attrapé Vicky par le bras et l'a emmenée à l'intérieur du magasin, et je les ai suivies. Comme au C&A, Vicky avait l'air très mal à l'aise et a commencé à protester que ce n'était pas le genre de magasin qu'elle aimait.

—Tu penses quoi de ça ? demanda Michelle en prenant un jean noir à la taille de Vicky sur le présentoir. Je crois que tu vas aimer. Il est mieux que tes autres jeans. Essaie-le !

Michelle a choisi plusieurs hauts pour elle, et Vicky l'a suivie à contrecœur jusqu'aux cabines d'essayage. J'ai profité de ce moment où Vicky était plus réceptive pour attraper une veste, cinq ou six tee-shirts et des hauts, et je me suis postée devant la cabine.

—Comment ça va, le jean ? demandai-je.

—Euh, pas mal à vrai dire, répondit Vicky.

—Super. Je peux voir ?

Vicky a ouvert la porte de la cabine en hésitant et m'a montré le jean. Je lui ai alors donné les autres vêtements en lui disant de les essayer aussi.

—Grrrrr ! Est-ce que je suis obligée, Angela ?

—Oui ! Ce jean est très bien. Garde-le et essaie les tee-shirts et les hauts. Tu ne sortiras pas de là avant d'avoir tout essayé !

En fin de compte, on a passé presque une heure dans le magasin et j'ai passé mon temps à apporter des articles à Vicky dans sa cabine. Elle faisait la tête chaque fois que je lui présentais un nouveau vêtement, mais à sa sortie, elle était d'accord pour qu'on achète le jean, deux hauts, une veste et deux tee-shirts. En additionnant les achats de Michelle, la facture totale a inévitablement dépassé l'indemnité que j'avais reçue, mais je m'en moquais ; je considérais comme un vrai succès que Vicky ait finalement accepté d'acheter les vêtements dont elle avait cruellement besoin.

Comme la journée était nuageuse et ils annonçaient de la pluie pour l'après-midi, nous avons donc décidé d'aller à la patinoire dans la ville d'à côté.

—Je n'y suis jamais allée, avoua Vicky. Est-ce que c'est dur de patiner ?

—Non, répondit Jonathan. C'est très facile, il faut juste prendre le coup.

Michelle et moi avons échangé un regard complice en l'entendant parler, car nous avions déjà vu Jonathan à l'action sur la glace et il était loin d'être coordonné. En revanche, Vicky a très vite pigé le truc et s'est mise en un rien de temps à tourner autour de la piste sans aucun problème en laissant Jonathan derrière elle. Il est tombé si souvent qu'on aurait pu essorer son pantalon à la fin de l'après-midi.

—Alors, Jonathan ! criait Vicky quand elle le voyait le séant sur la glace. Qu'est-ce qui t'arrive ? C'est facile de prendre le coup, tu sais !

—Je m'améliore, protestait-il. J'ai juste besoin d'entraînement.

Vicky et Michelle n'ont pas cessé de se moquer de lui sur le chemin du retour vers le camping, et ont ensuite décidé de dire à tous les amis que nous nous étions faits dans les caravanes alentour à quel point il était nul. Elles le faisaient avec sympathie, et Vicky, de loin la plus effrontée des deux, menait la danse.

—Espérons qu'il ne s'entraîne pas toute la nuit, disait-elle, sinon comment il va faire pour sécher ses affaires toutes mouillées ! Hé ! Jonathan, est-ce que tu veux de la glace avec ton coca ou tu en as eu assez pour aujourd'hui ?

Jonathan agitait son poing en l'air et donnait la chasse à Vicky qui criait en courant autour de notre caravane. C'était agréable de la voir si heureuse et insouciante, et c'était aussi un soulagement de voir Jonathan se laisser aller : la maladie de son neveu nous avait profondément remués, tous les deux, et les vacances ne pouvaient pas mieux venir.

Une des adolescentes de la caravane voisine qui nous avait entendus parler d'une sortie patinage a commencé à nous raconter l'histoire d'un de ses amis qui avait pris une sérieuse « gamelle » sur la piste d'une patinoire.

—Je pense qu'il était comme Jonathan, dit-elle en rigolant. Un peu prédisposé aux accidents ! Il est tombé à l'entrée de la piste, et s'est réceptionné sur les mains, et vous n'allez pas croire ce qui lui est arrivé !

—Quoi ? avons-nous tous demandé à l'unisson, y compris Vicky.

—Un autre patineur est passé sur sa main et son petit doigt a failli être coupé net.

L'épilogue de cette histoire était plus qu'inattendu. La manière dont l'adolescente avait entamé son récit m'avait amenée à penser à un dénouement cocasse, pas à un accident fâcheux.

—Est-ce qu'il l'a perdu ?

—Presque. Il y avait du sang partout sur la glace et apparemment, c'était mal engagé. Mais à la fin les médecins ont réussi à le recoudre.

—Et il va bien maintenant ?

—Oui ! C'est incroyable ! Il a juste une cicatrice sur le bout du doigt. Vous imaginez tout ce sang sur la glace ? Y a de quoi vous faire tourner la tête, non ?

J'ai remarqué que Vicky était devenue toute calme et avait un peu pâli, puis elle a disparu à l'intérieur de la caravane sans dire un mot. Jonathan et moi avons échangé un regard, et, comme Vicky ne ressortait pas, je suis allée voir si tout allait bien après quelques minutes. Elle était debout au milieu de la caravane, immobile, les yeux dans le vide.

—Est-ce que ça va, ma chérie ? lui demandai-je aussi doucement que possible pour ne pas la brusquer.

Vicky a cligné des yeux plusieurs fois sans me regarder.

—Ça va, finit-elle par murmurer, mais je voyais bien que ça n'était pas le cas.

Les couleurs de son visage s'étaient évanouies et elle se tenait les deux poignets dans chaque main.

—Tu es sensible, Vicky ? lui demandai-je gentiment. C'était une histoire plutôt sale. Entre nous, elle ne m'a pas plu.

Vicky s'est assise sur la banquette qui lui servait de lit une fois ouverte, puis s'est figée, sans parler et sans me regarder. J'ai tranquillement traversé la caravane et me suis assise à côté d'elle.

—Tout le monde n'aime pas ce genre d'histoires, Vicky. C'est difficile pour certains de les écouter, ils ne se sentent pas bien. C'est ce qui t'arrive ?

Vicky regardait d'un air triste devant elle, sans bouger un muscle et sans se rendre compte non plus que j'étais là, comme le jour où nous étions allées faire cette livraison et qu'elle s'était figée en voyant le lotissement de sa mère. Il m'a semblé que plusieurs minutes passaient. Vicky était encore figée comme une statue. Finalement, en prenant son temps, elle a respiré profondément et s'est mordu la lèvre inférieure.

—Ma mère, dit-elle d'un ton monocorde en continuant à regarder droit devant elle. Elle avait l'habitude de casser des verres et après, elle s'entaillait…

—Ça va, ma chérie, tu peux me parler…

—Elle s'entaillait les doigts, le bout des doigts.

—Tu l'as vue faire ?

—Oui. Elle ne le faisait que quand je la regardais. Elle m'obligeait à regarder.

—Je suis désolée, ma chérie. Ça a dû être terrible.

—Ça l'était. Je ne voulais pas voir ça, mais elle m'obligeait. Je lui demandais d'arrêter, encore et encore.

—Elle t'écoutait ?

—Des fois. Mais les autres fois elle continuait, et après ça a été pire.

—Pire ?

—Oui.

Vicky avait des larmes qui lui coulaient le long des joues, mais elle ne les essuyait pas. Elle continuait à se tenir les poignets. Après quelques minutes, elle s'est levée, puis s'est lavé les mains dans l'évier en se mouillant jusqu'à la hauteur des coudes.

—Désolée, Angela.

—Tu n'as pas à l'être. Je suis là pour écouter et pour aider si je peux. Tu veux me dire autre chose ?

Vicky a essuyé ses larmes et secoué la tête. Nous nous sommes ensuite assises sans rien dire pendant quelques minutes avant qu'elle n'ajoute :

—Je suis vraiment désolée d'être aussi pénible avec les vêtements.

—Ne t'en fais donc pas, ma chérie. Il n'y a aucun problème, il y a des choses plus importantes, n'est-ce pas ?

—J'imagine que oui, mais j'aimerais m'expliquer. Tu as dû trouver ça agaçant, Angela, mais le fait est que je n'ai jamais eu de vêtements neufs de ma vie.

—Oh ! je vois, dis-je en me reprochant mon agacement devant l'attitude étrange de Vicky vis-à-vis du shopping.

Maintenant, tout semblait si évident, mais combien de jeunes filles de 13 ans n'ont jamais eu de vêtements neufs de toute leur vie ? Ça ne m'avait pas effleuré l'esprit une seule seconde.

—Je n'en avais aucune idée, balbutiai-je. J'aurais dû me rendre compte qu'il y avait quelque chose là-dessous…

—Ne t'en fais pas, comment tu aurais pu savoir ? Le jour où tu m'as emmenée au C&A, c'était la première fois que j'entrais dans un magasin de vêtements. Je ne savais vraiment pas quoi faire. Ça m'a foutu la trouille !

—Eh bien, je peux parfaitement l'imaginer ! Mais d'où viennent tes vêtements ?

—Alf, c'est l'homme qui habite à côté de chez ma mère, il avait l'habitude de m'apporter des sacs qui venaient des œuvres de bienfaisance. C'est pour ça que rien n'était à ma taille et que toutes mes affaires étaient vieilles et moches.

—Je comprends. C'est vraiment triste. Je suis désolée.

Vicky m'a brusquement regardée droit dans les yeux en prenant une grande respiration. Elle semblait plus en colère que bouleversée maintenant. Une lueur incendiaire brillait dans ses yeux plissés.

—La seule fois où ma mère m'a acheté des vêtements, c'est quand ma grand-mère est venue nous voir. J'avais six ans. J'étais si contente. J'en croyais pas mes yeux tellement ils étaient beaux !

—Qu'est-ce que c'était ?

—Une robe avec des boutons d'or tout autour, une paire de collants blancs, un serre-tête jaune et des chaussures brillantes.

—Ça devait être très joli…

—Oui. Mais…

J'ai remarqué que, pendant qu'elle parlait, Vicky serrait ses poings comme une forcenée. Elle y mettait tant de force que ses articulations étaient devenues blanches.

—J'ai mis l'ensemble et je me suis regardée dans le miroir de l'entrée. Je ne me reconnaissais pas. Je n'avais jamais eu une robe aussi belle et je n'avais jamais eu de chaussures neuves, et encore moins des chaussures à ma taille. Tout sentait vraiment le neuf. Je ne voulais plus l'enlever, jamais, mais…

Vicky a pris une respiration et s'est arrêtée de parler. J'attendais qu'elle m'explique quelle catastrophe avait bien pu se passer, qu'elle avait déchiré la robe ou qu'elle avait renversé quelque chose dessus, mais ce qu'elle m'a raconté était encore bien pire.

—J'ai porté l'ensemble environ une heure, c'est tout. Dès que ma grand-mère a été partie, ma mère m'a dit de tout enlever et de remettre les vieilles puanteurs qu'Alf me donnait. Après…

—Vas-y, ma chérie. Dis-moi ce qui s'est passé.

—Après, ma mère a tout remis dans le paquet d'origine et l'a renvoyé là où elle l'avait acheté. J'ai même dû porter moi-même le paquet au livreur, parce que ma mère dormait sur le canapé quand il est passé dans le lotissement.

Je sentais les larmes me monter aux yeux en écoutant Vicky.

—Est-ce que je peux te serrer dans mes bras ? lui demandai-je, mais elle secoua la tête.

—Ça va. Je veux aussi t'expliquer pour le survêtement, parce que je sais que tu trouves ça un peu bizarre que je le porte tout le temps !

Vicky s'est mise à rire en prenant un air bravache. Mais ça m'a juste donné envie de pleurer encore plus, et j'ai été incapable de retenir quelques larmes.

—Ce qui s'est passé, c'est que Lorraine a acheté ce survêtement pour moi quand je suis allée vivre avec elle. C'était la première fois qu'on m'achetait quelque chose que je pouvais garder, et c'est pour ça que je l'aime autant. Lorraine ne pouvait pas se permettre de m'acheter autre chose, mais elle m'a trouvé des habits d'occasion qui étaient à ma taille, et c'est les autres habits que je porte. Je suis vraiment désolée, j'ai été casse-pieds.

—Vicky, ma chérie, tu n'as pas à t'excuser.

—Merci, dit-elle en reniflant et en souriant légèrement, ce qui semblait indiquer la fin de la conversation.

—Maintenant, déclara-t-elle d'un ton péremptoire en se levant, est-ce qu'on a encore le temps de se moquer un peu de Jonathan ?

—Évidemment, dis-je en souriant. Bien sûr. Il y a toujours le temps pour ça !

—Super ! OK. Je viens dans une minute.

Je suis sortie de la caravane pour laisser Vicky reprendre ses esprits – ou c'est ce que je croyais. Deux minutes plus tard, elle est apparue avec un pichet rempli d'eau et de glaçons, ayant de toute évidence vidé le bac à glaçons du petit congélateur de la caravane.

—Jonathan, est-ce que tu veux d'autres glaçons ? dit-elle avant de verser à la surprise générale le contenu du pichet sur sa tête.

Un cri de stupéfaction se fit entendre. Jonathan n'avait pas vraiment trouvé ça drôle. Il avait été surpris par le choc thermique et s'était relevé pour reprendre son souffle. Il tremblait en disant :

—C'est quoi ça ?

Vicky riait de bon cœur, Michelle également, et toutes les personnes qui se trouvaient autour de notre caravane ont fini par nous rejoindre.

—Ne dis rien, murmurai-je en lui tendant une serviette. Je t'expliquerai plus tard.

—OK, fit-il en serrant les dents.

Il dit sur un ton jovial :

—Je te revaudrai ça, Vicky !

Et de la reprendre en chasse autour de la caravane comme avant.

Le lendemain matin, Vicky s'est levée tôt et a proposé d'aller à pied à l'épicerie au centre du camping, car nous avions besoin de pain et de lait pour le petit-déjeuner.

—Tu es bien serviable ce matin ! lui fis-je remarquer, étant donné que c'est Michelle qui était allée à l'épicerie tous les autres jours ou presque, avant même que Vicky ne soit levée.

—J'a juste envie de marcher, dit-elle gaiement.

Malheureusement, à son retour, j'ai vite compris pourquoi elle avait voulu aller à l'épicerie. Vicky sentait la cigarette et en avait certainement fumé une ou deux pendant le trajet. Ça me décevait pour deux raisons, et j'ai décidé de parler franchement avec elle :

—Vicky, je ne suis pas stupide. Je sais que tu as fumé ce matin, commençai-je pendant qu'elle rangeait le lait dans le frigo. Je croyais que tu essayais d'arrêter. Je suis vraiment déçue que tu fumes encore, mais je suis aussi fâchée parce que tu m'as encore menti.

—Je ne t'ai pas menti. Si tu m'avais demandé si j'avais fumé, je te l'aurais dit. J'ai fait ça dans ton dos et j'ai raconté ce petit mensonge à propos de l'épicerie simplement parce que je ne voulais pas que tu te fâches.

—Mais tu as menti, Vicky. Tu as dit que tu te proposais pour aller faire les courses parce que tu voulais marcher, mais la vérité est que tu voulais fumer. Je sais que les choses ne sont pas simples pour toi, mais ça n'arrange rien si tu fais ça en douce dans mon dos. Je suis de ton côté, tu sais !

Vicky a soufflé et bougonné en ayant l'air de dire : « J'ai vraiment pas envie qu'on me casse les pieds avec ça. »

—Eh bien, si tu es vraiment de mon côté, laisse tomber. Je fais de mon mieux. OK ?

—Vicky, je ne veux pas que tu me parles comme ça. Ce n'est pas bien. Je sais que tu as traversé des moments difficiles et j'ai beaucoup d'affection pour toi. Je veux t'aider à avancer, mais je ne peux pas le faire si tu me mens. Tu as dit toi-même que tu voulais arrêter de fumer, alors, essayons de voir comment on peut faire pour que tu y parviennes, d'accord ?

—Je crois que je n'y arriverai pas, Angela ! avoua-t-elle. Je ne peux pas arrêter parce que je suis trop stressée. Ça me calme de fumer une clope.

C'était une chose horrible dans la bouche d'une jeune fille de 13 ans, et j'éprouvais de la compassion pour elle. Et pas uniquement en raison de la façon dont elle avait commencé à fumer, en volant des cigarettes à sa mère. J'avais moi aussi éprouvé des difficultés au moment d'arrêter et je savais exactement ce que c'était, même avec le soutien inconditionnel de Jonathan et sans aucune autre source de stress dans ma vie.

—Je sais que c'est très, très dur, mais il faut que tu persévères, Vicky. Je me fais du souci pour ta santé. Je ne veux pas que tu te fasses du mal et que ça provoque des dommages à long terme.

—Je sais tout ça, Angela. Mais je suis tellement stressée. C'est si dur.

—D'accord, parlons du stress alors. Qu'est-ce qui te fait stresser le plus ? Est-ce que c'est le fait que Carl ne va pas vouloir te laisser voir James ?

—Euh, en partie, mais je sais que tout ira mieux une fois que Lorraine se sera reposée un peu, que je retournerai vivre avec elle et que je pourrai lui donner un coup de main.

À ce moment-là, je doutais sincèrement que Vicky allait pouvoir retourner vivre chez sa sœur d'ici peu, mais je me suis bien gardée de le lui dire.

—D'accord, et est-ce que tu es stressée de vivre avec moi et Jonathan ?

—Non ! assura-t-elle en souriant. J'adore vivre avec vous. Ce n'est pas ça.

—Alors quoi ?

—Revoir ma mère, dit-elle nerveusement. Je ne veux vraiment pas la revoir, Angela. Je suis tellement stressée à propos de cette réunion que Tricia a organisée. Sincèrement, je ne peux pas la voir, je ne peux pas ! Je ne suis pas obligée d'y aller si elle est là, n'est-ce pas ?

—Tricia préférerait que nous nous asseyions tous autour d'une table. C'est-à-dire toi, moi, Jonathan, Tricia et ta mère. Le supérieur de Tricia sera certainement présent aussi pour superviser l'entretien. Tu seras en sécurité.

—Je la déteste ! Elle me fait peur ! Je ne l'ai pas vue depuis des mois, alors pourquoi est-ce que je devrais le faire maintenant ?

—Personne ne va te forcer à venir, ne t'en fais pas. Mais la réunion est organisée pour parler de toi, Vicky.

Ce serait vraiment mieux que tu sois là. Il faut que tu dises aux personnes responsables où tu souhaites vivre et pourquoi ; c'est à ça que va servir cette réunion.

—Donc, ils vont m'écouter, écouter ce que je veux.

—Bien sûr qu'ils vont t'écouter. Ton opinion est la plus importante de toutes.

—Donc, si je dis que je ne veux pas vivre avec ma mère, je ne serai pas obligée.

—Si tu es en danger chez elle, alors, non, tu ne seras pas obligée de retourner vivre avec elle.

—Je serai en danger là-bas, c'est sûr. Et c'est tout. J'aurai le droit de retourner vivre chez Lorraine.

Vicky semblait avoir oublié que c'était Lorraine qui l'avait placée en famille d'accueil. La question n'était pas de savoir si les services sociaux lui permettraient de retourner vivre chez sa sœur, mais plus si Lorraine et Carl allaient accepter qu'elle revienne chez eux, si cette solution était jugée viable. Avec un nourrisson à charge et après le refus de la laisser entrer lors de sa deuxième visite, Lorraine ne semblait pas prête à reprendre Vicky sous son toit aussi rapidement que cette dernière le souhaitait.

Vivre avec un adolescent parfois désordonné et indiscipliné est difficile pour n'importe quelle famille. Et Lorraine avait clairement atteint sa limite quand elle avait placé Vicky en famille d'accueil. Le fait qu'elle avait fait ce choix alors que, plus que tout autre au monde, elle savait ce qu'avait été la vie de Vicky par le passé, me laissait penser que la vie avait certainement dû être très compliquée aussi pour Lorraine.

—J'espère que ça ne te dérange pas si je te pose la question, Vicky, mais Lorraine, c'est ta seule famille ? Tu m'as parlé de ta grand-mère hier.

—Elle ! dit-elle en soufflant. Elle est morte il y a plusieurs années et elle était affreuse de toute façon. Elle n'a jamais voulu me connaître.

—Je suis désolée. Qu'est-ce qui te fait dire ça ?

—Elle était fâchée avec ma mère depuis longtemps. Je l'ai vue pour la dernière fois il y a cinq ans environ, quand elle s'est disputée avec ma mère et qu'elle a dit qu'elle se lavait les mains de nous tous. Ma grand-mère était une égoïste et ma mère n'est même pas allée à son enterrement. Quant à mon père, il était encore pire. Il était horrible, vraiment un sale type.

C'était la première fois que Vicky parlait de son père et mes oreilles ont sifflé. C'est une pratique ordinaire que de faire un maximum d'efforts pour contacter les deux parents et toute la famille proche dans des cas comme celui de Vicky, mais Tricia ne m'avait pas informée de ses progrès par rapport à ses recherches. À cette époque, avant l'arrivée d'Internet et des réseaux sociaux, retrouver des gens était souvent un processus long et frustrant, et je n'étais pas surprise du temps que ça prenait.

—Ton père était méchant ? demandai-je en essayant de paraître calme pour collecter le plus d'informations possible, même si des tas de questions me passaient par la tête. On ne m'avait pas encore expliqué qu'il fallait répéter ce que disait l'enfant quand il faisait des confidences, mais j'ai instinctivement senti que c'était la chose à faire.

—Oui. Lui et ma mère se sont séparés quelques mois après ma naissance, et il a disparu. Il est sans doute mort. Il y avait un truc qui n'allait pas chez lui, une sorte de maladie.

—Oh ! je vois. Je suis vraiment désolée d'apprendre tout ça. Est-ce que c'est ta mère qui t'a raconté ça ou bien c'est Lorraine ?

—Ma mère. Lorraine ne l'a pas connu, d'après ce que je sais. On n'a pas le même père, tu vois, et elle vivait avec le sien quand je suis née. Si les services sociaux cherchent mon père, tu devrais leur dire de ne pas perdre leur temps. Même s'il est en vie, c'est une cause perdue.

Mon cœur s'est noué. La pauvre Vicky n'avait pas eu de chance dans la vie ; c'était triste de penser qu'elle n'avait jamais connu son père et qu'elle ne savait pas s'il était vivant ou mort. Une sorte d'alarme s'est néanmoins déclenchée dans mon esprit, parce que la description si négative que faisait Vicky de son père reposait uniquement sur ce que sa mère lui avait raconté.

—On devrait se fier à ce que dit Brenda sur le fait que cet homme était mauvais, dis-je par la suite à Jonathan quand je lui ai fait part de cette conversation.

—En effet, confirma-t-il. Je vois ce que tu sous-entends. On ne connaît pas la fiabilité de cette information, n'est-ce pas ?

—Exactement. Je donne peut-être l'impression de me raccrocher aux branches, mais j'espère vraiment que les services sociaux vont tout faire pour savoir ce qu'est devenu cet homme. Même si le père de Vicky est décédé, comme elle le suspecte, elle doit en savoir plus sur lui, pas seulement ce que lui a raconté sa mère.

J'ai pris quelques notes dans mon journal afin de n'oublier aucun détail, et j'ai passé à Tricia toutes les informations que j'avais glanées lors de notre rencontre suivante. On ne m'avait pas officiellement demandé de tenir un journal, mais j'aimais fonctionner ainsi. Je voulais être certaine de donner des informations précises aux services sociaux et ça m'aidait également à me souvenir des dates et des évènements clés, comme je prenais aussi beaucoup de photographies de Vicky que je rangeais dans un album pour elle, en indiquant les dates et en mettant une légende. J'ai fait la même chose pour Michelle et tous les autres enfants que nous avons accueillis.

De nos jours, les assistants sociaux produisent des livres qu'ils appellent « récits de vie » pour les enfants placés en famille d'accueil. Ce sont des sortes de biographies qui remontent à la naissance de l'enfant. Les livres renferment des informations sur le lieu de naissance de l'enfant, des photographies et des notes sur leurs anciennes maisons et écoles, les noms de membres de leur famille, ainsi de suite. Les assistants sociaux doivent être formés pour compiler ces livres, car ils risquent de faire émerger des problèmes qui peuvent causer du stress ou entraîner des problèmes de comportement. Les auxiliaires familiaux, quant à eux, doivent aujourd'hui composer ce qu'on appelle un « livre de souvenirs » pour les enfants, dans lequel ils doivent conserver des photos et des souvenirs comme des tickets de concert, des invitations à des fêtes et les certificats scolaires, afin d'aider les enfants à se rappeler le temps qu'ils ont passé avec eux. Ces pratiques n'étaient pas au goût du jour à la fin des années 1980, mais je sentais que c'était naturel de prendre des photos et de garder trace de certains évènements pour les enfants, comme je gardais des souvenirs et des photographies de ma propre vie.

Peu importe ce qui allait arriver ensuite, je voulais que Vicky se souvienne des moments qu'elle avait passés avec nous. Ça faisait partie de son enfance et, quelle que soit la durée de son séjour, ça ne devait pas être oublié.

8

VICKY PEUT ALLER AU DIABLE

—J'ai vu James aujourd'hui ! m'informa Vicky avec un grand sourire. Il a déjà beaucoup grandi ! Il est si mignon, Angela ! Tu devrais voir ses tout petits ongles.

—C'est super ! Je ne savais pas que Lorraine était d'accord pour que tu retournes la voir ?

—Si tu demandes à Carl, eh bien, apparemment, elle ne l'est pas, mais je suis passée chez eux pendant qu'il était au travail, au cas où, avant d'aller retrouver mes amis.

—Oh ! Et Lorraine a été d'accord ?

—Totalement ! Elle était contente de me voir.

—Eh bien, c'est super. Je suis heureuse que ça ait marché. Et comment va Lorraine ?

—Elle va bien ! Je crois que Carl la surprotège. Lorraine m'a même demandé si je voulais faire du baby-sitting, et j'ai répondu que oui, évidemment ! J'y retourne demain, comme ça, elle va pouvoir aller faire des courses.

J'étais vraiment très heureuse pour Vicky, bien qu'un peu inquiète qu'on lui laisse la responsabilité d'un enfant aussi petit. Elle allait avoir 14 ans dans quelques semaines, mais c'était toujours une très jeune fille, sans aucune expérience avec les nouveau-nés.

—Est-ce que tu es sûre d'être contente de te retrouver seule avec ton neveu ? lui demandai-je. Tu ne l'as jamais fait et ça pourrait être plus difficile que ce que tu ne crois.

—Aucun problème ! Lorraine a dit qu'elle ne serait pas longue, même pas une heure, et elle lui donnera à manger et le changera avant de sortir.

—D'accord. Promets-moi de m'appeler s'il y a quelque chose qui t'inquiète. Tu as le numéro du magasin et celui de la maison dans ton porte-monnaie ?

—Oui, Angela ! confirma Vicky en prenant son faux accent militaire. Interrogatoire terminé ? Permission accordée de rendre visite à mon neveu ?

J'ai imité le salut de soldat que Vicky faisait souvent.

—Permission accordée, officier Vicky !

Le lendemain, elle est partie chez Lorraine d'un pas léger. Malheureusement, une heure plus tard, elle est rentrée de très mauvaise humeur, une expression rageuse sur le visage.

—Vicky, ma chérie. Qu'est-ce qui t'arrive ?

Elle avait fait irruption avec une telle force par la porte du magasin que la pancarte OUVERT/FERMÉ qui y était accrochée avait virevolté et que la clochette du dessus avait résonné comme une sirène au lieu de diffuser son doux carillon habituel.

—Rien. Laisse-moi tranquille ! cria-t-elle.

J'étais derrière le comptoir en train de servir un homme qui achetait des roses rouges pour l'anniversaire de sa femme.

—Je suis vraiment désolée, m'excusai-je auprès du client qui avait sursauté au moment où Vicky était entrée en trombe dans le magasin.

—Pas de problème, m'assura-t-il en lançant un regard dans la direction de Vicky et en cherchant hâtivement son portefeuille dans l'espoir sans doute de payer le plus vite possible pour pouvoir déguerpir.

—Qu'est-ce que vous regardez ? lui lança-t-elle soudain d'un ton sec, très brutal.

Ses mains étaient posées sur ses hanches et elle fusillait l'homme du regard.

—Alors, qu'est-ce que vous regardez ?

—Vicky ! C'est très malpoli ! Bon sang ! File dans ta chambre, maintenant !

En me tournant vers mon client, je lui ai dit :

—Je suis vraiment désolée. Je ne sais pas comment m'excuser.

—Je ne suis pas désolée ! hurla Vicky en partant à l'arrière du magasin. J'ai horreur des gens qui mettent leur nez dans les affaires des autres ! Fouinard !

Le pauvre homme était resté sans voix.

—Ça suffit, Vicky ! Va dans ta chambre immédiatement !

—T'inquiète pas, j'y vais ! Tu veux que J'AILLE AU DIABLE ? EH BEN, TU PEUX Y ALLER AUSSI !

—Vicky !

J'ai entendu la porte entre le magasin et la maison claquer. En état de choc, toute rouge, j'ai fini de m'occuper de mon client médusé. Je lui ai offert le bouquet de fleurs ainsi que mes plus plates excuses.

L'homme a pris les fleurs et est sorti sans dire un mot. J'étais furieuse et profondément embarrassée. Quand Jonathan est revenu, j'ai filé dans la maison où j'ai trouvé Vicky dans sa chambre en train d'écouter de l'« acid house » à tue-tête.

—Vicky ! Qu'est-ce qui t'arrive ? Qu'est-ce qui se passe ?

Je martelais contre sa porte, parce que je ne serais jamais entrée dans la chambre d'un enfant sans sa permission, et après une minute environ, elle a crié à contrecœur :

—Entre, si vraiment c'est nécessaire !

—D'accord, Vicky ! hurlai-je une fois à l'intérieur. Baisse cette musique et on va discuter. Tu as été très grossière au magasin et je te prive de sortie pendant un mois ! Je me fiche de ce qui t'est arrivé, tu ne peux pas me parler ou parler à mes clients de la sorte. C'est complètement hors de question !

—Un mois ? répéta-t-elle en me regardant, interloquée, pendant qu'elle baissait le volume de sa stéréo. T'es sérieuse ?

—Très sérieuse, Vicky. Tu ne sortiras pas pendant un mois, à moins que ce ne soit quelque chose que je veuille que tu fasses, bien sûr.

—Mais je retourne à l'école bientôt ! C'est presque la fin des vacances ! Je vais manquer plein de trucs !

—Je me moque de ce qui va bien pouvoir se passer ! Tu aurais dû y penser avant d'être aussi irrespectueuse. Mon client ne savait plus où se mettre. Je ne veux plus jamais voir ce type d'attitude de ta part.

—Oui, mais un MOIS ?

—Oui, un MOIS ! Et qu'est-ce qui s'est passé pour que tu agisses de la sorte ?

—Rien, ça n'a pas d'importance. Tout ce qui t'intéresse, c'est de me PUNIR !

—C'est faux. Bon, maintenant, dis-moi ce qui se passe. Quelque chose est arrivé chez Lorraine ou sur le chemin ? Est-ce que tu es tombée sur Carl ? Il t'a encore empêchée de voir le bébé ?

Vicky a réfléchi longuement avant de répondre.

—Si tu veux tout savoir, Lorraine m'a dit qu'elle était allée rendre visite à notre mère.

Vicky semblait très mal à l'aise à la simple mention de sa mère.

—Je vois, dis-je doucement en laissant le temps à Vicky de poursuivre.

—Lorraine pensait qu'elle devait lui montrer son bébé. Je n'irais nulle part où elle se trouve si j'avais des enfants. Lorraine doit avoir besoin de se faire examiner !

—Et c'est pour ça que tu es si fâchée et en colère ?

—Non, pas juste pour ça. Apparemment, tout s'est bien passé là-bas pour eux, mais pas pour moi ! Lorraine m'a raconté que ma mère était très heureuse de la voir. Ça faisait tellement longtemps. Mais ma mère avait un message pour moi.

—Vraiment ?

—Oui. Le message de ma mère disait : « Vicky peut aller au diable. En ce qui me concerne, je n'ai qu'une seule fille, et c'est toi, Lorraine. »

Une vague d'émotion m'a submergée. Je me suis immédiatement sentie coupable de l'avoir punie, j'étais consternée et énervée du manque de sensibilité de Lorraine qui avait transmis ce terrible message, mais plus que tout, j'étais horrifiée par le fait que ces mots aient été prononcés.

—Vicky ! C'est terrible.

—Je sais, dit-elle en frissonnant. Je déteste ma mère. C'est une sorcière. Tu sais quoi ? Quand je vivais avec elle, j'avais si peur que j'ai pensé qu'elle voulait me tuer.

—Te tuer ?

—Oui, je suis sérieuse. Je ne sais pas ce que je lui ai fait, mais elle me déteste. Elle me disait souvent : « Tout est de ta faute. » J'étais toujours sa cible, je te le dis, Angela. C'est pour ça que je ne veux pas aller à cette réunion. Je sais qu'elle ne peut pas me faire de mal là-bas, mais j'ai peur de me retrouver dans la même pièce qu'elle.

Maintenant, j'avais la date et l'heure de la réunion dans mon agenda, et je commençais à sentir, moi aussi, le stress m'envahir. Je compatissais à la douleur de Vicky, nul doute là-dessus, même si j'étais évidemment incapable de m'imaginer à sa place.

—Écoute, tu l'as dit toi-même, ma chérie. Ta mère ne peut pas te faire de mal là-bas. Je serai à côté de toi tout le temps, et…

—Est-ce que tu ne peux pas simplement dire que je suis punie ? laissa échapper Vicky. Que je ne peux pas y aller ?

—Tu sais bien que ce serait idiot de dire ça.

—Mais tu m'as punie ! Bon sang ! Je déteste ma vie ! Est-ce que tu peux juste me laisser seule maintenant, s'il te plaît, Angela ?

Elle s'est levée et a augmenté le volume de sa musique, mais heureusement pas aussi fort qu'avant.

—On reparlera de tout ça, Vicky, finis-je par lui dire. Mais tu es punie jusqu'à nouvel ordre. Je suis vraiment désolée de ce que tu as entendu aujourd'hui, mais tu dois apprendre à ne pas faire payer aux autres ce qui t'arrive.

Dans l'escalier, je croisai Michelle, qui avait l'air abattu.

—Salut, ma chérie ! la saluai-je aussi gaiement que je pouvais. Comment vas-tu ?

—Vraiment, vraiment soûlée, grommela-t-elle.

—Oh ! ma chérie, je suis désolée. Qu'est-ce qui se passe ?

—Maman a changé d'avis à propos de la Floride.

—Oh non ! Mais elle a déjà donné son accord pour tout.

—Elle dit qu'elle n'aime pas l'hôtel.

—Qu'est-ce que tu veux dire par là ?

—Je lui ai montré la brochure que tu m'as donnée. On partage tous une seule chambre, n'est-ce pas ?

—Plus ou moins. C'est une chambre familiale avec une porte communicante. Tu auras ton intimité sans être toute seule.

—Eh bien, elle n'aime pas ça. Elle m'a dit de te dire d'annuler.

—C'est trop tard ! Honnêtement, je suis sûre que nous allons pouvoir arranger ça. Laisse-moi m'en occuper, Michelle. Ne t'inquiète pas, elle ne peut pas tout annuler comme ça.

—Elle peut, et elle l'a fait. Elle en a déjà parlé à Tricia. Je suppose que moi aussi je serais un peu inquiète si mon enfant partait à l'autre bout du monde avec des gens que je connais à peine.

—C'est ce qu'elle a dit ? Jonathan et moi ne sommes pas à proprement parler des étrangers, Michelle, n'est-ce pas ? Nous sommes ta famille d'accueil et tu vis avec nous depuis deux ans maintenant ! Comme je t'ai dit, laisse-moi gérer ça.

Au même moment, Vicky est apparue sur le palier au-dessus de nous et a invité Michelle à venir dans sa chambre écouter un peu de musique.

—OK, répondit Michelle. Qu'est-ce que tu écoutes ?

—De l'acid house. Tu aimes ?

—Oh ! je ne suis pas sûre. J'arrive.

Le temps d'arriver au rez-de-chaussée de la maison, la musique résonnait si fortement que je pouvais la sentir vibrer dans ma poitrine. J'ai aussitôt fait demi-tour et suis allée en courant frapper à la porte de Vicky.

—Vicky ! Qu'est-ce que je t'ai dit ! Baisse le volume !

—Qu'est-ce que je suis censée faire, rester coincée là ? rétorqua-t-elle.

—Je n'en sais rien, mais baisse le volume !

—T'es vraiment barbante !

Je n'ai pas voulu discuter outre mesure : elle avait baissé le volume, et j'avais mon compte pour le moment. Tout ce que je voulais, c'était m'asseoir, boire une tasse de thé avec un biscuit et faire le point, mais le téléphone a sonné au moment où j'entrais dans la cuisine.

« Quoi maintenant », dis-je à haute voix avant d'attraper le combiné et de lancer un « Allo ? » impatient.

—Bonjour, pourrais-je parler à madame Hart ?

—Oui, c'est moi.

—Bonjour, je souhaitais me présenter. Je m'appelle Hayley Jenkins. Je viens de prendre la place de Tricia et je suis votre nouvelle assistante sociale de référence.

—Oh ! Merci de m'appeler. Je ne savais pas que Tricia allait partir.

—Non ? Une autre famille d'accueil m'a dit la même chose. Je ne sais pas pourquoi elle ne vous a pas prévenus. Tricia a été mutée à l'étranger.

Je me sentais passablement énervée de cette situation. Même si je n'avais pas toujours apprécié les manières un peu brutales de Tricia, j'avais appris à la connaître au bout de deux ans et j'avais compris qu'elle agissait parfois de la sorte à cause de la pression de son travail, et non par impatience ou indifférence.

—Eh bien, c'est une vraie surprise, avouai-je. Si vous êtes amenée à lui parler, adressez-lui mes salutations. Je m'excuse, mais je n'ai pas eu la chance de lui dire au revoir.

Hayley voulait organiser une visite à la maison, et je lui ai expliqué que nous gérions un magasin et que Jonathan et moi préférerions la rencontrer en dehors des heures d'ouverture si c'était possible.

—Pas de problème, dit-elle gaiement. Je sais que vous tenez un magasin de fleurs et je suis sujette à de terribles rhumes de foins ; donc, c'est mieux pour moi de ne pas mettre les pieds dans votre magasin.

J'avais un bon pressentiment à propos de Hayley. Elle avait l'air plus jeune et plus enthousiaste que Tricia, et, quelques jours plus tard, quand je l'ai rencontrée en personne, j'ai découvert qu'elle avait la vingtaine et qu'elle venait d'obtenir son diplôme. Physiquement aussi, c'était l'opposée de Tricia : elle avait des cheveux blonds gominés, une silhouette haute et svelte, et elle portait un ensemble élégant, tout le contraire des pantalons et des pulls larges qu'affectionnait Tricia.

—Très heureuse de faire votre connaissance, Angela ! me dit-elle avec le sourire en me serrant la main avec dynamisme.

—Moi de même. Voici Jonathan, mon mari.

—Enchantée de vous rencontrer. C'est très bien que vous soyez auxiliaires familiaux tous les deux, je dois dire. Il y a beaucoup moins d'hommes que de femmes disposés à s'impliquer. Je pense que vous avez un excellent arrangement, notamment dans la gestion commune de l'entreprise.

Jonathan était habitué à être oublié par Tricia et il a immédiatement apprécié Hayley. Une fois les présentations faites, cependant, nous avons été déçus de découvrir qu'il n'y avait aucune nouveauté concernant la recherche du père de Vicky ou la situation de Lorraine. Hayley avait simplement voulu faire notre connaissance, voir comment Vicky vivait sa situation et s'assurer que nous étions d'accord pour continuer à nous occuper d'elle.

—Est-ce que je peux voir Vicky ? demanda Hayley.

—Bien sûr ! Je n'étais pas sûre que vous vouliez la voir, mais elle est en haut dans sa chambre. Elle est punie, ça arrive. Est-ce que tu peux aller la chercher, Jonathan ?

—Merci. Est-ce que Tricia ne voyait pas Vicky habituellement quand elle venait vous voir ? Je pensais que c'était l'usage.

Pendant que Jonathan montait l'escalier, j'ai expliqué que durant les six semaines que Vicky avait passées chez nous, Tricia n'avait organisé aucun rendez-vous comme celui-ci. Au lieu de ça, on se parlait au téléphone ou elle passait au magasin s'il lui arrivait d'être dans le coin. Elle avait vu Vicky très brièvement une fois ou deux.

—Comment vas-tu, Vicky ? avait demandé Tricia lors d'une de ces rencontres. Tu es heureuse ici ?

—Euh, oui. J'aime bien Angela et Jonathan.

—Très bien, Angela. Des problèmes particuliers ?

—Non, rien qui me vient à l'esprit maintenant.

—Bien. Je note ça comme une visite.

Hayley n'a fait aucun commentaire pendant que je décrivais les méthodes de Tricia, mais je pouvais deviner, d'après l'expression de son visage, qu'elle n'était pas vraiment impressionnée par ce mode opératoire. Elle n'a pas pu s'empêcher ensuite de demander les raisons qui m'avaient amenée à punir Vicky, et je lui ai raconté toute l'histoire.

—À dire vrai, je sais que je me suis trompée en la privant de sortie pour un mois. Ça ne dure que depuis quelques jours et sa présence à la maison est déjà source de pas mal de désagréments. J'ai même pensé un moment que je devrais lever la punition pour préserver la santé mentale de tout le monde !

Je plaisantais, mais c'était loin d'être une sinécure. Vicky s'ennuyait tellement toute la journée à la maison qu'elle avait causé toutes sortes de désastres. Pour commencer, elle avait décidé de faire un crumble avec de la rhubarbe du jardin de ma mère, mais elle avait voulu le cuire au micro-ondes dans un plat en métal au lieu d'utiliser le four conventionnel, et notre micro-ondes, après avoir rendu l'âme, attendait maintenant d'être envoyé à la décharge. Ensuite, elle avait utilisé un plateau pour le thé au lieu d'une plaque de cuisson pour griller du fromage, et le plateau avait fondu et rempli la cuisine d'une fumée irrespirable.

—Est-ce que tu apprécies de m'avoir dans les parages ? m'avait demandé un soir Vicky d'un ton sarcastique avant de se mettre à suivre Jonathan partout où il allait, comme une ombre, comme si elle n'avait rien de mieux à faire.

—Qu'est-ce que tu fais, Jonathan ? radotait-elle sans cesse. Est-ce que je peux t'aider ? Est-ce que tu veux jouer à un jeu ?

Elle était tellement insupportable que même Michelle avait fini par lui dire : « Va lire ton livre ! »

—Je l'ai terminé, avait répondu Vicky. Mais je ne peux pas aller en chercher un autre à la bibliothèque parce que *je suis punie* !

Quand Jonathan est revenu dans le salon avec Vicky pour qu'elle fasse la connaissance de Hayley, je n'ai pas pu m'empêcher d'admirer son courage. Vicky portait un sweat-shirt rouge vif trop large sur lequel on pouvait lire le slogan LAISSEZ-MOI SORTIR ! écrit en lettres jaunes.

—Où as-tu trouvé ce pull, Vicky ? lui demandai-je.

—C'est un des sweats que portait Lorraine à la maternité. Il te plaît ? Je crois que le slogan est vraiment approprié pour quelqu'un qui est *puni* !

Hayley s'est mise à rire, l'atmosphère était légère et chaleureuse, et l'assistante sociale m'a impressionnée par sa capacité à intégrer cette remarque dans la conversation en donnant une impression de sécurité et de contrôle à Vicky.

—On se voit donc mardi prochain. Ce sera l'occasion pour toi de sortir un peu de la maison !

—Je ne veux pas y aller, en fait.

—Je peux comprendre. Personne n'aime ce genre de choses. Je préférerais me vernir les ongles, crois-moi, mais moi aussi, je dois être présente. On se soutiendra tous les uns les autres, n'est-ce pas ? C'est dans ton intérêt, Vicky, souviens-toi de ça et ça va t'aider à surmonter ce moment. Tu ne risques rien, on peut te le promettre, et après, tu seras contente de l'avoir fait.

—D'accord, acquiesça Vicky. Je ne porterai pas ce sweat-shirt alors. Je ne veux pas que quelqu'un croie que je veux partir d'*ici*.

—Donc, tu aimerais rester ici, avec Angela et Jonathan ?

—Je serais contente de rester ici si je ne peux pas retourner chez Lorraine. J'aime beaucoup Angela et Jonathan.

—Tu vois comme c'était facile ! déclara Hayley en souriant. C'est tout ce que tu devras dire la semaine prochaine. Tu crois que tu peux le faire ?

Vicky a souri.

—Oui.

Malheureusement, les jours précédant la réunion de suivi, Vicky est devenue très anxieuse et lunatique. Je lui avais acheté quelques chemises pour l'école, ainsi qu'une nouvelle trousse étant donné qu'elle avait perdu la sienne juste avant les vacances, mais Vicky se montrait difficile et désagréable.

—Je n'aime pas ce genre, dit-elle en indiquant les chemises du menton.

—Qu'est-ce que tu veux dire ? Tu n'as pas le choix, ce sont celles qui sont recommandées par l'école.

—Exactement. Je ne les porterai pas. Tu devrais te faire rembourser. Je choisirai moi-même les miennes.

—Mais où est-ce que tu vas les trouver ? Elles sont bleu pâle et viennent de chez Marks & Spencer. Qu'est-ce qui ne te va pas ?

—Tout ! Regarde les cols ! Ils sont énormes ! Celles que j'ai ne sont pas comme ça !

C'était vrai, mais les chemises avec lesquelles elle avait fini l'année précédente étaient quasiment bonnes à jeter et d'une marque que je ne connaissais pas, avec des cols très fins qui rendaient difficile de porter la cravate de l'école. J'imaginais qu'elles venaient du marché aux vêtements ; la qualité du tissu était médiocre et elles ne correspondaient certainement pas à l'uniforme réglementaire.

—Je crois que tu trouveras un tas de filles avec les mêmes chemises cette année, Vicky. C'est la dernière collection et elles ont une jolie coupe. Regarde !

—Le reste des filles peuvent bien les porter, moi, non ! ronchonna-t-elle. Et je ne veux pas non plus de cette trousse.

—Mais c'est pas vrai ! Qu'est-ce qui ne va pas avec cette trousse ? C'est juste une trousse ordinaire, et je l'ai remplie.

—Elle est répugnante !

—Répugnante ? Comment une trousse peut-elle être répugnante ?

—Elle *est* répugnante ! Je n'en veux pas. Tu as gaspillé ton argent !

Le lendemain, elle a fâché Michelle qui avait préparé un hachis Parmentier pour tout le monde : Vicky a annoncé qu'elle n'en voulait pas, qu'elle n'avait pas faim parce qu'elle venait de manger des toasts et de la confiture.

—Ne t'en fais pas, ma chérie, rassurai-je Michelle, qui semblait déçue. Ça sent très bon. Jonathan et moi sommes impatients d'y goûter. Ça en fera plus pour nous !

—Tu ne vas rien dire à Vicky ? me demanda Michelle.

—Je lui parlerai, mais je crois qu'elle n'est pas dans son assiette : sa réunion de suivi a lieu demain.

—Oh ! fit Michelle. Je ne savais pas. Souhaite-lui bonne chance de ma part.

—Je le ferai, ma chérie. Aucun de nous n'a vraiment envie d'y aller.

—Ça ne m'étonne pas. Tu ne sais jamais ce qui va se passer, pas vrai ? C'est comme un épisode de *Coronation Street* ou d'*EastEnders*.

Michelle a ri en faisant ce commentaire, mais son regard était doux-amer et j'ai senti mon cœur se nouer de tristesse. Son trait d'esprit était un peu trop proche de la vérité pour être réconfortant. Un peu comme les personnages d'un feuilleton dont les destins sont décidés par les scénaristes, j'avais vraiment l'impression que la vie de Vicky était entre les mains de ceux qui décideraient le tour que prendrait ensuite sa vie. Jonathan et moi-même n'avions pas des rôles centraux dans ce scénario et, en conséquence, il était extrêmement facile de nous faire disparaître. Quels que soient l'affection et l'intérêt que nous portions à Vicky, et nous étions très concernés par elle, nous pouvions être mis sur la touche à n'importe quel moment. C'est probablement la chose la plus difficile pour un auxiliaire familial, et j'ai passé une nuit blanche la veille de la réunion de Vicky, inquiète que j'étais de ce qui allait bien pouvoir lui arriver par la suite.

9

TU ES LA PLUS GRANDE ERREUR DE TOUTE MA VIE

—Je ne me sens pas bien, annonça solennellement Vicky quand elle est arrivée en bas pour prendre son petit-déjeuner le jour de la réunion. Je crois que je ne vais pas pouvoir y aller.

—Je ne me sens pas très bien non plus, Vicky. Mais il faut qu'on le fasse. Peut-être que ce ne sera pas aussi dur que ce qu'on imagine.

—Ça le sera. Tu ne sais pas comment elle est, Angela. Elle me déteste tellement. Il suffit qu'elle me regarde pour que je sois terrorisée. Un simple regard, celui qu'elle m'a toujours jeté, j'ai tellement peur qu'elle le fasse encore.

Vicky était aux prises avec un paquet neuf de céréales et elle a tiré dessus avec une telle force qu'il s'est brusquement ouvert en répandant les céréales partout sur le sol de la cuisine.

—Zut ! Je suis tellement nulle ! grommela-t-elle.

—Ne dis pas ça, Vicky, protestai-je. C'est juste un accident, et c'est parce que tu es stressée.

—Est-ce que tu sais ce qu'elle avait l'habitude de me dire ? Elle me disait que j'étais la plus grande erreur de toute sa vie. Même quand je faisais tout ce qu'elle me demandait de faire et que je livrais toutes ces notes et ces lettres, elle me disait encore : « Tu es la plus grande erreur de toute ma vie. »

—Des notes et des lettres ? répétai-je.

—Oh non ! Je ne veux pas penser à ça maintenant. Je vais fumer une cigarette. Désolée, à tout à l'heure.

Une fois qu'elle a été prête, Jonathan et moi l'avons accompagnée à la voiture. Vicky était silencieuse, trop silencieuse. Elle s'est assise, raide comme un piquet, s'est attachée au siège arrière et a fixé l'appuie-tête de Jonathan pendant tout le trajet jusqu'au bureau où se tenait la réunion. Le trajet n'était que de 15 minutes, mais il a semblé bien plus long, car l'atmosphère à l'intérieur de la voiture était tendue, pesante.

—Respire profondément, dis-je à Vicky en me tournant sur le siège passager pour la regarder. Ça va t'aider à évacuer un peu la tension.

Vicky m'a complètement ignorée, et j'ai remarqué qu'elle avait les poings serrés comme dans la caravane quand elle m'avait dit que sa mère avait l'habitude de s'entailler les doigts.

—Au fait, j'ai décidé de lever ta punition, lui annonçai-je.

J'en avais parlé avec Jonathan et nous avons décidé que nous nous étions nous-mêmes punis en punissant Vicky tout un mois, et qu'elle avait compris la leçon. J'espérais que la bonne nouvelle allait susciter une réponse, mais il n'en a rien été. Après quelques minutes de silence, je me suis tournée vers Jonathan.

—Comment vas-tu ? lui demandai-je, plus pour rompre l'ambiance glaciale de la voiture que pour vraiment avoir une réponse. Je pouvais déjà voir qu'il était lui aussi très tendu.

—Pas trop mal, dit-il à haute voix, pour que Vicky puisse entendre. Au moins, après aujourd'hui, on pourra s'organiser, hein, Vicky ? On sait tous ce qui va se passer après, et c'est une bonne chose, n'est-ce pas ?

Vicky n'a pas desserré les dents et, quand je me suis de nouveau retournée pour la regarder, j'ai remarqué qu'un mouvement convulsif très net parasitait son œil droit, bien que le reste de son visage et son corps fût complètement rigide. J'étais vraiment très contrariée de la voir dans un tel état.

—On est arrivés, annonçai-je, alors que ce n'était pas le cas.

Je n'étais plus moi-même à ce moment-là.

Nous n'étions jamais allés dans les bureaux des services sociaux auparavant, mais apparemment, c'était le seul en mesure d'héberger la réunion ce jour-là. Le parking était plutôt lugubre. Le bitume craquelé laissait entrevoir des herbes et des pissenlits, les poubelles débordaient de vieilles canettes et de paquets de chips, et les panneaux indiquant aux automobilistes que les espaces étaient réservés au personnel et aux visiteurs avaient été couverts de graffitis grossiers.

—Mesdames, c'est l'heure d'y aller, dit avec une fausse désinvolture Jonathan en sortant de la voiture.

Vicky n'a pas bougé. Jonathan a alors ouvert sa portière et lui a parlé comme s'il avait été son chauffeur personnel.

—Mademoiselle Vicky, permettez-moi de vous aider à sortir de la voiture ! dit-il en s'inclinant devant elle et en lui tendant la main.

Vicky n'a pas bougé d'un pouce, ignorant totalement Jonathan. J'étais passée de son côté et je me suis penchée pour poser ma main sur l'épaule de Vicky, que j'ai affectueusement pressée.

—Vicky, ma chérie, on est arrivés. On y va ? Ce serait mieux de ne pas être en retard.

Vicky a semblé se réveiller au moment où j'ai prononcé le mot « retard ». Elle est alors sortie maladroitement de la voiture en s'excusant et en regardant nerveusement autour d'elle.

—Je me demande si les autres sont déjà arrivés, dis-je en scrutant les alentours et en pensant inévitablement à sa mère, même si je ne savais pas à quoi ressemblait Brenda.

—Je ne crois pas qu'*elle* sera déjà arrivée. C'est impossible qu'*elle* soit à l'heure.

Après avoir donné nos noms à la réception, nous avons été envoyés dans une petite salle d'attente surchauffée qui donnait sur le parking. Sous la fenêtre, il y avait une table basse avec une pile de vieux magazines, et dans le coin derrière la porte se trouvait une fontaine à eau avec un papier écrit à la main qui disait HORS SERVICE collé sur le côté avec du ruban adhésif jaune craqué sur les bords.

—Peut-être que tous les autres sont déjà là et qu'on va nous appeler quand ils seront prêts ? s'aventura à dire Jonathan à voix basse après quelques minutes d'attente.

—C'est possible, dis-je en regardant l'horloge installée au-dessus de la porte.

—Il est 10 heures passées.

Toutes les réunions de suivi auxquelles nous avions participé avec Michelle s'étaient déroulées en ville, dans le bureau local des services sociaux, que nous connaissions bien. La routine était toujours la même : après avoir signé à la réception, Michelle avait toujours un court entretien, seule avec son assistante sociale, puis on nous conduisait tous les trois à l'étage où on nous demandait d'attendre à l'extérieur de la pièce où la réunion allait avoir lieu. Les murs de cette pièce étaient en verre, ce qui nous permettait de voir les personnes déjà présentes dans la pièce, et par conséquent les personnes qui n'étaient pas encore là et que nous attendions. Ici, on était dans le flou le plus total, et l'idée que la mère de Vicky pouvait entrer à tout moment sans prévenir nous est évidemment tous passée par la tête.

—Tu veux lire un magazine ? proposai-je à Vicky. Il y en a plein ici.

—Non, merci.

Je me suis levée et j'ai examiné les différents magazines.

—Je ne pense pas que tu perdes grand-chose ! commentai-je en essayant de la faire sourire. *Auto moto* de 1987 ne m'inspire pas beaucoup non plus.

Vicky avait les yeux cloués au sol et a commencé à se ronger les ongles.

—Qui d'autre va assister à la réunion, d'après toi ? demanda-t-elle.

—D'après ce que je sais, il y aura juste Hayley, la nouvelle assistante sociale que tu as rencontrée, et Stuart Williams, qui est le responsable des assistants sociaux et le manager de Hayley.

—Comment *il* est ?

Jonathan et moi avons échangé un regard. Stuart était un homme extrêmement décontracté qui, d'après notre expérience, contribuait rarement au déroulement des réunions. D'habitude, il était assis et examinait ses notes tout au long de l'entretien, il n'établissait que rarement des contacts visuels et n'intervenait presque jamais. En privé, Jonathan et moi l'avions surnommé Stuart « ce sera tout ? », car c'était généralement l'une de ses seules contributions durant les réunions.

—C'est un homme tranquille, tu n'as pas à t'inquiéter de monsieur Williams, la rassura Jonathan.

Il ajouta très diplomatiquement :

—Il est surtout là pour présider la réunion. Il prendra peut-être quelques notes et il te demandera peut-être comment tu vas, mais je pense que c'est surtout Hayley qui parlera.

À ce moment-là, Hayley est entrée dans la pièce. Elle portait une jolie robe blanche et un cardigan orange, et nous a offert un grand sourire.

—Vicky ! dit-elle. Heureuse de te revoir. Bonjour, Jonathan ! Bonjour, Angela ! Comment allez-vous tous ce matin ?

Vicky a haussé les épaules.

—Je suis un peu nerveuse, avouai-je en regardant Vicky. On l'est tous.

—Eh bien, ne le soyez pas. Vicky, est-ce qu'il y a quelque chose que tu aimerais que je dise durant la réunion que je ne sais pas déjà.

—Comme quoi ?

—Je sais que tu aimerais retourner vivre chez Lorraine si c'est une possibilité, et tu m'as dit aussi que tu serais heureuse de rester avec Jonathan et Angela autrement.

—Oui, c'est vrai. Les deux me conviennent, mais je ne veux pas retourner chez ma mère. Il est hors de question que je retourne là-bas.

—Entendu. J'ai compris. Monsieur Williams n'est pas encore arrivé. Il viendra vous chercher quand il arrivera et vous conduira jusqu'à la salle de réunion, qui est au bout du couloir. On se voit là-bas tout à l'heure.

—Est-ce qu'*elle* est là ? demanda Vicky avec insistance en cherchant à deviner la réponse sur le visage de Hayley avant qu'elle ait pu répondre.

—Non, pas encore.

—Classique, dit Vicky en baissant la tête. Je vous ai dit qu'elle serait en retard.

Il faisait vraiment chaud dans la salle d'attente. J'avais mis une jupe, un chemisier et une veste élégante ainsi que des collants et des escarpins. J'avais l'habitude de porter des pantalons larges et des hauts en coton pour le travail, et plus le temps passait, plus j'avais chaud et moins je me sentais à mon aise. En regardant Jonathan, je pouvais voir que c'était pareil pour lui. Il portait un pantalon de costume et une chemise formelle, et j'ai remarqué que des petites gouttes de sueur s'étaient formées sur son front. En le voyant dans cet état, je me suis souvenue du jour où un comité devait décider de notre avenir en tant qu'auxiliaires familiaux, plus de deux ans plus tôt, et je me suis mise à penser à tout le processus que nous avions traversé.

Après avoir répondu à l'annonce du journal local, j'ai assisté à une réunion dans les bureaux des services sociaux locaux, seule, laissant Jonathan s'occuper du magasin. Je m'attendais à ce que la réunion se concentre sur les qualités nécessaires requises pour être famille d'accueil, mais à ma grande surprise et consternation, l'assistante sociale qui m'a reçue a commencé à me raconter des histoires horribles qui semblaient destinées à me décourager.

—Certains de ces enfants ont vécu d'énormes traumatismes dans leur vie, m'avait-il dit. Et je parle de traumatismes sérieux. Il faut que vous soyez prête à gérer des problèmes de tous ordres.

—Qu'est-ce que vous voulez dire ?

—On parle d'enfants qui étalent des excréments sur les murs, qui peuvent vous agresser, des enfants avec des maladies mentales et des problèmes de conduite, des enfants ayant subi des abus sexuels qui ont un comportement sexualisé… La liste est longue.

J'étais incroyablement naïve et j'ai été choquée d'entendre ça. Durant mon enfance, la plupart des enfants qui étaient en foyer, adoptés ou placés en famille d'accueil étaient abandonnés par leur mère, car ils étaient nés hors mariage ou orphelins. Les enfants n'avaient pas de maladie mentale et n'étaient ni des êtres incontrôlables ou des survivants d'abus comme l'avait décrit cet assistant social. La réunion m'avait fait comprendre que la société avait énormément changé au cours des dernières décennies. Au milieu des années 1980, c'était devenu socialement plus acceptable pour une femme d'élever seule un enfant et, de fait, les enfants dont s'occupaient les services sociaux avaient des problèmes bien plus graves que le fait d'être illégitimes ou orphelins. Ils avaient bien plus de chances de faire partie de ceux dont les parents ne pouvaient pas s'occuper pour une raison ou pour une autre, parce qu'ils avaient des problèmes mentaux ou physiques, par exemple, et de ceux qui provenaient de familles brisées, dysfonctionnelles ou parce qu'ils avaient été victimes de maltraitance ou de négligence.

—Vous devez bien réfléchir à tout ça, m'avait avertie l'assistante sociale. Êtes-vous certaine de vouloir le faire, madame Hart ?

—Je ne m'attendais pas du tout à entendre ce genre de choses, mais vous ne m'avez pas découragée, avais-je répondu franchement. Je suis choquée, mais cela me donne encore plus envie d'aider ces enfants.

C'était au tour de l'assistante sociale de paraître surprise, et je lui ai demandé de m'en dire un peu plus sur la procédure, dont j'ai fait part à Jonathan une fois rentrée à la maison, ainsi que toutes les informations que j'avais recueillies.

Jonathan avait lui aussi encaissé le choc.

—Sincèrement, je n'avais absolument aucune idée de tout ça, me dit-il. J'étais exactement comme toi. Je pensais que le seul problème de ces enfants était qu'ils n'avaient plus de maman et de papa pour s'occuper d'eux.

—Je sais, c'est une découverte. Mais je veux encore le faire. Et toi ? Est-ce que ça te décourage ?

—C'est un peu effrayant tout de même. J'ai besoin d'y réfléchir. Qu'est-ce qui va se passer après, si on veut continuer ?

—Il faudra qu'on passe par ce qu'ils appellent le « formulaire F », l'informai-je, comme me l'avait dit l'assistante sociale. C'est un formulaire très long et très détaillé, que les assistantes sociales remplissent pour toi. En gros, il faut revenir en arrière dans les années et leur indiquer toutes les adresses où tu as vécu, tous les boulots que tu as faits, tous tes problèmes de santé ou condamnations, et décrire le réseau de soutien que tu possèdes.

—Réseau de soutien ?

—Ça signifie la famille qui vit à côté de chez nous et la relation que nous maintenons avec les autres membres de la famille. Il faut dessiner cette sorte de carte familiale en te mettant au centre et tous tes parents autour. Plus ta relation avec eux est intime, plus tu les places proche de toi, au centre de la carte.

—Et donc de fait, ceux qui sont moins proches, tu les places aux extrémités de la carte.

—Exactement. Puis tu traces une ligne en partant de toi vers chacune des personnes. Une ligne continue indique une bonne relation, une ligne en pointillés signifie que tu t'entends bien avec cette personne, et une ligne en zigzag veut dire que tu as une relation amour/haine ou une relation intermittente.

Jonathan s'est mis à rire.

—Je peux penser à quelques zigzags, dit-il en souriant, pensant sans aucun doute à certains de ses frères avec lesquels il ne s'était pas toujours entendu. Sérieusement, par contre, ça semble très approfondi, Angela. Je ne pensais pas que ça allait être aussi détaillé. Qu'est-ce que tu penses de tout ça ?

—Je veux le faire, c'est sûr, répliquai-je sans hésitation. Je suis emballée pour tout dire. Je sais que ça va être difficile, mais je veux essayer. Je veux aider des enfants. Rien de tout ça ne m'a découragée. Qu'est-ce que tu en penses ?

Il y a eu un silence.

—Écoute, Angela, si c'est vraiment ce que tu veux, je suis avec toi ; tu sais que c'est vrai. Je ne t'empêcherai jamais de faire quelque chose qui te tient tant à cœur.

—Vraiment ? dis-je en souriant.

—Oui, vraiment. Allez, Angela. Ne fais pas l'étonnée. Dis-moi quand on ne fait pas ce que tu veux ?

Je l'ai embrassé en riant.

—Merci, lui dis-je. Je pense qu'on ne le regrettera pas.

—Comme je te l'ai dit plus tôt, Angela, on ne saura jamais avant d'avoir essayé. Qu'est-ce qui se passe une fois que le formulaire a été rempli ?

—Il faudra qu'on passe différents entretiens, séparément et ensemble, qu'on réponde à des questions sur notre enfance et sur ce qui nous rendait heureux. Tu as raison de dire que ça risque d'être intense, et que c'est potentiellement indiscret, mais honnêtement, je crois que ça en vaut la peine. J'ai un bon pressentiment par rapport à ça.

Jonathan était un peu nerveux quand j'ai mentionné les questions concernant notre propre enfance, car il n'aimait pas parler de la façon dont son père l'avait traité. De la même manière, ça ne me plaisait pas particulièrement de devoir dire à des étrangers que mon père avait été alcoolique, mais après avoir pensé assez longuement à toutes ces questions, nous avons convenu tous les deux que nous n'avions rien à cacher. Nous étions assez forts pour faire face et prêts finalement à tenter notre chance.

—Combien de temps dure tout le processus ? demanda ensuite Jonathan.

—Environ six mois, peut-être un peu plus. Ça dépend de la charge de travail des services sociaux à ce moment-là.

—Six mois ? Ça, c'est du processus de validation !

—Je sais, mais c'est une bonne chose, n'est-ce pas ? Les services sociaux doivent prendre d'énormes précautions, et nous ne sommes pas pressés, non ?

—Non, et au moins, ça nous laisse le temps de changer d'idée au cas où. Honnêtement, je crois que ce délai me conviendra parfaitement pour faire le point mentalement.

J'ai serré Jonathan dans mes bras et l'ai encore remercié d'avoir l'esprit aussi ouvert et le cœur sur la main. Déjà à cette époque, même si je ne savais pas grand-chose de cette activité, j'étais consciente qu'il s'agissait là d'un engagement fort pour n'importe qui, et je lui étais très reconnaissante de me soutenir aussi généreusement, malgré ses propres doutes.

Évidemment, nous avons trouvé le processus exténuant. Fournir des informations très basiques s'est révélé bien plus dur que ce que nous avions imaginé. Pour commencer, il s'est avéré qu'entre nous deux, nous avions vécu dans sept appartements différents en ville, pour des durées très courtes pour certains, et nous avions du mal à nous souvenir de toutes les adresses. Mais ça a été encore plus difficile de faire face à un problème que nous n'avions pas envisagé. Le soir de son enterrement de vie de garçon, les amis de Jonathan avaient eu la bonne idée de faire une course à pied depuis le restaurant chinois où ils l'avaient emmené. Il était saoul et, vu son état d'ébriété, Jonathan a accepté ce projet peu judicieux. Malheureusement, le propriétaire du restaurant a rapidement appelé la police, et Jonathan et ses 5 amis ont été arrêtés alors qu'ils descendaient la rue principale en courant, puis condamnés à une amende de 30 livres pour cette infraction. La conséquence de cette histoire était que Jonathan avait un casier judiciaire, qui devait être déclaré dans notre formulaire F.

—J'espère que je ne vais pas tout faire capoter, dit-il. Je me sens terriblement mal par rapport à ça.

—Écoute, lui dis-je. C'est une seule petite erreur le soir de ton enterrement de vie de garçon, il y a plus de 10 ans, et tu n'en es même pas l'instigateur. Je ne pense vraiment pas que ça va jouer contre nous.

—On ne sait jamais, non ? Il va falloir qu'on croise les doigts. Espérons que ça passe.

—Je suis sûre que ça va aller. Je suis vraiment désolée que cette histoire soit revenue à la lumière, Jonathan. Je n'avais jamais pensé que ça serait le cas.

—Ce n'est pas de ta faute. En fait, ça m'a fait réaliser que je ne veux pas que ça échoue. Je serais en colère si ça tournait court avant qu'on ait eu la chance d'essayer.

Malheureusement, comme s'ils voulaient nous mettre plus durement à l'épreuve, les entretiens ont été encore plus approfondis et personnels que ce que nous avions imaginé. Jonathan pleurait en décrivant aux fonctionnaires des services sociaux qui étaient venus chez nous comment son père le battait, et le manque d'estime de soi dont il avait souffert pendant des années suite à ça. De la même manière, à ma grande surprise, je me suis fâchée en revivant le moment où j'ai dû rester vivre chez ma tante Hattie quand ma mère était allée rendre visite à mon père à la clinique de désintoxication. J'ai crié aussi quand je me suis souvenue de la dispute que j'avais entendue entre mes parents à propos du problème d'alcool de mon père, celle au cours de laquelle elle l'avait menacé de le mettre dehors s'il n'arrêtait pas de boire.

—C'est moi et Angela, ou la bouteille ! avait hurlé ma mère. C'est simple comme choix à faire. À toi de décider, Trevor !

J'avais cinq ans, j'étais allongée sur mon lit et je serrais mes petites mains le plus fort possible l'une contre l'autre en priant en silence.

S'il te plaît, papa, me disais-je en silence. *S'il te plaît, papa. Choisis-nous ! Choisis-nous !*

C'était très pénible de raviver ces souvenirs, car je les avais enfouis au fond de moi et ça faisait très, très longtemps que je n'y avais pas repensé.

—Est-ce que vous décririez votre enfance comme malheureuse ? m'ont-ils demandé après que j'eus raconté mon histoire.

—Non, avouai-je sincèrement. Ça a été une des très rares occasions où je me suis rendu compte que mon père avait un problème. Ma mère a fait un travail extraordinaire pour me protéger de son problème et pour l'aider à se soigner.

—Diriez-vous alors que vous avez eu une enfance heureuse ?

—Oui, répondis-je. Sans aucun doute. On s'est très bien occupé de moi et je n'ai manqué de rien. Je ne me suis rendu compte de la gravité du problème de mon père qu'une fois plus grande, quand j'ai été sur le point de me marier. Ma mère était une travailleuse acharnée et très capable, et j'ai parlé avec elle de notre envie de devenir une famille d'accueil et elle nous soutient pleinement et nous aidera dans la mesure de ses moyens dans cette aventure.

Jonathan et moi avons aussi dû décrire exactement comment nous nous étions rencontrés et à quoi ressemblait notre vie au début de notre relation, après que nous avions emménagé en ville et après notre mariage. Ensuite, nous avons été interrogés ensemble et séparément sur nos amis et nos fréquentations, sur notre santé mentale et physique, sur l'éventualité d'avoir des enfants, notre situation financière et la force de notre engagement mutuel.

J'ai entendu d'autres familles d'accueil décrire comment leurs partenaires antérieurs avaient également été cuisinés dans le cadre de ce processus, mais comme aucun de nous deux n'avait eu de relation sérieuse avant que l'on se mette ensemble, ce point n'avait pas d'importance. D'ailleurs, au fil du temps, j'ai aussi entendu des histoires de familles d'accueil potentielles qui avaient été refoulées à cause de commentaires et retours négatifs faits par leurs anciens partenaires. Les travailleurs sociaux sont attentifs et comprennent qu'une rupture puisse laisser du ressentiment, mais j'ai toujours trouvé navrant que les informations données par un ex mécontent puissent entraver le désir de devenir famille d'accueil d'une personne.

Cela étant, le processus avait été éprouvant et épuisant pour nous deux, et quand la question de son casier judiciaire a été abordée, mon optimisme sur la façon dont cela allait être traité a malheureusement été démenti. À mon grand désarroi, l'arrestation et la contravention de Jonathan ont été considérées avec une grande rigueur, et Jonathan a été longuement interrogé. Après quoi, il s'est senti embarrassé, plein de remords et très inquiet par le fait que cet incident ait compromis notre demande. Nous étions très tendus le jour où l'assistante sociale qui nous représentait a finalement rencontré le comité des services sociaux qui délibérait sur notre candidature. Ça avait pris, en tout et pour tout, 12 mois, au lieu des 6 mois évoqués, car notre référente était débordée de travail. Un peu comme pour la réunion de ce matin, Jonathan et moi avions été installés dans une petite pièce surchauffée dans un bâtiment chaud et sans air, endimanchés dans nos jolis vêtements et terriblement nerveux pendant que l'on attendait les résultats. Je me souviens très nettement du moment où l'assistante sociale est ressortie de la réunion et qu'elle a traversé le couloir pour venir à notre rencontre et nous informer du verdict. Mon cœur battait la chamade et je voyais la tension crisper la mâchoire de Jonathan à mesure qu'elle approchait.

—Félicitations ! Votre candidature a été acceptée pour la garde de deux enfants.

C'est à peu près la seule phrase dont je me souvienne, même si je suis sûre qu'elle nous avait également informés de la façon dont s'était passée la réunion.

—Vraiment ? C'est fantastique ! m'exclamai-je. Je ne peux pas y croire.

J'étais euphorique et profondément soulagée.

Jonathan souriait comme le chat du Cheshire.

—J'ai l'impression d'avoir gagné à la loterie, affirma-t-il. Je suis si heureux.

En y resongeant, nous ne pensions alors qu'aux choses positives qui nous attendaient : quel plaisir de pouvoir s'occuper d'enfants différents et de leur procurer un lieu de vie agréable et sûr, même si ce n'était que pour une courte durée. Nous savions que les enfants auraient certainement des difficultés ou des problèmes, mais naïvement nous étions convaincus que tout pouvait se régler avec une bonne dose d'amour et une maison sûre et confortable.

Être assis ici aujourd'hui, à attendre nerveusement de participer à une réunion de suivi avec une adolescente comme Vicky, à laquelle nous nous étions attachés, mais que nous pouvions perdre à tout moment, ne faisait pas partie des choses que nous avions envisagées. Son avenir était en train de se jouer, et nous nous préoccupions très sincèrement pour elle. Si les travailleurs sociaux décidaient qu'elle devait partir, nous serions tristes de la perdre, mais nous ne pourrions qu'accepter la décision et espérer que tout aille bien pour elle.

J'ai regardé Vicky et j'ai senti mon ventre se nouer. Je ne pouvais qu'imaginer ce qu'elle était en train de vivre. La tension nerveuse me donnait presque la nausée. Non seulement la réunion m'angoissait, mais j'étais également inquiète de ce qui allait se passer la semaine suivante, le mois suivant et l'année suivante dans la vie de cette jeune fille.

L'aiguille en plastique noir qui indiquait les minutes de l'horloge au-dessus de la porte a marqué un quart d'heure en faisant le même bruit légèrement plus intense que lorsqu'elle avait marqué l'heure. Jonathan s'est levé et s'est mis à déambuler dans les 10 mètres carrés de la pièce qui commençaient vraiment à m'oppresser. Vicky, quant à elle, a plongé sa tête dans ses mains.

—C'est horrible, murmura-t-elle. Pourquoi est-ce que ça prend autant de temps ?

—Monsieur Williams doit être en retard, dis-je. Il faut juste être patient.

—Et *elle* ?

—Je suis désolée, Vicky. Je n'en sais pas plus que toi, ma chérie. Je ne sais pas ce qui se passe avec ta mère.

J'avais entendu plusieurs voitures dans le parking pendant que nous étions assis et que nous attendions, mais je n'avais pas regardé par la fenêtre, Vicky non plus. La pièce est retombée dans le silence, à l'exception du tic-tac de l'horloge, et j'ai eu l'impression que la température augmentait à chaque seconde qui passait. Mes vêtements me collaient au corps et j'avais les mains moites. Je voulais désespérément dire ou faire quelque chose, n'importe quoi, qui aurait pu rendre l'attente plus supportable ou améliorer la situation, mais je n'en étais pas capable. À part moi, je m'imaginais dire à Vicky : « À quoi ressemble ta mère ? », car je voulais vraiment savoir, mais je ne voulais évidemment pas lui poser cette question. Je pouvais voir que Vicky était de plus en plus agitée à mesure que l'attente se prolongeait, et je n'avais aucune envie d'empirer la situation. Elle était pâle et semblait apeurée, la pauvre petite.

—Aucun de ces magazines n'est intéressant ? demanda Jonathan en faisant un signe de tête dans la direction de Vicky, de l'autre côté de la table où elle était assise.

Vicky l'a complètement ignoré, ses yeux scrutaient maintenant les carrés de la moquette grise à ses pieds. Elle était immobile, fixant le sol dans un état proche de la transe.

—Peut-être qu'*Auto moto* peut t'intéresser, dis-je à Jonathan.

—Voyons voir, dit-il en prenant un des exemplaires cornés, qui avait une tache circulaire de café sur la couverture. Voyez-vous ça, il y a un article dans celui-ci sur le remorquage. Ça pourrait être intéressant.

—Pourquoi ça ? lui demandai-je.

—Je pensais que la prochaine fois qu'on changera de voiture, on pourrait en prendre une avec une barre de remorquage, comme ça on pourrait avoir notre caravane.

—Une caravane ! Je ne savais pas que ça faisait partie de nos plans.

—Je n'en suis pas sûr en fait, mais on a tous aimé les vacances en caravane. Peut-être qu'avoir la nôtre est la prochaine étape. Qu'est-ce que t'en penses, toi, Vicky ?

On s'est tournés tous les deux vers Vicky, mais elle ne semblait pas avoir suivi notre conversation. Je l'imaginais répondre : « Qu'est-ce que ça peut bien me faire, Jonathan ! Je ne sais même pas si je vivrai avec vous ! », ce qui aurait été une réponse tout à fait raisonnable compte tenu des circonstances.

J'avais moi-même envie de crier quelque chose dans le style, à dire vrai. Ce n'était pas acceptable de nous faire attendre comme ça. Cette réunion concernait l'avenir de Vicky, et il semblait cruel d'exacerber ainsi sa détresse. Elle continuait à fixer fébrilement le sol, les mains sous ses cuisses, une position que je l'avais déjà vue employer pour ne pas se ronger les ongles. Les épaules affaissées, le menton calé sur la poitrine, elle paraissait terriblement fragile et vulnérable. Le crissement soudain de pneus sur le bitume du parking a rompu le silence, couvrant le tic-tac de l'horloge et nos respirations. Vicky s'est levée et s'est aussitôt figée, comme si on lui avait tiré dessus avec un pistolet paralysant.

—Ça va, ma chérie, dis-je en me levant et en regardant dehors par la fenêtre derrière la rangée de chaises. Pas de panique. Tout va bien se passer. C'est juste monsieur Williams qui arrive.

Vicky n'a pas semblé enregistrer l'information que je venais de lui donner.

—Est-ce que ça va, ma chérie ? Tu m'entends ? Vicky, ma chérie, pourquoi ne te rassois-tu pas ?

Elle n'a rien dit, mais elle m'a laissé la reconduire gentiment sur sa chaise, où elle s'est assise sur le bord, raide comme un piquet. Quelques instants plus tard, monsieur Williams est entré dans la pièce en essayant d'apprivoiser une mèche qui retombait obstinément sur son front.

—Désolé de vous avoir fait attendre, s'excusa-t-il. Une circulation terrible. Bon, veuillez me suivre.

Jonathan et moi nous sommes levés et j'ai serré doucement le haut du bras de Vicky.

—Viens, ma chérie.

Elle me fixait, les yeux exorbités. J'ai senti qu'elle tremblait, puis elle a battu des paupières à plusieurs reprises.

—Est-ce qu'elle… ?

—Monsieur Williams ! criai-je. Est-ce que vous pouvez… ?

Il avait déjà quitté la pièce. Je me suis précipitée jusqu'à la porte et j'ai passé la tête par l'embrasure.

—Monsieur Williams !

Il était à quelques pas devant moi, avançant dans le couloir, alors, j'ai couru derrière lui, laissant Vicky et Jonathan seuls dans la salle d'attente.

—Un instant, monsieur Williams ! l'interpellai-je encore en le rattrapant. Vicky est très angoissée à l'idée de voir sa mère. Est-elle arrivée ?

—Non, elle n'est pas là. Elle a dû elle aussi être coincée dans la circulation.

—Je vois. Bon, je vais chercher Vicky.

Une fois que je lui ai dit que sa mère n'était pas dans le bâtiment, une partie de la tension du corps de Vicky s'est dissipée. Elle s'est levée et nous a suivis tranquillement dans le couloir, moi, Jonathan et monsieur Williams jusqu'à la salle de réunion. Hayley a eu un sourire soulagé quand nous sommes tous entrés et elle nous a indiqué que nous pouvions nous asseoir où nous le souhaitions autour de la grande table. Vicky s'est installée entre Jonathan et moi, et M. Williams s'est assis en face de nous, à côté de Hayley qui nous a tendu un papier avec la date et l'heure de la réunion. Sur la feuille était aussi indiqué que la réunion avait été organisée essentiellement pour discuter de la possibilité pour Vicky de retourner vivre chez Lorraine.

—J'ai bien peur que l'on doive commencer sans ta mère, dit Hayley à Vicky. Nous avons déjà une demi-heure de retard et nous ne pouvons pas différer la réunion plus longtemps.

Vicky acquiesça.

—J'aime autant. Je ne veux plus jamais la voir.

M. Williams n'a pas semblé relever la gravité de la remarque. Il était en train de lire des papiers qui pouvaient ou non avoir un rapport avec le cas de Vicky. Hayley a alors expliqué à M. Williams que Vicky aimerait retourner vivre avec sa sœur, mais qu'elle était aussi d'accord pour rester avec nous jusqu'à ce que Lorraine soit prête et disposée à la reprendre. Elle a ensuite posé des questions succinctes à Vicky, Jonathan et moi pour savoir si nous voulions parler d'un sujet en particulier, et sur notre avis par rapport au placement.

—Je suis heureuse de rester avec Angela et Jonathan le temps que Lorraine récupère, répéta Vicky. Rien n'a changé depuis la dernière fois où je vous ai parlé. Je veux juste ne pas vivre avec ma mère.

Jonathan et moi avons confirmé que nous serions heureux que le placement se poursuive, et nous avons aussi répondu aux questions habituelles sur notre relation avec Vicky, les problèmes de comportement auxquels nous avions été confrontés et la façon dont nous les avions gérés. Nous avons fourni les dates des visites chez l'opticien et le dentiste qui avaient été organisées, et nous avons confirmé que nous avions emmené Vicky chez le médecin, qui lui avait prescrit un inhalateur et lui avait demandé d'arrêter de fumer.

—Et as-tu arrêté de fumer ? demanda M. Williams.

—Pas totalement, mais je fume beaucoup moins. C'est difficile.

—C'est bien, intervint Hayley. Je crois que ce serait une bonne idée si tu passais un contrat avec Angela et Jonathan. Tu y stipulerais que tu vas continuer à faire des efforts pour arrêter de fumer complètement, que tu acceptes de travailler dur pour contrôler tes coups de sang, en particulier devant les clients du magasin, et que tu feras en sorte de garder ta chambre propre et de respecter les règles de la maison concernant la nourriture à l'étage.

Le visage de Vicky s'est illuminé.

—Affaire conclue. Est-ce que ça veut dire que je reste chez Jonathan et Angela, et que je ne dois pas retourner chez ma mère ?

—Pour le moment, oui. J'ai parlé avec Lorraine et elle n'est pas encore prête à ce que tu retournes chez elle. Elle a besoin de plus de temps pour s'organiser avec le bébé. Comme ta mère n'est pas là, il est impossible de parler d'un retour chez elle ; tu vas donc rester avec Angela et Jonathan.

—D'accord, dit Vicky en soufflant profondément. Ça me va. Est-ce que ça veut dire que je ne retournerai jamais chez ma mère ?

—J'ai bien peur de ne pas pouvoir te l'assurer, Vicky. J'ai besoin d'entendre ce que ta mère a à dire. Il va falloir que je comprenne pourquoi elle n'est pas venue, et il va falloir que j'organise une autre réunion.

M. Williams a pris ses papiers dans sa main, les a tapés sur la table pour en faire une pile bien nette et a demandé à Hayley : « Ce sera tout ? », ce qui évidemment nous a poussés, Jonathan et moi, à échanger un regard complice.

—Oui, répondit-elle. Nous allons poursuivre ce placement et je vais organiser un autre entretien avec la mère de Vicky et sa sœur en temps voulu. Est-ce que ça vous va si nous en restons là pour aujourd'hui ?

Jonathan et moi avons échangé un autre regard, et un petit sourire entendu.

—Nous sommes d'accord, assurai-je à Hayley. Merci pour votre disponibilité, monsieur Williams.

—Merci à vous, répondit-il en contrôlant sa montre. Je vais juste signer les papiers et nous pouvons tous y aller, ajouta-t-il en tendant la main et en griffonnant sur le formulaire que Hayley avait rempli pendant la réunion.

Après qu'il eut quitté la pièce, Hayley s'est levée et a déclaré : « Voilà. Ce n'était pas si difficile, n'est-ce pas ? », ce à quoi Vicky a répondu :

—C'était une perte de temps, non ?

—Vicky ! la grondai-je. Tu ne peux pas parler comme ça.

—Mais c'est vrai. Rien n'a changé. Je ne me plains pas, je constate, c'est tout.

Hayley a souri.

—Souviens-toi du contrat ! la taquina-t-elle gentiment. Moins d'insolence, s'il te plaît, jeune fille !

Vicky a souri.

—OK, dit-elle en saluant Hayley. Message reçu et compris !

Alors que nous quittions le bâtiment, Vicky s'est tournée vers moi, tout excitée. Je m'attendais à ce qu'elle fasse une remarque sur la réunion et sur son résultat, au lieu de quoi elle m'a demandé si elle pouvait sortir voir ses amis dans la soirée.

—Bien sûr, dis-je. Tant que tu es rentrée à 22 heures, il n'y a pas de problèmes.

—Merci, Angela, dit-elle gaiement. Je serai rentrée à la maison à l'heure, promis.

C'était la première fois que Vicky mentionnait notre maison comme sa maison. Elle n'a pas semblé s'en rendre compte, mais ça ne m'a pas échappé et j'étais très heureuse de l'entendre parler ainsi. Nous n'avions toujours aucune idée du temps qu'elle allait rester avec nous, mais ça n'avait pas d'importance. Vicky était heureuse, et ses craintes avaient disparu, pour le moment au moins.

10

JE NE VEUX RIEN SAVOIR DE VICKY

Quand Vicky et Michelle sont retournées à l'école, elles ont vite repris la routine qu'elles avaient établie avant la fin de l'année scolaire précédente en juillet. La seule différence était qu'après quelques jours, Vicky a commencé à prendre le bus avec Michelle en disant que ça l'aiderait à arrêter de fumer. Le soir, elles faisaient toutes les deux leurs devoirs et passaient un peu de temps ensemble dans leurs chambres avant de descendre pour le dîner, et Michelle avait réussi à faire en sorte que Vicky porte ses nouveaux tee-shirts et qu'elle utilise la trousse que je lui avais achetée : encore aujourd'hui, je ne sais pas comment elle s'y est prise.

—Tu sais, elles s'entendent comme larrons en foire, ces deux-là, me suis-je surprise à dire à Jonathan un soir, alors que nous avions dû les appeler trois fois pour qu'elles descendent manger, car elles étaient occupées à je ne sais quoi.

—Oui, je m'en suis aperçu. Je n'aurais jamais cru qu'elles s'entendraient aussi bien. C'est agréable à voir.

Malheureusement, un soir, j'ai remarqué que Michelle n'était pas dans son assiette, et je l'ai prise à part après avoir terminé de nettoyer la vaisselle.

—Qu'est-ce qui se passe ? demandai-je. Il s'est passé quelque chose à l'école ?

—Non, ce n'est pas ça, Angela. J'étais un peu préoccupée de devoir t'en parler, c'est à propos de la Floride. Ma maman a vraiment pris une décision ferme et c'est ce que je craignais. Je ne peux pas venir, c'est impossible.

À ce moment-là, Hayley était également devenue l'assistante sociale de Michelle. Elle avait repris le dossier là où Tricia l'avait laissé et était allée parler à Maureen pour les vacances, dans l'espoir de la convaincre malgré ses réserves sur l'hôtel. J'avais été si focalisée sur la réunion de Vicky que je n'avais pas relancé Hayley à ce sujet depuis une semaine au moins, mais aux dernières nouvelles elle avait bon espoir de réussir à faire changer d'avis Maureen.

—Vraiment ? Est-ce que tu es absolument sûre de ça ?

—Certaine. Elle dit que c'est son dernier mot.

—OK. Laisse-moi reparler avec Hayley, ajoutai-je. Je suis certaine qu'il doit y avoir un moyen de résoudre ça pour toi.

Il m'a fallu trois jours pour parler à Hayley, et quand finalement je l'ai eue au téléphone, elle m'a dit qu'elle passerait me voir après la fermeture du magasin le lendemain.

—Super, dis-je. J'aimerais régler ça le plus tôt possible. Surtout que je dois effectuer le prochain versement pour les vacances d'ici peu.

—Je comprends. En fait, j'ai aussi plusieurs autres points dont j'aimerais discuter, dont certains qui concernent Vicky. La semaine a été très chargée. Pouvez-vous vous assurer que les deux filles seront présentes ?

—Oui, bien sûr.

—Super. À demain. Au fait, est-ce que ça vous dérangerait que je passe par la porte d'entrée plutôt que par le magasin ?

—Non, pas du tout. Je me souviens de votre rhume des foins. Je ferai aussi en sorte de ne pas avoir de fleurs à l'intérieur de la maison.

—Génial. Merci beaucoup. Je sais que l'été est fini, mais je préfère ne pas prendre de risques.

Jonathan était sorti faire des livraisons quand Hayley est arrivée. Elle avait un air anormalement sombre et j'espérais que Jonathan allait rentrer rapidement parce que je sentais instinctivement que ça allait être un rendez-vous compliqué.

—Les filles sont dans leurs chambres, lui annonçai-je en la conduisant dans le salon. Installez-vous. Voulez-vous une tasse de thé ?

—Non, merci, je ne vais pas être longue, répondit Hayley en s'asseyant sur le bord du canapé. J'ai pas mal de choses à vous dire concernant Michelle et Vicky, poursuivit-elle en sortant ses dossiers. Ça a été une semaine très intense au bureau, et il y a plusieurs développements dont j'aimerais discuter. Pourrais-je parler quelques minutes en privé avec Michelle avant qu'on ne commence ?

—Bien sûr. Je vais la chercher.

Michelle avait l'air penaud quand on est entrées dans le salon, et je l'ai laissée seule avec Hayley et suis allée dans la cuisine pour aller me servir un verre d'eau.

—Appelez-moi quand vous voulez que je revienne.

—D'accord, répondit Hayley.

Dix minutes ont passé avant que j'entende la porte du salon s'ouvrir et Michelle monter l'escalier jusque dans sa chambre.

—Angela, vous êtes là ? demanda Hayley.

—J'arrive ! répondis-je aussi gaiement que possible, malgré une boule que j'avais dans la gorge.

Hayley n'a pas tourné autour du pot.

—Bon, attaqua-t-elle dès que je suis entrée dans le salon. Michelle a dit à sa mère que vous êtes trop stricts, Jonathan et vous, et Maureen s'est plainte.

—Oh ! dis-je, surprise. Dans quel sens ?

—Michelle prétend que vous la forcez à nettoyer le sol, les toilettes, à faire toutes les lessives et le repassage et à éplucher des tonnes de pommes de terre.

J'ai ri, un peu indignée.

—Mais c'est faux ! dis-je. Elle a vraiment dit ça ?

—Oui, et sa mère est furieuse. Elle a demandé à ce que Michelle soit confiée à une autre famille d'accueil. Inutile de dire qu'elle s'est également opposée au voyage en Floride.

—D'accord, acquiesçai-je en respirant profondément. Et j'imagine que vous en avez parlé avec Michelle et que vous ne vous contentez pas de croire ce qu'a dit Maureen ?

—Oui, je viens d'en parler à l'instant avec Michelle, et elle dit que c'est la pure vérité.

J'étais profondément offusquée et j'ai eu besoin d'un moment pour digérer l'information.

—OK, repris-je en contenant mon agacement. Je pense que c'est la solution qu'a trouvée Maureen pour définitivement enterrer notre projet de vacances. Ce projet ne l'a jamais emballée. Je pense qu'elle regrette d'avoir donné son accord au début.

—Possible, concéda Hayley en prenant des notes. Ce que Maureen a dit, c'est qu'elle avait perdu confiance en vous en tant que famille d'accueil et qu'elle ne veut pas que vous emmeniez sa fille hors du pays.

—C'est tellement injuste et invraisemblable. Et le pire de tout, c'est que Michelle est la grande perdante dans cette histoire.

Jonathan est arrivé au même moment, je lui ai expliqué la situation et il a lui aussi été révolté par la tournure des évènements.

—Je suis vraiment sur le cul, dit-il, ce qui m'a surprise, car il utilisait rarement ce type de langage. Après tout ce que nous avons fait pour Michelle, j'ai vraiment du mal à y croire. Je suis stupéfait.

—Moi aussi, ajoutai-je. J'aimerais que Michelle redescende, car j'aimerais parler avec elle, si ça ne vous dérange pas, Hayley.

—Pas de problème, si vous le souhaitez, répondit l'assistante sociale.

Quelques minutes plus tard, Michelle était assise sur le canapé à côté de moi. Elle avait eu l'air embarrassé quand j'avais frappé à la porte de sa chambre et que je lui avais demandé de descendre. Elle n'a pas dit un mot ni établi de contact visuel avec moi jusqu'au salon.

Hayley a parlé en premier.

—Je viens d'expliquer à Angela et Jonathan que ta mère a finalement refusé de donner son accord pour les vacances parce que tu lui avais dit que tu n'étais pas heureuse ici, qu'on t'obligeait à faire des corvées.

Michelle a rougi, mais n'a rien dit.

—Angela et Jonathan sont très surpris par ce que tu as dit et ils m'assurent que ce n'est pas vrai.

—Exactement, dis-je en me tournant vers Michelle. Parce que ce n'est pas vrai, n'est-ce pas ?

—Si, c'est vrai, répondit-elle en regardant fixement ses pantoufles Winnie l'ourson.

—Michelle ! m'exclamai-je.

—Un moment, Angela, m'interrompit Hayley. Est-ce que tu peux répéter ce que tu m'as dit plus tôt, quand tu as décrit les tâches que tu étais contrainte de faire.

—Euh, toute la cuisine et le ménage et les lessives et des choses, marmonna Michelle.

—Michelle ! Je te demande de faire le strict minimum des tâches qu'une jeune fille de 14 ans devrait faire pour participer dans une maison.

—C'est trop ! cria-t-elle. Je veux rentrer à la maison ! Je veux retourner avec ma maman !

Sur ce, elle est sortie du salon en courant et est retournée dans sa chambre, puis elle a refusé d'en sortir ou de parler avec qui que ce soit.

—J'ai bien peur que certaines fois ce sont les parents qui entraînent la fin d'un placement, même si ce n'est pas dans l'intérêt de leurs enfants, nous consola Hayley. Mais je suis certaine que vous le saviez déjà.

J'ai échangé un regard consterné avec Jonathan.

—On connaît la théorie, dis-je. Mais on n'a jamais vécu d'expérience de rupture avant. Et de tous les enfants dont nous nous sommes occupés, Michelle est certainement la dernière à laquelle on aurait pensé.

—Je comprends, assura Hayley. Il faut que je parle de ce cas avec mon supérieur, mais je voulais vous en informer. Y a-t-il quelque chose que vous souhaiteriez que je signale ?

—Oui, certainement. Je veux qu'il soit clairement indiqué que Jonathan et moi n'avons jamais contraint aucun enfant sous notre responsabilité à faire des tâches ménagères excessives et que nous ne le ferons jamais. Seul l'intérêt de Michelle nous tient à cœur. Elle a toujours participé volontairement aux tâches ménagères comme débarrasser la table et ranger sa chambre. Et s'est toujours proposée pour éplucher les légumes et aider en cuisine, mais on ne l'a jamais forcée.

Je parlais avec fermeté et assurance. Je voulais que les choses soient claires et je tenais à ce que cette rupture n'affecte en rien la façon dont les services sociaux nous considéraient comme famille d'accueil.

Hayley a griffonné quelques notes sur son bloc-notes en nous assurant qu'elle parlerait en urgence du cas de Michelle avec son supérieur, puis elle a enchaîné sur le cas de Vicky.

—Il y a des bonnes et des mauvaises nouvelles concernant Vicky, déclara-t-elle.

Je retenais mon souffle.

—Allez-y, dis-je, inquiète de ce que Hayley allait nous communiquer.

—Je suis désolée de vous dire que sa sœur, Lorraine, est à l'hôpital. Elle a fait une overdose il y a quelques jours.

—Non ! Pas possible… Est-ce qu'elle va s'en sortir ?

—Tout ce qu'on sait, c'est que ça ressemble à un appel au secours. Elle a d'énormes difficultés avec le bébé, et son mari a indiqué qu'elle avait souffert de dépression par le passé. Ce n'est pas la première fois que ça lui arrive, apparemment.

—C'est terrible ! Qu'est-ce que ça veut dire pour Vicky ?

—Ça exclut l'idée d'un retour chez sa sœur, dans un avenir proche tout au moins.

—Donc, elle va rester avec nous ?

Hayley a hésité et j'ai eu le terrible pressentiment qu'elle allait nous parler de la mère de Vicky.

—Vous avez parlé avec elle, avec Brenda ?

—Oui. J'ai frappé à sa porte la semaine dernière et elle a répondu. Elle m'a dit qu'elle ne voulait plus de Vicky.

J'ai eu le souffle coupé, en proie à des sentiments contradictoires entre choc, colère et soulagement. Brenda avait été si peu collaborative que, dans mon esprit, j'avais commencé à la voir comme un personnage de fiction, une sorte de fantôme vivant en dehors de notre réalité. Elle était brusquement catapultée dans ma conscience comme un être vivant, et j'étais envahie par la peur à l'idée qu'elle puisse d'une manière ou d'une autre continuer à faire souffrir Vicky maintenant qu'elle était revenue sur le devant de la scène. Mon esprit était embrumé. J'étais horrifiée de penser qu'une mère pouvait être aussi cruelle et méprisante à l'égard de sa propre fille, mais je trouvais un peu de réconfort en apprenant qu'au moins Vicky ne retournerait pas chez sa mère.

—Est-ce que je peux vous demander... ce que la mère de Vicky a dit exactement ?

—Ce que je viens de vous dire, répondit Hayley. Je crois que ses paroles exactes ont été : « Je ne veux rien savoir de Vicky. » Elle a ouvert sa porte d'entrée en tout et pour tout 10 secondes, le temps nécessaire pour rendre sa sentence, puis elle me l'a claquée au nez en me disant de ne plus la déranger.

—Vous avez parlé de bonnes nouvelles ? m'aventurai-je à demander.

—Oui, nous avons fait des progrès en ce qui concerne le père de Vicky.

—Oh ! ça semble de bon augure.

—Espérons. Lorraine est allée rendre visite à Brenda quelques jours avant son overdose, et elle a réussi à obtenir le certificat de naissance de Vicky, ainsi que quelques informations.

J'étais sur des charbons ardents, attendant désespérément d'en savoir plus sur le père de Vicky. J'étais aussi inquiète de savoir comment s'était passée la visite de Lorraine à sa mère, et si cela avait concouru à son overdose.

—Et alors, le père de Vicky est encore en vie ? demandai-je avec impatience.

—On ne sait pas. Il faisait partie des forces armées et, bien que Vicky ait toujours utilisé le nom de sa mère, son nom sur l'acte de naissance est Taylor, celui de son père. On espère en savoir plus bientôt. Le ministère de la Défense doit nous répondre.

—Est-ce qu'on doit en parler à Vicky ?

—J'aimerais le lui annoncer moi-même en ce qui concerne Lorraine. Je suis formée à gérer ce genre de situation. Je pourrais peut-être lui parler maintenant, si elle est là ? Je ne vois pas objection à ce que vous soyez présents, si elle est d'accord.

Jonathan et moi avons acquiescé.

—Pas de problème, assurai-je. Je vais la chercher. Est-ce que vous allez évoquer son père ?

—Oui, si je vois que le moment est propice après lui avoir parlé de Lorraine. On verra comment elle réagit. Inutile de préciser que je ne vais pas lui dire mot pour mot ce que sa mère a dit.

Vicky était tranquillement en train de faire ses devoirs quand je suis allée la chercher. Au moment où elle a ouvert sa porte, elle semblait très contente de me voir.

—Regarde, Angela ! J'ai eu un A pour mon devoir d'économie domestique, me dit-elle en me montrant une feuille d'examen. Je veux le montrer à ta maman parce que tu sais ce qui m'a donné beaucoup de points ? C'est la recette de crumble à la rhubarbe dont je me souvenais par cœur.

—Vraiment ? dis-je en me rappelant comment elle avait cassé le micro-ondes la première fois qu'elle l'avait faite.

—Oui ! Je me suis même souvenue de le cuire au four en position 6 pendant une demi-heure. Remarque, je ne suis pas près de l'oublier, hein ?

—Non, j'espère que non ! Écoute, Vicky, Hayley est en bas et elle a des choses à te dire. Est-ce que tu peux descendre lui parler ?

—Quelles choses ? demanda-t-elle, un éclair de peur dans les yeux.

—Je lui laisse le soin de te l'annoncer, mais ne t'inquiète pas, tu ne vas pas devoir retourner chez ta mère.

Son masque de peur s'est dissipé.

—Ça va alors. Tant que ce n'est pas ça, je m'en fiche.

Bien entendu, quand Hayley lui a expliqué ce qui était arrivé à Lorraine, ça n'a plus été la même chanson. Dès qu'elle a entendu le mot « overdose », elle est entrée en transe, figée, nous regardant sans nous voir et sans entendre nos voix, quoi qu'on dise.

—Lorraine va s'en sortir, la rassura Hayley. Les médecins et les infirmières s'occupent d'elle, et le bébé est en sécurité et en forme, c'est ton beau-frère qui s'occupe de lui. Tu n'as pas à t'inquiéter, Vicky. Ta sœur est en de bonnes mains, et les médecins ont dit qu'elle allait récupérer. Elle sortira de l'hôpital dans un jour ou deux.

Comme Vicky ne répondait pas à Hayley, j'ai essayé de la ramener sur terre en lui répétant qu'elle n'aurait pas à retourner chez sa mère et qu'elle pouvait rester avec nous.

—Voyons le bon côté, ma chérie, dis-je. Tu peux rester ici, avec Jonathan et moi. On va s'occuper de toi le temps que Lorraine se remette.

Après une minute de silence complet, Hayley a abordé le sujet du père de Vicky.

—On a découvert quelque chose à propos de ton père, Vicky, annonça doucement Hayley.

Aucune réponse. Les paupières de Vicky ne clignaient pas.

—Ton papa était soldat. Il a servi en Irlande du Nord avant que tu naisses.

Vicky s'est tournée vers Hayley, un mouvement mécanique de la tête, une marionnette, comme elle avait fait dans la fourgonnette dans sa crise de panique le jour de la livraison. Puis elle a poussé un long et lent soupir, a cligné rapidement des yeux à plusieurs reprises.

—Est-ce qu'il est… en vie ? demanda-t-elle doucement en bougeant à peine les lèvres.

—On ne sait pas encore, mais on le saura d'ici peu. L'armée est d'accord pour nous aider à le retrouver.

—Ouah ! dit-elle. C'est peut-être pour ça qu'il était méchant, parce qu'il avait été en Irlande du Nord. Ça devait être dur.

J'ai cherché Hayley du regard.

—J'ai essayé d'expliquer à Vicky que son père n'était peut-être pas si méchant que ça, dis-je. Sa mère dit qu'il était méchant, mais ce n'est que son opinion à elle.

—Angela a raison là-dessus, Vicky. Dès que j'en saurai plus, je te contacterai et, avec un peu de chance, tu pourras juger par toi-même quand on en saura plus sur lui.

—Et s'il est mort ? demanda Vicky d'un ton monocorde.

—Eh bien, tu en auras appris un peu plus sur lui de toute façon. Il s'appelle Vincent Taylor, au fait. L'armée pourra nous en dire plus d'ici quelque temps, j'espère.

—OK, dit Vicky en haussant les épaules, l'air pensif et un léger sourire au coin des lèvres. Est-ce que je peux retourner dans ma chambre maintenant ?

Hayley lui a fait signe que oui.

—Merci, Vicky. Ça fait beaucoup de nouvelles. Est-ce que ça va ?

—Oui, je crois.

Après le départ de Hayley, Jonathan et moi nous sommes posé la même question.

—J'ai l'impression d'avoir reçu des coups sur la tête, lui dis-je. J'ai les nerfs à vif.

—Même chose pour moi, répondit-il en me serrant la main. Je suis tellement interloqué par Michelle. C'est incroyable, tu ne trouves pas ?

—Complètement. Je ne me serais pas attendue à ça. Pour ce qui est de Lorraine, ça explique pas mal de choses. Ce n'est pas si surprenant qu'elle ait placé Vicky si elle-même est dans cet état de vulnérabilité. Et j'imagine que ça explique pourquoi elle a été si peu scrupuleuse à l'heure d'envoyer ses affaires personnelles à Vicky et pourquoi elle refusait les visites après la naissance de son bébé.

Nous sommes restés assis sans rien dire pendant un moment, à essayer de digérer tout ce que nous venions d'entendre. Michelle a refusé de descendre dîner avec nous, mais Vicky a mangé de bon cœur avant de se préparer pour aller à la maison des jeunes retrouver ses amis.

—Est-ce que je peux rentrer à 22 h 30 ce soir ? demanda-t-elle.

—Non, répondis-je. La nuit tombe plus tôt et, à la nuit tombée, il faut que tu sois rentrée. Je veux que tu sois là à 21 h 30, OK ?

—Il fera nuit ?

—Oui. Tu veux qu'on vienne te chercher ?

—Non, merci. Je peux me débrouiller seule. Pas besoin d'envoyer un groupe de recherche.

—Pas besoin d'être insolente, Vicky, dis-je en souriant, heureuse de la voir de si bonne humeur, étant donné ce qu'elle avait entendu le jour même.

Elle m'a fait un clin d'œil et est sortie avec sa « démarche de gangster », comme je disais en rigolant.

—Merci, Angela, conclut-elle. T'es une perle !

—Merci, ma chérie. Amuse-toi bien !

Le lendemain matin, tout le monde s'est levé tôt. Jonathan s'occupait du magasin, Vicky m'accompagnait pour mes livraisons et Michelle allait passer le week-end chez son père. Elle a à peine pu me regarder dans les yeux quand on s'est croisées dans la cuisine.

—Bonjour, Michelle, dis-je gaiement.

Je souhaitais qu'elle sache que je ne lui en voulais pas, bien que, clairement, ses mensonges et ses allégations fussent loin d'être oubliés.

—Bonjour, marmonna-t-elle en prenant un verre de lait, qu'elle a bu rapidement avant de retourner à l'étage.

—À quelle heure tu rentres demain, ma chérie ? demandai-je après elle.

—Sais pas.

—Tu me tiens au courant ? On va chez ma maman pour le déjeuner dominical. J'imagine que tu ne seras pas rentrée pour nous accompagner.

Elle ne m'a pas répondu. J'ai terminé mon petit-déjeuner et suis allée travailler en emmenant Vicky et en laissant un message à Michelle sur le plan de travail de la cuisine.

Michelle, avais-je écrit à la hâte. *Appelle-moi, s'il te plaît, quand tu arrives chez ton papa pour me dire l'heure à laquelle tu rentres à la maison demain. Si tu as besoin qu'on vienne te chercher, pas de problème. Rappelle-toi que le lendemain il y a école, il faut donc que tu sois à la maison à 21 h 30 au plus tard. J'espère que tu vas passer un bon moment. Angela.*

Vicky était d'excellente humeur, ce matin-là. Son anniversaire était pour bientôt, et je lui ai demandé si elle voulait quelque chose en particulier ou si elle voulait faire quelque chose de spécial.

—Je ne sais pas, dit-elle. Je n'ai jamais reçu de cadeau ni organisé de fête pour mon anniversaire. Je serai contente quoi que vous fassiez, vraiment !

Pendant que nous parlions, je tenais un énorme bouquet de fleurs roses et blanches qui avait été commandé pour une fête d'anniversaire de 18 ans. Sur le billet, on pouvait lire : *À notre fille exceptionnelle. Nous sommes très fiers de toi et espérons que tu t'amuseras en ce jour si spécial. On t'aime fort. Maman et papa.* J'avais écrit le billet moi-même après avoir pris la commande par téléphone, et ce faisant j'avais pensé à la chance qu'avait cette adolescente qui allait recevoir un si joli cadeau. Maintenant, ce sentiment me bouleversait et j'avais une peine immense pour Vicky qui n'avait jamais reçu un seul cadeau de sa vie, encore moins aussi beau et touchant que celui-ci.

—Il faut qu'on organise ça comme il faut, dis-je en souriant. Réfléchis à ce qui te ferait plaisir, peut-être un bijou ou quelque chose que tu pourras garder ? Et pourquoi on n'irait pas manger dehors ?

—J'adorerais ça, dit-elle. Ça serait génial ! Est-ce qu'on peut aller dans cette nouvelle pizzeria ?

—Pourquoi pas ? Je ferai un écart à mon régime pour l'occasion.

—Quoi, encore ?

—Petite insolente !

Parler de régime m'a fait penser aux vacances. Il fallait que j'accepte que, indépendamment de ce qui allait se passer avec Michelle, Maureen avait finalement sabordé nos chances d'emmener sa fille à Disney World. L'idée m'était venue que nous aurions peut-être pu changer le nom sur la réservation et mettre celui de Vicky au lieu de celui de Michelle, mais j'ai gardé ça pour moi et décidé d'aller en parler avec Hayley le moment venu. Les vacances étaient dans six mois, et j'imaginais qu'il fallait qu'on attende pour voir ce qui allait se passer concernant les recherches du père de Vicky avant de faire des plans d'avenir aussi lointains.

Michelle n'a pas téléphoné comme je le lui avais demandé, mais elle était dans sa chambre quand nous sommes revenus du déjeuner chez ma mère, Jonathan, Vicky et moi, le dimanche après-midi.

—Est-ce que tu veux une tasse de thé, ma chérie ? demandai-je à travers la porte de sa chambre. Je mets la bouilloire en marche.

—Non, merci.

—Est-ce que je peux entrer ?

—Non, je suis en train de me changer.

—D'accord. Est-ce que tout va bien ?

—Quoi ?

J'ai entendu sa musique et j'ai décidé de la laisser tranquille pour le moment, mais quand je suis remontée un peu plus tard, elle a continué à me répondre par monosyllabes.

—Michelle, ma chérie, est-ce que tout va bien ? demandai-je.

—Oui, juste fatiguée, répondit-elle. Je vais me coucher tôt ce soir.

—D'accord. Est-ce que je peux entrer pour te souhaiter bonne nuit ?

—Oh ! c'est pas vrai ! T'es obligée ?

—J'aimerais bien, oui. Ça fait deux jours que je ne te vois pas.

—Bon, ça va. Entre.

La lumière de sa chambre était éteinte, et j'ai attrapé un sac qui traînait par terre au milieu de sa chambre avant d'arriver à son lit.

—Fais de beaux rêves, ma chérie. À demain matin. Bonne nuit.

—Bonne nuit, bredouilla-t-elle sans conviction.

Aujourd'hui, je me rends compte que Michelle savait quelque chose que j'ignorais, mais je ne soupçonnais rien alors. Le lundi matin, Michelle a dit à Vicky qu'elle allait à l'école à pied et qu'elle ne prendrait pas le bus pour une fois.

—C'est une drôle de décision, lui dis-je alors qu'elle partait plus tôt que prévu. Je croyais que tu n'aimais pas aller à l'école à pied.

—J'ai le droit de changer d'avis, me répondit-elle de manière brusque avant de claquer la porte derrière elle d'un air renfrogné.

J'étais contente de travailler ce jour-là. Il y avait pas mal de commandes à terminer, et j'ai toujours trouvé que la composition des bouquets et la création des formes et des décorations fantaisie avec mes rubans de fleuriste agissaient sur moi comme une thérapie. J'aimais aussi parler avec les clients, les aider à choisir les bonnes fleurs en fonction de ce qu'ils avaient en tête.

Quand il n'y avait aucun client au magasin, il m'arrivait souvent de prendre une grande respiration pour profiter du parfum des fleurs et apprécier la chance que j'avais de jouir d'un peu de calme. La reprise du magasin s'était avérée une très bonne décision pour Jonathan et moi. Nous travaillions très bien ensemble, et l'activité de famille d'accueil s'était parfaitement intégrée à notre style de vie, exactement comme nous l'avions espéré. Bien évidemment, c'était stressant de s'occuper des crises de deux adolescentes et de se retrouver à gérer les problèmes que nous éprouvions alors, mais nous réussissions à le faire, et nous étions bien conscients que notre vie était plus facile que celles de bien d'autres.

Malheureusement, notre neveu avait reçu d'autres mauvaises nouvelles, et nous avions appris que les chances d'Aiden de surmonter sa leucémie s'étaient considérablement réduites pour atteindre moins de 20 %. C'était tellement tragique, et chaque fois que je commençais à me plaindre de ma vie, je me rappelais la chance que j'avais d'être en bonne santé. J'avais également la chance d'avoir un mari fort et aidant, un commerce qui fonctionnait et les moyens de suivre ce que me dictait mon cœur en travaillant comme famille d'accueil. Nous ne pouvions pas guérir notre neveu, mais Jonathan et moi pouvions être là pour lui et sa famille, et nous pouvions aussi aider d'autres enfants à défaut de pouvoir l'aider, lui.

Je ne sais pas combien de temps j'ai été perdue dans mes pensées, mais quand la clochette du magasin a carillonné avec fougue, en fin de matinée ce lundi, j'ai presque sursauté. Ça a provoqué une sorte d'alerte en moi, comme le jour où Vicky avait traversé d'humeur exécrable le magasin. Lorsque j'ai aperçu la personne qui se trouvait face à moi, j'ai été encore plus troublée.

—Hayley, dis-je en pensant aussitôt à son rhume des foins et à son aversion pour le magasin. De quoi s'agit-il ?

—Je crains d'avoir des mauvaises nouvelles, Angela.

—Le père de Vicky ? dis-je instinctivement. Il est… vivant ?

—Ce n'est pas ça. C'est la maman de Vicky.

—Qu'est-ce qui se passe ? bégayai-je en sentant une onde de choc me traverser le corps.

—Elle est morte, Angela. La maman de Vicky est morte hier.

11

C'EST TROP DIFFICILE À ENCAISSER

Sur le conseil de Hayley, j'ai décidé d'attendre que Vicky rentre de l'école pour l'informer que sa mère était décédée. J'étais pleinement d'accord avec elle sur le fait qu'il serait mieux pour Vicky d'apprendre ça à la maison plutôt qu'à l'école, et Hayley m'a donné quelques conseils pour gérer ce moment, car elle devait se rendre à une conférence de travailleurs sociaux dans l'après-midi et elle ne pouvait pas être présente pour m'aider.

—Tenez-vous-en aux faits, ne faites aucune conjecture et ne tentez pas de répondre aux questions auxquelles vous n'avez pas de réponses sûres, me dit Hayley. Assurez-vous que Vicky est bien assise et dites-lui que vous êtes là pour la soutenir, que vous ferez tout ce que vous pourrez pour l'aider à surmonter ce moment. Pour ce qui est de son papa, ne dites rien pour le moment.

Quelques jours avant la mort de Brenda, Hayley avait découvert que le père de Vicky était encore en vie et qu'il vivait au Royaume-Uni, mais très loin de chez nous. L'armée avait son adresse et Hayley avait l'intention d'établir un premier contact par courrier pour demander à Vincent s'il voulait être mis en relation avec Vicky.

—Vu les circonstances, je pense qu'il vaut mieux attendre qu'il réponde avant de dire à Vicky qu'il est vivant, dit Hayley. Pour commencer, aidons-la à surmonter le décès de sa mère.

Il était presque 17 heures quand Vicky est rentrée à la maison, car elle faisait du sport après l'école. Michelle n'était pas encore rentrée non plus : elle aussi avait une activité extrascolaire le lundi, mais je m'attendais à ce qu'elle fasse son apparition d'un moment à l'autre.

—Je suis affamée, déclara Vicky quand elle s'est engouffrée dans le magasin. Tu veux un thé ?

—Oh ! bonjour, ma chérie. Euh... écoute, il faut que je te parle. Je viens avec toi à la maison.

Vicky m'a regardée d'un air soupçonneux alors que je tournais la pancarte du magasin pour afficher FERMÉ et que je la conduisais au salon. Je pensais que Michelle, en trouvant le magasin fermé, irait directement dans la cuisine ; c'était donc mieux d'aller en haut avec Vicky pour lui parler tranquillement.

—Qu'est-ce qui se passe ? demanda Vicky, un peu agitée. S'il te plaît, ne me dis pas qu'ils ont fait une erreur et que je dois retourner chez *elle* !

—Non, Vicky, ce n'est pas ça, dis-je en passant dans le salon. Assieds-toi sur le canapé, je vais te dire de quoi il retourne, ma chérie.

Vicky a obéi, même si l'inquiétude se lisait sur son visage. Je voulais en finir au plus vite.

—Ce n'est jamais simple d'annoncer ce genre de chose, mais je crains…

—Est-ce que Lorraine va bien ? m'interrompit-elle. Oh mon Dieu, est-ce qu'elle a fait une nouvelle tentative ?

—Ce n'est pas Lorraine, elle va bien. Il s'agit de ta maman, Vicky. Malheureusement, je dois te dire qu'elle est décédée la nuit dernière.

—Décédée ? Tu veux dire morte ? Maman est… *morte* ?

La bouche de Vicky s'est ouverte et elle s'est figée, une expression de pure terreur sur le visage. Durant quelques secondes, j'ai pensé qu'elle allait ajouter quelque chose ; elle bougeait légèrement ses lèvres, mais aucun son n'est sorti. Puis son visage entier est devenu d'un blanc crayeux, comme si elle avait été paralysée par la surprise. Des expériences passées, je savais que c'était la réaction habituelle de Vicky quand elle était très en colère ou qu'elle avait peur. Sachant aussi que ça lui passerait, je n'ai donc pas paniqué comme la première fois que je l'avais vue réagir de cette manière. J'ai juste continué à parler. En tenant sa main droite, qui était froide et raide, j'ai commencé à donner à Vicky le peu de détails que j'avais, comme Hayley m'avait conseillé de faire.

—On ne connaît pas encore les causes de la mort de ta mère, ma chérie, dis-je. C'est Alf, son voisin et ami, qui l'a trouvée dans sa maison la nuit dernière.

Quand j'ai mentionné le nom d'Alf, Vicky a commencé à respirer plus rapidement, même si son visage est resté inanimé : seule sa poitrine se gonflait par saccades, au rythme de sa respiration haletante.

—Ça va aller, ma chérie. Essaie juste de te calmer et de respirer le plus profondément possible.

Pendant un instant, Vicky a donné l'impression de couper sa respiration. Ses yeux regardaient fixement au loin, mais heureusement elle a fini par se remettre à respirer normalement. Son visage et son corps étaient toujours aussi raides.

—On en saura plus durant la semaine, j'espère. Lorraine a été avertie, et Carl s'occupe d'elle et du bébé dans leur appartement.

Vicky n'a rien répondu.

—Est-ce que tu voudrais voir Lorraine ?

De nouveau, aucune réponse. Même pas un clignement des yeux ou le moindre petit signe indiquant que Vicky s'était aperçue que j'avais parlé.

Je me suis assise tranquillement à côté d'elle pendant 5 ou peut-être 10 minutes en tenant simplement sa main dans la mienne et en lui disant des paroles réconfortantes, en l'assurant de mon soutien et de mon affection.

—Je suis là pour toi, Vicky, dis-je doucement. Si je peux faire n'importe quoi pour t'aider, il suffit que tu me le dises. Je t'aiderai du mieux que je peux pour surmonter ce moment, tu le sais, n'est-ce pas, ma chérie ? Nous allons nous occuper de toi, Jonathan et moi. Je suis vraiment désolée. Ça doit être un choc terrible.

Alors que nous étions assises, j'ai entendu la fourgonnette du magasin se garer devant la maison. Jonathan avait été dehors presque toute la journée pour voir notre comptable et certains de nos fournisseurs. Je lui avais annoncé la nouvelle quand il m'avait appelée dans l'après-midi, et naturellement il avait été très choqué et préoccupé de la façon dont Vicky pouvait réagir à ça. Quelques minutes après que la fourgonnette se fut arrêtée, j'ai entendu des voix au rez-de-chaussée. Michelle doit aussi être rentrée, pensai-je. Je ne voulais pas laisser Vicky seule et je savais que je pouvais compter sur Jonathan pour dire les mots justes à Michelle. Je suis donc restée dans le salon en tenant la main de Vicky dans la mienne. Je m'attendais à voir Jonathan apparaître d'un moment à l'autre, mais 10 à 15 minutes ont passé. J'ai entendu Michelle monter et descendre une, deux, puis trois fois, et après j'ai entendu un autre véhicule se garer dehors. J'ai passé la main dans le dos de Vicky en lui disant que je la laissais une minute.

—Je veux juste regarder par la fenêtre, dis-je. Je veux voir qui est dehors.

Je me suis demandé un moment si Lorraine et son mari étaient venus. Je ne m'imaginais pas que ça pouvait être quelqu'un d'autre, j'étais curieuse de savoir, mais Vicky s'est brusquement agrippée à ma main, comme si elle avait peur de me laisser partir.

—Ça va, ma chérie, la rassurai-je en lui serrant affectueusement la main. Je ne bouge pas. Je ne vais nulle part.

L'étreinte de Vicky s'est légèrement relâchée en m'entendant parler, mais elle paraissait encore effrayée, ses lèvres étaient maintenant très pâles et ouvertes, comme si elle était sur le point d'expirer. Le temps semblait s'être arrêté pendant que j'étais assise à côté d'elle, à écouter et attendre, en me demandant ce qui pouvait bien se passer en bas. Finalement, une bonne demi-heure après son arrivée, Jonathan est entré dans le salon, l'air très agité et contrarié.

—Comment ça va, Vicky ? demanda-t-il en traversant le salon et en s'accroupissant devant elle, de façon à voir son visage.

Elle n'a pas cligné des yeux, ni bougé ou parlé, et Jonathan m'a regardée.

—Elle est sous le choc, dis-je. Je lui ai dit que nous étions là pour elle. Elle a juste besoin d'un peu de temps.

—Je suis vraiment désolé pour ta maman, dit Jonathan en essayant de croiser le regard fixe de Vicky. C'est une très triste nouvelle. Ça doit être très difficile, je suis vraiment, vraiment désolé.

Vicky n'a eu absolument aucune réaction. Ensuite, Jonathan a pris une inspiration et s'est gratté l'arrière de la tête, comme il avait l'habitude de faire quand il était sur le point de dire quelque chose qu'il aurait préféré ne pas avoir à dire.

—Euh, Angela, hésita-t-il. Je crois que j'ai besoin que tu viennes un moment. Est-ce que tu crois qu'on peut parler, seule à seul.

J'ai regardé Vicky.

—Je ne peux pas vraiment la laisser, dis-je nerveusement.

—Angela, c'est très important. S'il te plaît ?

—Vicky, ma chérie, dis-je. Est-ce que je peux te laisser une minute ? Je suis juste à côté. Je ne serai pas loin, je te le promets. Je reviens tout de suite.

Cette fois-ci, Vicky m'a laissée dégager ma main en hochant vaguement la tête, et je suis sortie avec Jonathan. Je savais qu'il avait quelque chose d'important à me dire, parce que Jonathan ne m'aurait pas obligée à abandonner Vicky dans ces circonstances s'il n'avait pas eu réellement besoin de moi.

—Qu'est-ce qui se passe ? chuchotai-je, le ventre noué.

—Michelle, dit-il d'une voix faible. Elle est partie, Angela. Elle n'allait même pas nous prévenir, mais je l'ai vue.

—Partie ? Qu'est-ce que tu veux dire ? Où ça ?

—Chez sa mère.

—Maureen ?

—Oui, Maureen. Elle est retournée chez elle.

—Mais sa mère n'a pas voulu d'elle pendant des années ! Qu'est-ce qui a changé ? Qu'est-ce qui s'est passé ? Je n'aime pas du tout ça.

—Je ne sais pas, avoua Jonathan.

Il retenait ses larmes.

—Je ne sais pas, Angela. Je n'arrive pas à croire qu'elle allait disparaître comme ça. C'est le copain de Maureen qui est venu la chercher. Michelle avait préparé tous ses sacs ; elle était prête à partir. Elle a laissé ses clefs.

Je secouai la tête, incrédule, et nous nous sommes regardés un instant.

—Est-ce que Hayley est au courant ? demandai-je.

—Je ne sais pas. Tout est allé tellement vite. Je crois que Michelle pensait disparaître pendant qu'on était encore au magasin. Écoute, retourne auprès de Vicky. Je vais appeler le numéro d'urgence.

Vicky semblait ne pas avoir bougé d'un centimètre pendant le temps où je m'étais éloignée. Elle était assise sur le bord du canapé, raide comme un piquet, et paraissait tendue et mal à l'aise, et je lui ai suggéré de s'asseoir dans le fond du canapé. Vicky fixait la moquette, mais elle m'a tout de même laissée la guider dans le fond du canapé où elle pouvait reposer son dos contre les coussins. Je me suis assise, moi aussi, accablée par un sentiment de fatigue, de colère et de tristesse. Mes nerfs étaient tendus comme des élastiques, prêts à rompre dans tout mon corps. La mère de Vicky était morte, son père était vivant et Michelle était retournée vivre chez sa mère. Je n'arrivais pas à tout digérer. Et comment diable était-il possible que tout se concentre le même jour ? J'avais l'impression de me retrouver au beau milieu d'une tragédie grecque : les évènements étaient trop invraisemblables et inattendus.

Vicky et moi étions assises en silence, et mon esprit errait en repassant les évènements des jours précédents. Je commençais à avoir mal à la tête. Je pensais au comportement de Michelle, à ce qu'elle avait dit au retour des vacances, en me répétant plusieurs fois ses paroles : « Moi aussi je serais préoccupée si mon enfant partait à l'autre bout du monde avec des gens que je connais à peine. »

C'est ce que Michelle avait dit, mais plus je ruminais ses paroles, plus je me convainquais que ces mots venaient de sa mère. Michelle nous connaissait très bien. Cela faisait plus de deux ans qu'elle vivait avec nous. Elle ne vivait plus avec sa mère depuis l'âge de 10 ans, quand elle avait été placée dans un foyer pour enfants. Michelle allait avoir 15 ans au mois de février de l'année prochaine, ce qui voulait dire que Maureen ne s'était plus occupée de sa fille depuis presque cinq ans. Durant le temps où elle avait vécu avec nous, Michelle avait toujours été en placement volontaire ; c'était donc le choix de Maureen. Je comprenais qu'elle avait mené une bataille difficile contre son addiction à la drogue, mais ses problèmes s'étaient largement réglés ces dernières années, et plus rien ne l'empêchait de reprendre Michelle chez elle. Pour moi, elle avait laissé sa fille en famille d'accueil parce que c'est ce qui lui convenait le mieux.

Je craignais maintenant que Maureen n'ait repris Michelle uniquement parce qu'elle en avait le pouvoir, et non parce ce qu'elle pensait à ce qui était le mieux pour sa fille. *Combien de temps ça va durer ?* pensai-je en frémissant. J'étais morte d'inquiétude, en fait, de l'effet que ça pouvait avoir sur Michelle. Elle avait clairement et de manière implicite fait confiance à sa mère, et serait bouleversée et traumatisée si Maureen venait à changer d'idée et la renvoyait en famille d'accueil, ce qui était une éventualité plus qu'envisageable d'après ce que je savais de Maureen et de ses agissements passés.

Comme pour la pauvre Vicky, qu'allait-il se passer après ? Malgré sa haine pour sa mère, et la peur que celle-ci lui inspirait, cette perte soudaine allait assurément l'affecter. Elle n'avait plus vu sa mère depuis le mois de mai, quand elle s'était échappée chez Lorraine. Cela faisait quatre mois sans aucun contact d'aucune nature, mais Vicky ne savait pas que c'étaient les derniers mois de vie de sa mère. Et son père ? Que se passerait-il si cet homme était aussi méchant que ce qu'on en disait ? Il fallait qu'une bonne étoile prenne soin d'elle, Vicky ne méritait pas tout ça. En plus, elle serait certainement bouleversée aussi par le brusque départ de Michelle. C'était le chaos le plus complet.

Je me sentais éreintée avec toutes ces pensées qui me traversaient l'esprit, inquiète pour tout le monde. Je voulais arranger les choses, mais j'étais muselée par mon rôle d'auxiliaire familiale. Je n'avais absolument aucun droit sur Michelle maintenant que sa mère l'avait reprise. C'était la simple vérité et c'était douloureux, car j'aimais Michelle et je voulais continuer à faire partie de sa vie, à m'occuper d'elle et à m'assurer qu'elle allait bien.

Jonathan est finalement revenu après avoir téléphoné aux services sociaux, et, à contrecœur, j'ai de nouveau abandonné Vicky pour parler avec lui. Vicky était toujours dans un état proche de la transe. Je lui ai expliqué que je revenais aussi vite que possible et elle a de nouveau acquiescé mollement.

—Hayley a parlé avec Maureen, me dit aussitôt Jonathan. Michelle est avec elle maintenant. Elles disent qu'elles sont heureuses de cette situation toutes les deux et il n'y a rien que nous puissions faire. Voilà, c'est fini. On nous a mis à l'écart. On n'a plus besoin de nous. Même si Michelle retourne en famille d'accueil, ce ne sera pas avec nous. Son placement ici est « irrémédiablement terminé », pour reprendre les termes de Hayley.

—Mon Dieu ! Je ne peux pas y croire.

—Moi non plus. Tu sais quoi ? Si Vicky n'avait pas à ce point besoin de nous maintenant, je renoncerais à notre rôle d'auxiliaires familiaux. Je suis complètement dégoûté. J'ai l'impression d'avoir été frappé dans l'estomac.

Je n'avais jamais vu mon mari aussi abattu et désabusé depuis que je le connaissais.

—Ne dis pas ça, le réconfortai-je. C'est très dur, mais on fait du bon travail. Ce n'est pas un jugement sur nous.

—Je sais qu'en théorie tu as raison, Angela, mais ça me fait tellement mal. C'est trop difficile à encaisser, vraiment.

Avec Vicky en état de choc dans le salon, ce n'était clairement pas le moment pour avoir cette discussion. J'étais moi aussi complètement dévastée par ce qui venait de se passer avec Michelle, évidemment. Elle avait été comme une fille pour moi pendant deux ans. Nous nous étions attachées l'une à l'autre et avions partagé tant de bons moments. C'était un coup terrible qui me faisait affreusement souffrir que de la perdre de cette manière. J'avais le cœur brisé, mais je n'étais pas abattue au point d'arrêter d'accueillir des enfants, comme Jonathan semblait le vouloir. C'était même le contraire : ça me donnait encore plus envie de continuer ce travail. Malgré la situation très sombre dans laquelle nous nous trouvions alors, j'en étais pleinement convaincue. Je savais que je pouvais faire face et l'assimiler, et je me sentais obligée de le faire. Il ne s'agissait pas de moi. Il s'agissait des enfants. Il s'agissait un jour d'aider une autre Michelle et d'accompagner Vicky durant cette période difficile de sa jeune vie. Certains enfants ont des existences tellement compliquées, et c'est exactement la raison pour laquelle on a besoin de familles d'accueil. Comme beaucoup d'autres, Michelle était une adolescente vulnérable. Personne ne savait ce qui allait lui arriver à partir de maintenant. Et si sa mère en avait assez de la voir, comme je le craignais ? Et si elle avait besoin d'une nouvelle famille d'accueil ? Je ne pouvais pas renoncer, c'était hors de question. Il y avait tellement d'autres Michelle et d'autres Vicky dehors, qui avaient besoin d'une maison décente, d'un peu d'amour et de soutien. Cette activité était bien plus difficile que ce à quoi je m'étais attendu, mais c'était une mission cruciale et utile, et je savais que je ne pouvais pas arrêter maintenant. J'étais trop investie et, plus important encore, je ne voulais pas abandonner.

—Ne prenons pas de décisions hâtives, dis-je à Jonathan alors que nous nous enlacions sur le palier, dévastés, anxieux et éprouvés. C'est juste un mauvais jour, mais ils ne sont pas tous comme ça, pas vrai ?

Jonathan s'est affalé le long du mur et a séché ses larmes.

—Non, balbutia-t-il. Mais c'est vraiment dur à encaisser…

Vicky a passé le reste de la soirée dans un état semi-comateux sur le canapé, les yeux dans le vide, figée par le choc. Jonathan et moi avons fait notre possible pour engager une conversation, pour la faire manger ou boire, ou juste la faire sortir de sa transe, mais rien n'a fonctionné. Finalement, à 21 h 30, je lui ai apporté un duvet et un oreiller, et j'ai réussi à ce qu'elle s'allonge un moment sur le canapé.

—Est-ce que tu veux aller au lit ? lui demandai-je finalement, mais elle n'a pas répondu.

Nous avons regardé la télévision pendant une heure environ en espérant que ça stimulerait Vicky, et, quand le flash d'information de 10 heures a commencé, elle s'est rassise en avançant précautionneusement tout son corps sur le bord du canapé, comme une marionnette en porcelaine requérant une manipulation délicate. Puis elle a doucement tourné la tête vers moi, dans ce mouvement mécanique que j'avais déjà pu observer.

—Je monte, murmura-t-elle.

—D'accord, ma chérie. J'espère que tu vas passer une bonne nuit. Je me lèverai avec toi.

Vicky est sortie très doucement du salon et a pris l'escalier pour monter dans sa chambre. Ses yeux semblaient si inertes que c'était comme si elle s'était mise à marcher en dormant, sans être consciente de ses mouvements ou de ce qui se passait autour d'elle.

—Tu es sûre que ça va aller ? lui demandai-je.

—Oui, répondit-elle gentiment. Bonne nuit.

Je lui ai laissé le temps de se préparer pour se mettre au lit et je suis montée quelques minutes plus tard en frappant doucement à sa porte. Aucune réponse.

—Je vais juste entrouvrir la porte, Vicky, pour m'assurer que tu vas bien, d'accord ? annonçai-je, car je ne voulais pas envahir son espace privé.

Toujours pas de réponse. Je me suis alors glissée dans la chambre et j'ai vu que Vicky dormait déjà, emmitouflée dans sa couette. Elle avait la tête à la place des pieds dans son lit et portait encore sa chemise d'école et son pantalon, mais j'ai décidé de ne pas la déranger et j'ai fermé la porte sans faire de bruit.

En passant sur la pointe des pieds devant la chambre de Michelle, je n'ai pas pu m'empêcher de jeter un coup d'œil à l'intérieur. Je m'attendais à ce que le vide de la chambre me glace le sang. Jonathan m'avait avertie que Michelle avait préparé tous ses sacs et j'imaginais qu'elle avait emporté tout ce qui lui appartenait. Mais on se rendait à peine compte que Michelle avait quitté la chambre, ce qui était encore pire. Les photographies que nous avions prises pendant nos vacances étaient encore accrochées au mur, son lit était fait avec sa couette rose préférée, son pyjama était rangé sous son oreiller, comme elle le laissait normalement le matin avant d'aller à l'école, et les pantoufles Winnie l'ourson que je lui avais achetées à Noël étaient par terre, en face de son armoire. J'ai attrapé les pantoufles et ouvert l'armoire en hésitant. J'ai remarqué que Michelle avait pris une grande partie de ses affaires, et c'est à ce moment-là que j'ai eu mal. Elle a pris ce dont elle avait besoin et ce qu'elle voulait, et elle n'avait clairement pas voulu prendre les souvenirs de nos vacances ensemble ou nos cadeaux. Je ne savais pas quelles idées Maureen avait mises dans la tête de sa fille, je pouvais seulement l'imaginer. D'une manière ou d'une autre, pensai-je, elle avait convaincu Michelle que sa vie avec nous n'avait pas suivi la voie qu'elle devait, que ce n'était pas correct et qu'elle devait s'éloigner de nous. Je n'étais sûre de rien, mais je supposais que Maureen avait dû nous peindre sous un jour négatif, sinon je n'arrivais pas à m'expliquer pourquoi Michelle nous avait traités de la sorte. Je me suis assise sur son lit et me suis laissée aller à pleurer, et c'est à ce moment que Jonathan est apparu dans l'embrasure de la porte.

—Tout va bien, Angela ? demanda-t-il.

—Oui, répondis-je. Mais j'ai une petite idée des sentiments que peut avoir Vicky en ce moment. C'est un peu comme un deuil, le fait que Michelle ait disparu comme ça. Et si on ne la revoyait plus jamais ?

—Je sais, c'est difficile à croire, me répondit-il. Je n'arrive pas à comprendre.

Il s'est assis un moment à côté de moi, mais j'avais l'impression que nous étions en train de nous faire du mal : on ne pouvait pas s'empêcher de regarder les photos de nous trois sur la plage, ou en train de manger ensemble et déguster un thé pour son anniversaire. Nous sommes allés nous coucher, mais aucun de nous deux n'a réussi à dormir.

Je n'ai pas fermé l'œil de la nuit et je me suis finalement levée à 6 h 30 le mardi matin. Au réveil, je suis allée directement dans la chambre de Vicky. Je ne pensais pas qu'elle irait à l'école, mais je voulais le lui demander avant d'appeler l'accueil pour expliquer son absence. J'ai frappé à la porte de sa chambre, mais je n'ai reçu aucune réponse.

—Vicky, ma chérie, est-ce que je peux entrer pour te voir ?

J'ai ouvert lentement la porte pour jeter un œil à l'intérieur. Vicky dormait encore profondément, blottie dans sa couette, et j'ai refermé doucement derrière moi avant de descendre. Quand j'ai appelé l'école, environ une heure plus tard, j'ai fait attention au choix de mes mots. Je sentais le manque de sommeil et je ne voulais pas dire d'inepties ou engager une discussion sur la mort de la mère de Vicky.

—Il y a eu un décès dans la famille, me suis-je contenté de dire. Vicky ne viendra pas à l'école aujourd'hui.

—Je suis vraiment désolé de l'entendre, madame Hart. Merci de nous avoir informés.

J'étais sur le point de raccrocher quand, contre toute attente, le responsable de l'accueil m'a demandé :

—Est-ce que ça signifie que Michelle ne viendra pas non plus ?

—Oh ! dis-je, prise au dépourvu. Je suis désolée. J'imagine, mais, non, je ne sais pas vraiment.

—D'accord, a répondu le responsable. Mais elle va rester chez vous ou elle vient à l'école ?

—Je suis vraiment désolée, mais je ne sais pas quoi vous dire, dis-je en soupirant. Le fait est que nous ne sommes plus la famille d'accueil de Michelle.

—Oh ! je m'excuse, je ne savais pas.

—Ce n'est pas votre faute. C'est très récent. Merci pour votre aide.

Je n'avais pas raccroché le combiné assez rapidement. Dire ces mots : « Nous ne sommes plus la famille d'accueil de Michelle » m'avait fait souffrir, et j'étais aussi très embarrassée de le dire. J'avais l'impression d'avoir été renvoyée, les gens allaient parler de moi dans mon dos en se demandant ce que j'avais bien pu faire pour perdre la garde d'une jeune fille aussi agréable et douce que Michelle.

Nous nous sommes relayés dans le magasin durant toute la matinée, Jonathan et moi ; j'allais voir toutes les heures comment allait Vicky, jusqu'à ce que finalement elle se lève un peu avant midi. Elle a hoché la tête quand je lui ai demandé si elle allait bien, puis elle est allée dans la salle de bain, a enfilé son survêtement violet, et après ça, elle s'est assise sur son lit, fixant le mur.

—Vicky, ma chérie, tu devrais manger quelque chose, dis-je. Tu veux que je te prépare des céréales ? Ou de la soupe ?

Elle a secoué la tête, a détourné le regard et n'a pas changé de place du reste de la journée. J'ai essayé d'appeler Hayley dans l'après-midi, mais elle n'était pas au bureau. Nous avons décidé, Jonathan et moi, que si Vicky n'allait pas mieux le lendemain, nous appellerions le médecin. Et c'est ce que nous avons dû faire. Heureusement, nous avons réussi à obtenir une visite à domicile, car, vu son état, la perspective d'aller au cabinet médical avec Vicky n'était pas des plus engageantes.

Le mercredi après-midi, lorsque le médecin est arrivé, Vicky était assise sur le canapé, en survêtement, les yeux perdus à travers la fenêtre vers les nuages dans le ciel. Elle a légèrement sursauté et a regardé nerveusement de notre côté quand je suis entrée dans la pièce et que je lui ai présenté le médecin. Puis elle a tourné la tête, évitant tout contact visuel et se recroquevillant, comme si elle avait voulu se faire plus petite et invisible. Après avoir présenté ses condoléances à Vicky, le médecin lui a expliqué qu'il avait besoin de l'ausculter.

—Vicky, est-ce que je peux regarder tes yeux ? demanda-t-il en sortant une lampe de poche grande comme un stylo de sa mallette médicale.

—D'accord, consentit doucement Vicky, comme si elle venait d'être réveillée d'un sommeil très, très profond.

Elle a grimacé et reculé quand le généraliste a dirigé la lumière dans ses yeux, mais elle l'a laissé poursuivre l'examen. Il a ensuite contrôlé sa gorge, ses oreilles, a pris son pouls et sa tension artérielle. Il lui a demandé de tirer la langue, a tapoté son front avec ses doigts en expliquant qu'il était en train de vérifier qu'il n'y avait aucun problème nerveux au niveau de la tête ou du visage.

—Je pense, déclara-t-il, que tu es simplement en train de subir le contrecoup d'un choc sévère, ce qui n'est pas agréable, bien évidemment, mais pas surprenant au vu des circonstances. Je ne peux rien te prescrire, mais je dirais que tu es en de bonnes mains ici.

Se tournant vers moi, le médecin m'a indiqué que je devais continuer à la surveiller de près en lui donnant des petites portions de nourriture digestes et en m'assurant qu'elle boive suffisamment d'eau ou de thé sucré.

—Le temps est le seul remède contre des chocs comme celui-là, m'informa-t-il. Normalement, cet état de choc ne dure pas aussi longtemps. Comme vous le savez peut-être, la plupart des gens adoptent une réponse de « lutte ou de fuite » suite à des situations de choc, mais nous sommes tous différents et la réponse de Vicky est étonnante. Elle reprendra pleinement conscience quand elle sera prête. Jusqu'alors, il faut juste que vous continuiez ce que vous faites en ce moment.

—Je suis soulagée de l'entendre, répondis-je. Je commençais à me demander s'il y avait autre chose. Ce n'est pas la première fois que Vicky réagit de la sorte, mais jamais aussi longtemps, je dois dire.

Le médecin a acquiescé.

—Comme je vous l'ai dit, elle s'en remettra, madame Hart, et je vois qu'elle est bien entourée. Si vous avez d'autres soucis, n'hésitez pas à rappeler le cabinet.

Récemment, les experts du stress ont renommé la réponse de « lutte et fuite », et aujourd'hui on appelle ça la « réponse de lutte, fuite et inhibition ». Quand j'en ai entendu parler pour la première fois, il y a quelques années, je me suis souvenue de cette visite du médecin et de sa remarque sur le comportement de Vicky, qui ne s'apparentait pas à la réponse typique de lutte ou de fuite ; pour elle, il s'agissait clairement de la réponse d'inhibition, mais celle-ci n'avait pas encore été reconnue à l'époque. J'ai aussi appris depuis que la réponse d'inhibition est activée quand une personne sent qu'il n'y a aucun espoir. Si on lutte ou si on fuit, on pense pouvoir échapper ou maîtriser nos adversaires, mais en cas de paralysie, on ne pense pas ainsi. On se soumet à la peur et à la menace. J'en conclus donc que Vicky devait se sentir totalement impuissante face à une nouvelle aussi traumatisante que la mort de sa mère, qu'elle s'est repliée sur elle-même et a sombré dans un état de paralysie.

Avec ce que j'ai appris depuis, je pense que Vicky avait été tellement effrayée et désespérée quand elle vivait avec sa mère, que la paralysie était devenue une réponse automatique face à des situations de grand stress. Elle ne pouvait pas lutter contre sa mère, elle était trop jeune pour fuir, alors, elle réagissait par une inhibition paralysante. Elle était littéralement raide de peur, et maintenant, la pauvre enfant était totalement terrifiée par la mort de sa mère. C'était une situation tellement triste et désolante pour elle, et je souffrais de la voir dans cet état.

12

TU NE SAIS PAS À QUEL POINT ELLE ME FAISAIT PEUR

Vicky a mis plusieurs jours à retrouver un comportement plus ou moins normal. Au fil de la semaine, elle a réussi à manger quelques bols de céréales et commencé à répondre chaque jour un peu plus.

—Comment est-elle morte ? demanda-t-elle finalement le vendredi matin, alors que nous étions toutes les deux assises à la table de la cuisine.

—Je ne sais pas, ma chérie. Je pense que personne ne le sait encore.

—Ça doit être à cause de l'alcool ou des médicaments.

—Des médicaments ?

—Oui, ses « comprimés », comme elle disait. Elle prenait toutes sortes de pilules, tout le temps. Parfois, je devais aller les chercher pour elle. Elle me donnait une note écrite, et je devais aller frapper à la porte de maisons pour les récupérer.

Je n'avais pas oublié la mention que Vicky avait déjà faite des « notes » et des « lettres » qu'elle remettait pour le compte de sa mère, et j'espérais qu'elle allait me donner plus de détails sur la chose.

—Quelle sorte de pilules ? demandai-je.

—Je sais pas. Elle disait simplement les « comprimés ».

—Je vois. Et qui lui fournissait ces médicaments ?

—Je ne sais pas. C'était toujours une maison différente. Des fois, il fallait que j'appelle un numéro pour obtenir l'adresse. Des fois, il fallait que j'attende qu'on me rappelle dans la cabine téléphonique, et comme ça je pouvais avoir l'adresse. Tu te souviens que je t'ai dit que je connaissais tous les numéros des cabines publiques du lotissement d'Izzy ? C'est parce que, des fois, ma mère m'envoyait là-bas faire la même chose quand elle ne trouvait pas ce qu'elle voulait dans notre lotissement. Je ne sais pas qui étaient ces gens. Je faisais juste ce qu'elle me disait de faire parce que…

—Parce que ?

—Parce que je devais le faire. Tu ne sais pas à quel point elle me faisait peur, Angela. Je devais faire exactement ce qu'elle m'ordonnait de faire ou… Ça ne valait pas la peine de discuter, crois-moi.

—Je suis désolée, ma chérie. Et, hum…

Je voulais lui demander ce qui lui arrivait si elle ne faisait pas ce qu'on lui demandait, mais j'avais peur de réveiller des traumatismes.

Il était déjà trop tard, cependant. Notre conversation ravivait de mauvais souvenirs pour Vicky. Elle s'est paralysée, lâchant la cuillère qu'elle tenait, qui a roulé sur la table et fini par terre. Ça a fait un bruit assourdissant, mais Vicky n'a pas semblé l'entendre et elle s'est mise à regarder dans le vide.

—Oh ! ma chérie, dis-je en tentant de garder mon calme. Est-ce que tu vas bien, Vicky, mon ange, tu m'entends ?

Elle n'a pas répondu. J'ai passé mon bras sur ses épaules et lui ai dit de prendre son temps.

—Il ne faut pas que tu aies peur, la rassurai-je. Tu es là dans la cuisine avec moi. Tu m'entends, Vicky ?

Quelques instants plus tard, elle a frissonné, puis a cligné des yeux avant de lentement tourner la tête vers moi jusqu'à ce que nos yeux se rencontrent.

—J'ai encore peur d'elle, avoua-t-elle. Je ne veux pas aller à son enterrement. Je ne veux pas me retrouver dans le même endroit qu'elle. Je ne suis pas obligée d'y aller, n'est-ce pas, Angela ?

—Personne ne va te forcer à y aller, Vicky, mais je sais que ça peut parfois être utile d'aller aux funérailles. Ça aide au processus de deuil.

—Je ne vais pas pleurer pour elle ! lança-t-elle avec fougue, plus vivante et passionnée que je ne l'avais vue depuis des jours. Elle me détestait ! Je suis contente qu'elle ne puisse plus me faire du mal !

—J'entends ce que tu me dis, Vicky, dis-je calmement. Et je suis désolée de la situation que tu es en train de vivre. Laisse-moi parler à Hayley avant de prendre une décision. On ne sait même pas si les funérailles ont déjà été organisées. Je vais essayer d'obtenir des informations, ensuite, on verra ce qu'on fait.

Je n'avais pas eu de nouvelles de Hayley de toute la semaine. Quand Vicky est montée à l'étage, j'ai appelé le bureau principal. Je ne voulais pas me ronger les sangs tout le week-end.

—Hayley ne revient que mardi prochain, m'a informée une réceptionniste peu courtoise. Est-ce que vous pouvez rappeler la semaine prochaine ?

—Non, répondis-je. Ça devient urgent. Ce n'est pas la première fois que j'appelle. J'ai essayé toute la semaine de parler avec Hayley, en vain. Est-ce que quelqu'un d'autre peut m'aider ?

Après que j'eus expliqué qui j'étais et les raisons de mon appel, la réceptionniste m'a dit que ça serait vraiment mieux pour moi d'attendre jusqu'à mardi prochain, quand Hayley reviendrait au bureau.

—Et si l'enterrement est au début de la semaine ? dis-je, incrédule de voir qu'on me demandait d'attendre quatre jours de plus. Il faut qu'on sache, et j'ai besoin de conseils. Je ne pense pas que ce soit juste vis-à-vis de Vicky. On ne lui a strictement rien dit, sauf que sa mère était morte. Je dois absolument parler avec quelqu'un. Est-ce que Stuart Williams est là ? Ou un assistant social de permanence ?

—Monsieur Williams est peut-être disponible. Veuillez rester en ligne, s'il vous plaît.

Elle m'a laissée en compagnie d'une version électronique de *Greensleeves* pendant deux bonnes minutes avant que Stuart Williams ne réponde au téléphone.

—Bonjour, madame Hart. Je suis désolé, Hayley a pris son congé annuel.

—Je n'étais pas au courant et je ne suis pas très heureuse de l'apprendre de cette façon. Nous sommes sans nouvelles depuis lundi, presque une semaine depuis la mort de la mère de Vicky. Je ne pense pas que ce soit acceptable. Personne n'a pris la peine de dire à Vicky comment sa mère était décédée et elle commence à se faire des idées.

—Je vois. Je suis désolé que vous ayez ce sentiment, mais je crains qu'aucune date n'ait encore été définie pour l'enterrement et qu'il n'y ait pas d'autres nouvelles. S'il y en avait eu, vous auriez été informée, naturellement.

—Je vois, dis-je en réalisant que j'avais peut-être été un peu virulente dans mon jugement vis-à-vis de Hayley. Comme Tricia, c'était une assistante sociale attentive et scrupuleuse, mais surchargée, et elle avait le droit de prendre quelques jours de congé.

—Vicky m'a fourni certaines informations en l'occurrence, poursuivis-je.

—D'accord. Souhaitez-vous que je prenne note de ces informations ?

—Oui, je pense que c'est une bonne idée, étant donné que Hayley n'est pas là.

—Très bien. Allez-y, je vous écoute.

—Voilà. Vicky m'a dit que sa mère prenait beaucoup de pilules qui ne venaient pas de chez le docteur.

—Merci, madame Hart. Je vais m'assurer que ce soit inscrit dans le dossier. Ce sera tout ?

—Oui, merci. Et pouvez-vous dire à Hayley de me contacter le plus vite possible quand elle sera de retour au bureau, s'il vous plaît ?

—Pas de problème. Bon week-end, madame Hart.

—Merci. De même.

J'ai raccroché le téléphone en jetant un regard noir au combiné. M. Williams était gentil, mais je me sentais responsable de Vicky et je ne pouvais m'empêcher de penser : *Comment ferais-tu à la place de Vicky ? Comment peut-elle passer un bon week-end ?*

De son côté, Vicky acceptait très bien le fait que nous n'avions aucune nouvelle. En fait, je crois qu'elle en était soulagée, pour le moment tout au moins. Elle n'avait pas à prendre de décision par rapport aux funérailles, et elle restait dans l'ignorance des causes de la mort de sa mère. Je me demandais si Brenda ne s'était pas elle-même donné la mort, accidentellement peut-être, par overdose. J'imaginais que Vicky devait penser la même chose, comme ce n'était pas une possibilité complètement loufoque, au vu du comportement et du style de vie de sa mère. Je n'en ai pas parlé, évidemment. Nous avions déjà notre compte comme ça.

J'avais déjà expliqué à Vicky que Michelle était partie, saisissant l'occasion un soir où elle était assise devant la télévision dans le salon. J'avais amené la nouvelle très doucement, parce que Vicky était encore dans un état de semi-transe, mais je sentais que je ne pouvais pas le lui cacher plus longtemps. Vicky n'avait pas posé une seule question sur Michelle, et quand je lui avais dit ce qui s'était passé, elle n'avait pas eu l'air surprise, ce qui m'amenait à m'interroger sur sa part de responsabilité dans cet évènement.

—Ce n'est pas une bonne idée, avait marmonné Vicky. Je n'aime pas ce que j'ai entendu à propos de la mère de Michelle ou de son copain. Elle aurait dû rester ici.

C'est tout ce que j'ai réussi à tirer de Vicky au début, mais quelques jours plus tard, le dimanche après-midi, alors que nous étions assises côte à côte sur le canapé à regarder un film, Vicky a commencé à parler très franchement de Michelle.

—Je crois que la mère de Michelle est un peu bête, a-t-elle dit pour commencer.

—Ce n'est pas très gentil de dire ça. Qu'est-ce qui te fait dire ça ?

—Elle laisse Michelle avoir des relations sexuelles avec son copain dans sa maison, et lui aussi, c'est un fêlé.

—Oh ! dis-je en essayant de maîtriser mon émotion. C'est Michelle qui t'a raconté ça ?

—Oui. Sa mère les encourage à le faire. Ils avaient des rapports chaque fois que Michelle allait là-bas le week-end. Elle m'a tout raconté. Sa mère savait et elle laissait faire. C'est vraiment bizarre ! Et tu sais qui c'est, son copain ?

—Non ! Je ne savais même pas qu'elle avait un copain, et encore moins qu'elle avait des relations sexuelles. Elle a 14 ans, bon sang !

—Je sais. Elle m'a fait promettre de ne rien dire quand elle est partie, sinon je te l'aurais dit, Angela.

—Je suis abasourdie, Vicky ! Qui est ce copain ? Je le connais ?

—Probablement. C'est ce dôle de gus, Jeremy Brown.

—Jeremy Brown ? Ce nom me dit quelque chose…

—Oui, c'est le frère de ce gars qui était DJ à la discothèque du samedi. Tu avais raison à propos de Jason, d'ailleurs. C'est un pauvre type. Il a tenté sa chance avec Izzy, tu sais, mais heureusement elle lui a dit d'aller se faire voir.

J'avais l'impression qu'un projecteur se trouvait à l'intérieur de ma tête et que je parcourais mon cerveau à la recherche des informations que j'avais rassemblées plus tôt sur Jeremy Brown.

—Oh ! C'est pas vrai ! Jeremy Brown ! laissai-je soudainement échapper. Non ! Celui qui a été interrogé pour avoir eu des relations avec des filles mineures ! Le dealer.

—Je ne sais pas pour la drogue, répondit Vicky, mais il a des relations avec des mineures. Il a jamais été arrêté pour ça, je te rappelle. Je ne sais pas qui est la fille avec qui il était accusé d'avoir couché, mais je sais qu'il n'a rien eu. De toute façon, la mère de Michelle les laisse avoir des relations sexuelles chez elle. Donc, il doit bien rigoler aujourd'hui, non ? Il peut rester dormir toute la nuit et tout. C'est tellement bizarre. Il a 22 ans, tu sais ?

Je n'arrivais pas à croire ce que j'entendais, et je ne pensais qu'à une chose : aller directement chez Maureen et parler de tout ça avec elle. Frénétiquement, j'ai commencé à assembler les pièces du puzzle, et je me demandais si Maureen n'avait pas pris Michelle dans ses filets en lui promettant qu'elle pourrait faire comme bon lui semble chez elle, vivre dans une maison sans règles, à moins qu'elle n'ait inventé d'autres raisons que je ne connaîtrais jamais. J'étais furieuse après Maureen, mais j'étais plus que tout désolée pour Michelle. C'était encore une enfant, et une jeune fille très impressionnable de surcroît. Comme si elle avait lu dans mes pensées, Vicky est ensuite revenue sur la conversation que nous avions eue toutes les trois sur les adolescentes qui tombaient enceintes, quand Michelle avait dit qu'elle ne voulait pas attendre d'être vieille pour avoir un bébé.

—Pas étonnant que Michelle soit devenue toute rouge quand tu as parlé de ces filles qui tombent enceintes, me fit remarquer Vicky.

—Je ne sais pas quoi penser, avouai-je en songeant aux commentaires qu'avait faits Michelle à propos de placer son bébé en foyer si elle n'était pas capable de s'en occuper elle-même.

—Tu ne crois quand même pas qu'elle est enceinte, Vicky ? demandai-je en espérant que ça n'allait pas être la prochaine nouvelle-choc.

—Je n'en sais rien, mais apparemment sa mère lui a dit qu'elle pouvait revenir chez elle si jamais elle l'était. Elle a dit qu'elle pourrait se permettre de la garder chez elle si elle avait un bébé, parce qu'elle toucherait des allocations supplémentaires, ou quelque chose dans le genre.

—Quand est-ce que Michelle t'a raconté tout ça ?

—Euh, il y a deux semaines, je crois.

—Tu savais qu'elle avait décidé de partir ?

—Elle m'en a parlé plusieurs fois, mais je croyais franchement que c'était juste pour parler. Je lui ai dit de ne pas le faire. Je lui ai dit qu'elle serait folle de partir, mais c'est comme si quelque chose avait changé. J'ai eu l'impression que sa mère lui en parlait tout le temps.

J'avais envie de pleurer, sincèrement. Je ne pouvais pas démêler le vrai du faux, mais quel que soit l'angle sous lequel je contemplais la chose, Michelle ne se trouvait pas dans une situation très enviable. Si ce que Vicky m'avait raconté était vrai, Maureen manipulait Michelle d'une manière imprudente et dangereuse.

J'ai communiqué tout ce que Vicky m'avait raconté à Jonathan dès que j'ai pu, plus tard dans la soirée, et il a semblé à la fois bouleversé et irrité.

—Tu sais ce qui est le plus dur dans toute cette histoire ? me dit-il.

—Quoi ?

—C'est de savoir qu'on ne peut rien faire. On a l'obligation d'avertir les services sociaux, évidemment, mais au-delà de ça, on ne peut absolument rien pour Michelle. Sincèrement, Angela, j'ai du mal à le supporter.

—Je comprends ce que tu veux dire, concédai-je. Mais regarde-le sous un autre angle. On a au moins offert deux belles années à Michelle. Espérons que le temps qu'elle a passé avec nous l'aidera plus tard, une fois qu'elle sera assez grande pour réfléchir et voler de ses propres ailes.

—C'est une manière très positive de voir les choses, Angela, mais ça ne va pas aider Michelle maintenant, n'est-ce pas ? Sincèrement, je ne pense pas être capable de continuer à faire ça. J'ai juste un sentiment terrible d'impuissance.

Malgré tous mes efforts pour rester positive vis-à-vis de notre activité de famille d'accueil, je n'avais pas d'arguments à opposer à Jonathan. C'était une situation épouvantable. J'étais incapable de me sortir Michelle de la tête. C'était une jeune fille adorable, naturellement gentille. L'imaginer avec cet individu, un dealer doublé d'un amateur de chair trop jeune pour lui, était effroyable.

Se contenter de transmettre les informations aux services sociaux semblait totalement insuffisant et horriblement frustrant. J'ai appelé le numéro d'urgence et rapporté tout ce que Vicky m'avait dit à l'assistant social de permanence. Je voulais agir rapidement et, comme Hayley était encore absente, c'était, me semblait-il, la meilleure chose à faire.

—C'est noté, m'indiqua-t-il sèchement après que j'eus terminé. Merci pour votre appel.

—Qu'est-ce qui va se passer maintenant ?

—Je ne peux pas vous répondre, mais votre appel a été enregistré et l'information sera transmise.

—Est-ce que ça veut dire que Hayley s'en occupera dès son retour mardi ? Simplement, je pense que ça demande qu'on y prête une attention particulière.

—Je fais part de vos commentaires et, comme je vous l'ai dit, votre appel a été noté et l'information sera…

—… transmise ? Oui, ça, j'avais compris. D'accord, merci.

J'ai passé une autre nuit blanche et compté les heures toute la journée du lundi jusqu'au retour de Hayley à son travail le lendemain, quand je pourrais enfin me libérer de toutes les questions, préoccupations et autres détails alarmants qui se bousculaient dans ma tête.

J'ai appelé le bureau juste après 9 heures du matin le mardi et Hayley a aussitôt répondu.

—Bonjour ! dit-elle sur un ton jovial. Désolée d'avoir manqué vos appels la semaine dernière. J'étais en vacances.

—C’est ce que j’ai entendu dire.

—Bon, commençons par le commencement. Il y a des bonnes nouvelles. Une lettre du père de Vicky est arrivée.

—Qu’est-ce qu’elle dit ?

—En gros, Vincent est ravi que nous l’ayons contacté et sera très heureux d’écrire directement à Vicky, afin de rétablir le contact entre eux.

—Je vois. Comment peut-on être sûr que c’est sans danger pour elle d’être en contact avec lui ? Je veux dire, on ne le connaît pas cet homme, n’est-ce pas ?

Normalement, je n’aurais jamais été aussi directe, mais ma patience avait été mise à rude épreuve ces dernières semaines et je n’étais pas d’humeur à tourner autour du pot.

—Je comprends votre préoccupation, Angela. Je vais faire des vérifications standard, mais l’armée a fait référence à lui en termes élogieux, ce qui est rassurant. Il a quitté l’armée avec une décoration pour bravoure, d’ailleurs.

Hayley a poursuivi en me disant où vivait Vincent, une ville à environ cinq heures de route de chez nous, puis elle m’a expliqué la procédure que nous allions suivre. Ils n’allaient pas communiquer notre adresse à Vincent ; toute sa correspondance avec Vicky passerait par les services sociaux, et je devais tout faire pour que Vicky me laisse lire les réponses qu’elle lui envoyait, au moins au début, afin de m’assurer qu’elle ne lui donnait aucune information sensible qu’elle aurait pu regretter plus tard, si les choses n’allaient pas comme espéré.

—Je suppose que vous ne lui avez pas demandé pourquoi il n'avait pas montré signe de vie pendant presque 15 ans ? demandai-je.

—Non, répondit Hayley. Mieux vaut ne pas juger à la hâte, Angela. On a parfois des surprises.

—J'espère que vous avez raison, dis-je. Je me sens juste particulièrement protectrice aujourd'hui, c'est tout.

—Et pourquoi ?

—Vous n'avez pas eu le message que j'ai laissé ce week-end à propos de Michelle ?

—Non. Les appels du week-end sont traités par un de mes collègues et je ne les ai pas encore vus. Que se passe-t-il ?

Je lui ai raconté tout ce que j'avais appris concernant le petit ami de Michelle. Hayley m'écoutait attentivement.

—Vous comprenez, Angela, que je ne peux pas continuer à vous tenir informée de la situation de Michelle ?

—Je le sais, mais je suis dans l'obligation de communiquer cette information, n'est-ce pas ?

—Bien sûr. Comme n'importe quel citoyen.

—Tant que vous vous occupez sérieusement de la question, c'est tout ce qui m'importe. Jonathan et moi sommes très attachés à Michelle et nous aimerions être sûrs qu'elle est en sécurité et heureuse et qu'on s'occupe bien d'elle.

—Je vais agir sur la base de cette information, de manière rapide et professionnelle, dit Hayley, paraissant soudainement aussi robotique que l'assistant social de permanence. Vous pouvez me faire confiance, Angela.

Pour le moment, il ne s'agit que de rumeurs ; il est donc inutile de dire que vous ne devez en parler à personne.

—Évidemment ! m'exclamai-je, indignée qu'elle m'imagine colporter des on-dit.

—Merci, Angela. Et comment va Vicky ?

Je lui ai expliqué que nous avions appelé le médecin pour être conseillés sur la manière de gérer la situation, et j'ai répété l'information que j'avais donnée à Stuart Williams à propos des pilules dont Vicky avait parlé, car Hayley semblait n'avoir pas encore eu l'opportunité de s'entretenir avec son responsable.

—Dans l'immédiat, Vicky est surtout préoccupée par les funérailles, évidemment, poursuivis-je. Vous avez des nouvelles ?

—Oui, répondit Hayley.

J'ai entendu un bruit de papiers (elle devait farfouiller), puis elle m'a dit que la cérémonie aurait lieu au crématorium, à 10 heures du matin, tel jour de la semaine prochaine. J'ai attrapé mon agenda et, à mon grand désespoir, je me suis aperçue que cela tombait le jour de l'anniversaire de Vicky.

—Oh non ! m'exclamai-je en expliquant le problème. Je ne peux pas y croire.

—C'est malheureux, dit Hayley sur un ton compatissant. Est-ce que ce sera tout pour aujourd'hui ?

Je me suis rendu compte au ton de sa voix que Hayley était distraite par quelque chose, ce qui m'a rappelé la façon dont se comportait Tricia, et bien évidemment la façon dont Stuart « ce sera tout » Williams se conduisait d'habitude lors des réunions. C'était un peu comme si la pression du travail avait englouti Hayley, anéantissant son ardeur et sa compassion naturelles. Elle était visiblement très occupée et demandée autre part, mais j'avais encore des centaines de questions à lui poser.

—En fait, non, ce n'est pas tout, m'empressai-je de dire. Est-ce que vous croyez que l'on devrait encourager Vicky à assister aux funérailles ?

—Elle n'est pas obligée, répondit Hayley avec patience. C'est son choix. C'est plutôt une bonne idée normalement, pour tourner la page.

—Et que pensez-vous du fait que je l'accompagne ? Est-ce que c'est une bonne idée ?

—Absolument, si elle est d'accord. Je suis sûre que Lorraine sera présente, mais elle pourrait ne pas vouloir que Vicky y aille avec elle. Bien…

—Juste une dernière petite chose avant que vous ne partiez ! Est-ce que vous en savez un peu plus sur les circonstances de la mort de Brenda ?

Je commençais à me sentir comme un reporter trop zélé en train de cuisiner une personne peu loquace. Il y a eu une pause et j'ai entendu Hayley fouiller une nouvelle fois dans des papiers.

—Oui, voilà. Alcool. Plusieurs types de drogues ont également été retrouvés dans son organisme, mais c'est l'alcool qui l'a emportée.

—Donc, elle ne s'est pas donné la mort ?

—Non, elle ne s'est pas suicidée, si c'est ce que vous voulez dire. Son certificat de décès parle d'une intoxication aiguë due à l'alcool, ou quelque chose comme cela. Si Vicky souhaite connaître ces détails, vous devriez le lui dire. Je suis certaine que vous saurez très bien gérer la situation. Rappelez-vous simplement ce que je vous ai dit plus tôt. Tenez-vous-en aux faits et ne vous laissez pas aller à des spéculations.

—D'accord. Merci pour votre disponibilité. Est-ce que ça pose un problème si je parle à Vicky de son père, ou est-ce que vous vous en chargez ?

—Je ne vois aucun inconvénient à ce que vous lui en parliez. Je déposerai sa lettre plus tard sous votre porte quand je passerai par chez vous.

—Très bien. Merci.

Après avoir raccroché, j'étais irritée et plutôt abattue. Je trouvais anormal qu'en raison de la pression et du manque de temps que devait gérer Hayley, j'avais été contrainte de lui soutirer des informations sur la mort et les funérailles de Brenda. De plus, l'importante avancée concernant la recherche du père de Vicky avait été réduite à une rapide note en bas de page dans la conversation. Le fait d'avoir retrouvé son père après tout ce temps était un évènement majeur dans la vie de Vicky, mais du fait du nombre de cas dont devait s'occuper Hayley, elle devait déposer sa précieuse lettre sous le pas de notre porte en se rendant à un autre rendez-vous.

Quand une grosse enveloppe marron des services sociaux portant mon nom est arrivée sous le paillasson de notre porte juste avant 18 heures ce soir-là, j'ai été encore plus consternée en regardant à l'intérieur et en réalisant que la date d'arrivée de la lettre de Vincent remontait à la semaine précédente, ce qui voulait dire qu'elle était sans doute restée sur le bureau de Hayley plusieurs jours pendant qu'elle était en vacances.

Dans l'enveloppe, j'ai également trouvé un billet qui m'était destiné, écrit de la main de Hayley.

Angela, la lettre m'est adressée – n'hésitez pas à la lire avant de parler à Vicky. Elle peut la garder, j'en ai fait une photocopie.

J'ai monté l'escalier, me suis assise sur mon lit et j'ai ouvert fébrilement la lettre de Vincent. J'étais embarrassée de la lire avant Vicky, mais je savais que c'était nécessaire : j'avais besoin de savoir ce qu'elle disait pour lui parler et la guider, quelle que soit sa réaction. Vincent avait utilisé un beau papier à lettres blanc sur lequel il avait écrit en noir, d'une main élégante. Il avait, semblait-il, pris un grand soin à préparer la lettre, même s'il était évident vu la date qu'il avait répondu très rapidement à la lettre de Hayley.

À l'attention de Hayley Jenkins, avait-il écrit tout en haut, en dessous de son adresse.

Merci beaucoup de m'avoir joint. C'est une chance pour moi de reprendre contact avec ma fille, Vicky. J'ai passé beaucoup de temps à l'étranger, mais aujourd'hui je suis installé et marié. J'aurais aimé savoir plus tôt que Vicky était placée dans une famille d'accueil, mais je suis heureux d'apprendre qu'elle va bien et qu'elle se trouve en de bonnes mains. J'ai une femme qui s'appelle Carol et un fils, Matty, qui a 17 ans. Vicky ne se souviendra pas de moi, mais je me souviens d'elle

quand elle était bébé. Je vous saurais gré de bien vouloir dire à Vicky que je serais ravi d'avoir de ses nouvelles et que j'espère bientôt pouvoir lui écrire et lui envoyer des photos.
Bien cordialement,
Vincent Taylor

En dépit de ma mauvaise humeur, je n'ai pas pu m'empêcher de sourire après avoir terminé cette courte lettre. Ma première impression de Vincent était bonne. Il ne ressemblait en rien aux descriptions du « méchant père » ou du « raté » qu'en avait faites la mère de Vicky. Ça semblait comme un rayon de soleil au beau milieu de ce terrible épisode que vivait Vicky, mais seul le temps, évidemment, pourrait nous dire si mes espoirs étaient fondés. Il nous restait encore beaucoup de chemin à faire, et je savais que, quoi qu'il arrive à partir de maintenant, Vicky allait être aux prises avec un torrent d'émotions, tout comme Jonathan et moi.

13

QUAND JE VIVAIS AVEC ELLE, JE DEVAIS ME DÉBROUILLER SEULE

—Vicky, ma chérie, dis-je d'une voix timide en frappant à sa porte. Est-ce que je peux entrer ?

—Oui, répondit-elle d'une voix rêveuse.

Assise en tailleur sur le tapis à côté de son lit, Vicky feuilletait un vieil exemplaire du magazine *Smash Hits*.

—Écoute-moi, j'ai de bonnes nouvelles pour toi. C'est à propos de ton père.

—Mon père ? Est-ce qu'ils l'ont retrouvé ?

—Oui, et il a écrit à Hayley pour dire qu'il aimerait que vous correspondiez.

Vicky a aussitôt lâché son magazine et s'est redressée, m'accordant toute son attention.

—Oh ! c'est pas vrai ! Il est vivant ?

—Oui. Tu veux lire sa lettre ? Il l'a envoyée à Hayley, c'est pour ça qu'elle est ouverte.

Vicky a plissé les yeux et a mordu l'ongle de son pouce.

—Euh, oui. Je suis un peu nerveuse… C'est un choc. Est-ce que tu l'as lue ?

—Oui, Hayley m’a dit d’y jeter un œil.

—Est-ce qu’il a l’air gentil ?

—Je crois, oui. C’est très court, mais il dit qu’il t’écrira directement la prochaine fois, si tu veux lui répondre.

Vicky a tendu sa main, pris la lettre et sorti lentement le papier blanc de l’enveloppe.

—Ouaaah ! s’exclama-t-elle après avoir lu la lettre sans se presser, très concentrée. Et donc Matty est comme un frère ?

—On dirait, oui.

—Oh ! c’est pas vrai ! C’est tellement bizarre !

—Comment est-ce que tu te sens, Vicky ? Tu vas lui répondre ?

—Bien sûr ! J’ai des tas de questions à lui poser.

Vicky souriait et paraissait heureuse. Elle n’avait plus souri depuis une semaine et c’était merveilleux à voir.

—Tu pourrais peut-être lui envoyer des photos, toi aussi. Je peux t’aider à en choisir quelques-unes si tu veux ?

—Vraiment ? Je me demande à quoi il ressemble. Je me demande si je lui ressemble.

Vicky était de plus en plus excitée à mesure qu’elle assimilait la nouvelle, et j’étais vraiment heureuse de la voir réagir de la sorte.

—Je vais lui écrire tout de suite. Oh là là ! C’est vraiment une super nouvelle ! Il habite loin ? Je n’ai jamais entendu parler de cette ville.

—C’est relativement loin, quelques centaines de kilomètres au moins, je dirais. OK, ma chérie. Je te laisse maintenant.

Quelques jours plus tard, j'ai reçu un appel de Hayley qui m'informait que Lorraine voulait parler à Vicky des préparatifs des funérailles.

—Lorraine voudrait savoir si vous pourriez demander à Vicky de passer chez elle un soir de semaine après l'école, me dit Hayley. Est-ce que ça pose un problème ?

—Au contraire, répondis-je. Je pense qu'elles ont besoin de se voir, mais je ne voulais pas m'immiscer. Je suis sûre que Vicky sera très contente.

—Bien. Lorraine a ses problèmes, évidemment, mais elle peut aussi se montrer sensible. Espérons qu'elles aient une belle conversation.

Quand j'ai passé le message à Vicky, elle était très contente et m'a demandé si elle pouvait aller chez Lorraine le soir même.

—J'ai une tonne de devoirs à faire, par contre. Je n'aurai pas vraiment le temps d'y aller en bus. Est-ce que tu pourrais m'y emmener, Angela ?

—Bien sûr, répondis-je. Ravie de t'aider. Je peux aussi venir te chercher après, si tu veux.

—Merci. Je ne sais pas ce que je ferais sans toi. Est-ce que je peux utiliser le téléphone pour appeler Lorraine ?

—Vas-y.

Plus tard dans la soirée, aux alentours de 19 h 30, Vicky m'a indiqué le chemin pour rejoindre l'appartement en rez-de-chaussée de Lorraine. J'ai vu les rideaux retomber alors que je me garais, puis la porte d'entrée s'est ouverte avant que j'aie coupé le moteur. Une jeune fille très mince est sortie de l'appartement et s'est dirigée vers la voiture. Elle portait un pull gris ample, un legging noir et des grosses pantoufles.

—Salut, Loz ! lança Vicky en souriant et en sautant au cou de sa sœur pour la saluer.

—Hello, hello, Vic ! Vous devez être Angela.

—C'est moi, dis-je en m'appuyant sur le siège passager et en souriant par la portière ouverte. Heureuse de vous rencontrer, Lorraine.

—Moi aussi. Euh… est-ce que vous voulez entrer ?

—Non, je vous remercie, répondis-je, supposant que Lorraine me le proposait uniquement par politesse. Je reviens chercher Vicky plus tard. À quelle heure tu veux que je vienne te prendre, ma chérie ?

Vicky a regardé sa sœur, puis s'est tournée vers moi.

—Je dois dire que ça me gêne que tu sois obligée de faire des tours comme ça toute la nuit. Si Lorraine dit qu'elle est d'accord, pourquoi ne viens-tu pas avec nous ? Tu pourras faire la connaissance de mon neveu. Ça ne pose pas de problème, Loz ?

—Aucun. James est encore réveillé, le petit monstre. Carl est dehors à jouer aux fléchettes.

L'appartement était meublé de manière spartiate, mais très propre et ordonné. Le bébé était installé dans un joli panier au milieu de la pièce, il donnait des coups de pied dans le vide et gazouillait allègrement. Vicky s'est immédiatement accroupie à côté de lui en imitant le roucoulement d'un pigeon et en le chatouillant sous le menton.

—Tu m'as manqué, petit bonhomme ! dit-elle en souriant. Qu'est-ce que t'es beau, toi !

—Ne va pas le faire vomir avant l'heure du dodo, tata Vicky ! la taquina Lorraine. Est-ce que quelqu'un veut une tasse de thé ? Je mets de l'eau à bouillir.

Vicky et moi avons accepté sa proposition ; après quoi, nous nous sommes assises toutes les trois de manière très conviviale autour de la table basse du petit salon de Lorraine.

—Je vous suis très reconnaissante pour ce que vous faites pour Vicky, m'a dit Lorraine. J'attendais d'avoir la chance de vous remercier, Angela.

—C'est un vrai plaisir de nous occuper d'elle. Jonathan et moi sommes très heureux de pouvoir aider. Je suis juste désolée que vous ayez tant de choses à gérer. Ça a dû être un choc terrible que de perdre votre maman.

—C'est vrai, dit-elle en se tournant vers sa sœur. Comment vas-tu, Vic ?

—Franchement, je ne sais pas. Je pensais que je ne voulais plus jamais la revoir, mais maintenant que je ne peux plus… c'est bizarre. Tu vois ce que je veux dire ?

—Oui, je vois. Je pense que tu devrais venir aux funérailles. Carl et moi, on y va, avec James évidemment. Je crois que c'est important.

—J'imagine, répondit Vicky en haussant les épaules. Ça ne me dérange pas si j'y vais avec toi. Je ne devrais pas voir son corps ou rien d'autre, non ?

—Non, bien sûr que non. J'ai tout arrangé avec le funérarium. Tu as juste à venir. Tu peux faire ça, tu crois ?

—Oui, je peux.

J'étais impressionnée par Lorraine. Si ce n'est le fait qu'elle était d'une maigreur extrême, rien ne laissait croire qu'elle avait eu des problèmes, et certainement pas qu'elle avait fait une overdose récemment. L'appartement était très bien tenu, le bébé semblait très heureux allongé sur son linge blanc et propre à sucer les coins d'une couverture douce et satinée.

—Ils ont trouvé mon papa, au fait, annonça soudain Vicky. Tu le savais, Loz ?

—Non ! Ouaaah ! C'est incroyable ! Où est-il ? Est-ce que tu vas le voir ?

Vicky a raconté à sa sœur le peu que nous savions, et Lorraine l'a écoutée avec enthousiasme.

—C'est génial ! dit-elle. Je ne me souvenais plus de Matty. Je vivais avec papa quand maman était avec ton père, tu vois. Mais j'avais entendu son nom. Peut-être que maman m'en a parlé ou que je l'ai entendue mentionner son nom. Mais franchement, c'est loin.

—Donc, j'imagine que vous ne vous souvenez pas non plus du père de Vicky ? me risquai-je.

—Non, pas du tout. Jamais vu une photo, rien. Je ne savais même pas qu'il s'appelait Vincent jusqu'à ce que je voie le certificat de naissance de Vicky. Maman n'a jamais parlé de lui, sauf quand elle lui cassait du sucre sur le dos.

—Je te l'avais dit, Angela ! lança Vicky. Maman n'a jamais eu une bonne parole sur mon père, mais je sais que tu as raison : on ne peut pas croire comme ça ce qu'elle disait. Je dois me faire ma propre idée.

J'ai expliqué à Lorraine que Vicky allait écrire à Vincent, qu'avec un peu de chance ils échangeraient d'autres lettres et probablement des photographies, et que les services sociaux se chargeraient ensuite d'organiser une rencontre.

—Et qu'est-ce qui se passera si on découvre qu'il est effectivement tel que ma mère le décrivait ? demanda Lorraine, semblant soudain concernée. Qu'est-ce qui se passera s'il semble être une bonne personne dans ses lettres, mais qu'en fait c'est une mauvaise personne comme elle le disait.

—Les services sociaux ont l'habitude de gérer ce genre de choses, et la sécurité de Vicky passe avant tout. Ça va se passer de la façon suivante : un travailleur social ira le rencontrer d'abord. Ils feront aussi différents contrôles sur sa vie.

—Comme quoi ?

—Voir s'il a un casier judiciaire, s'il a fait de la prison, ce genre de choses, j'imagine. On sait déjà qu'il a quitté l'armée sur une très bonne note : il a été décoré.

—C'est bon signe, déclara Lorraine. Est-ce que je pourrai venir aussi, si on en arrive là ?

Vicky m'a regardée avec espoir.

—Ça ne dépend pas de moi ! dis-je en souriant. Ça dépend de vous deux, et du père de Vicky évidemment. Je ne vois pas pourquoi cela poserait un problème, mais n'allons pas trop vite en besogne. Il reste du chemin à faire.

Avant que Vicky et moi quittions l'appartement, Lorraine m'a donné son numéro de téléphone en me demandant de la tenir au courant, et nous nous sommes organisées pour que je dépose Vicky chez elle le matin des funérailles. Comme maintenant les deux sœurs y allaient ensemble, ma présence n'était plus nécessaire, et Vicky a accepté.

—Comme le même jour, c'est son anniversaire, on ira manger une pizza le soir, si elle en a envie, chuchotai-je à Lorraine pendant que Vicky avait filé aux toilettes.

—Bonne idée. Je lui achèterai un cadeau dès que je recevrai mes allocations.

—OK, Lorraine. Ça me paraît bien. Je suis vraiment heureuse de vous avoir rencontrée. Prenez soin de vous, et je vous donne aussi mon numéro de téléphone.

J'ai griffonné notre numéro de téléphone fixe sur un bout de papier et on s'est tous dit au revoir.

—Merci, Angela, me dit Vicky avec un signe de reconnaissance pendant que nous rentrions à la maison.

—Il n'y a pas de quoi, dis-je. C'était très chouette de faire la connaissance de Lorraine. Tu as de la chance d'avoir une sœur comme elle.

Je me sentais réellement soulagée et apaisée d'avoir rencontré Lorraine. Sa vie ne devait pas être simple, s'occuper d'un bébé dans un petit logement social et vivre d'allocations comme elle le faisait, mais c'était quelqu'un d'aimable et j'avais pu voir qu'elle s'intéressait à la situation de Vicky.

—Au fait, où est-ce que tu dormais quand tu vivais chez Lorraine ? demandai-je, car l'appartement n'avait qu'une seule chambre.

—Sur le canapé. Lorraine ne supportait pas tout le désordre, mais c'est difficile d'être ordonné quand tu n'as pas de place où mettre tes affaires, non ?

—Oui, c'est vrai, confirmai-je. Cela dit, ajoutai-je avec un sourire malicieux, même quand on a de la place où ranger ses affaires, ce n'est pas toujours facile d'être ordonné, on dirait.

—Ah, ah, très drôle, Angela !

Vicky n'a presque plus reparlé des funérailles et n'a rien dit au sujet de sa mère pendant les jours suivants. Quand le jour J est finalement arrivé, je me suis arrangée pour que Jonathan s'occupe du magasin, car je voulais être aux côtés de Vicky au cas où elle aurait besoin de moi, et de toute façon je devais la conduire jusque chez Lorraine. Quand Vicky est descendue ce matin-là, elle semblait incroyablement calme. Je n'avais même pas eu besoin de la réveiller. Elle s'était levée relativement tôt et habillée avec élégance.

—Au moins, ma mère m'a appris à me débrouiller seule, dit-elle en se regardant dans le grand miroir de l'entrée et en passant ses mains sur ses hanches.

—Oui, je suis très impressionnée par ta tenue, répondis-je, parce que je pensais que Vicky se référait aux vêtements qu'elle avait choisis.

Elle avait mis son pantalon noir de l'école, sa plus belle chemise et sa veste préférée, et elle avait aussi coiffé ses cheveux en un carré long et soyeux qui la vieillissait un peu.

—Et tes cheveux sont magnifiques, aussi. Je ne t'avais jamais vue les porter comme ça avant.

—Merci, dit-elle en regardant distraitement son reflet. Quand je vivais avec elle, je devais me débrouiller toute seule, tu sais.

—Je te crois, oui. J'imagine qu'il y a plein de choses que tu devais faire toi-même.

—Oui, mais je voulais dire quand elle me laissait dehors. Elle le faisait tout le temps. J'étais en chemise de nuit et pieds nus. J'aurais gelé si je n'avais pas gardé la tête froide.

—C'est insupportable de penser que tu étais dehors dans ce froid, dis-je.

—Elle était tellement cruelle, Angela. Plus je grandissais, plus je m'en rendais compte. Je sais que ce sont ses funérailles aujourd'hui, mais je le dis quand même. Elle était trop méchante avec moi. Tu sais quoi ? Quand c'est devenu une habitude de me retrouver dehors, j'ai commencé à cacher des vêtements derrière notre poubelle dans la ruelle. Comme ça, j'avais des habits pour me tenir chaud.

—C'était très intelligent de ta part, surtout que tu étais très jeune.

—Oui, elle aurait dû être plus maligne, même si elle croyait l'être. Une fois, à Noël, elle a trouvé les habits que je cachais et les a rapportés dans la maison quand elle m'a mise dehors. J'ai dû prendre des cartons dans les poubelles et je me suis enveloppée dedans pour rester au chaud. Je me suis enveloppé les pieds avec du vieux papier d'aluminium malodorant pour ne pas avoir froid. Et tu sais quoi ? Quand elle a découvert ce que j'avais fait, elle a commencé à jeter de l'huile de cuisson et l'eau sale de la vaisselle dans la poubelle. Comme ça, je ne pouvais plus rien utiliser.

—Mais c'est horrible !

—Oui, mais je suis débrouillarde quand même ! dit-elle en souriant fièrement.

—Tiens, dis-je en lui tendant un petit cadeau. C'est pour ton anniversaire, de notre part à Jonathan et moi.

Les yeux de Vicky se sont illuminés, et elle m'a prise dans ses bras.

—Merci, dit-elle en tirant le ruban et en enlevant le papier cadeau à pois violets avant d'ouvrir la boîte à bijoux.

—Oh ! c'est magnifique ! dit-elle en prenant le collier.

—Le charme est un petit ange gardien, dis-je. Quoi qu'il arrive demain, je veux que tu saches que Jonathan et moi sommes là pour toi. On fera toujours tout notre possible pour t'aider, Vicky. Tu ne dois plus jamais penser que tu es seule. Tu n'oublieras pas, n'est-ce pas ?

Elle a mis le collier et a fait un pas en arrière pour s'admirer dans la glace.

—Tu le portes très joliment, et ça va parfaitement avec ta coupe de cheveux.

—Merci. Merci pour tout. Je suis prête maintenant. On peut y aller ?

—Oui, confirmai-je en souriant. Je suis fière de toi, Vicky. Bonne chance pour aujourd'hui. Tu fais ce qui est juste.

Lorraine m'a appelée une heure plus tard pour me dire que les funérailles étaient terminées. Il n'y avait pas eu de cérémonie, et apparemment seule une poignée de voisins, dont Alf, étaient présents avec Lorraine, Carl, le bébé et Vicky.

—Vicky va bien, m'informa Lorraine. Mais elle veut rentrer. Je crois qu'elle a eu son compte.

J'ai dit à Lorraine que j'arrivais immédiatement, et, au moment où je me garais devant l'appartement, elle a de nouveau déplacé les rideaux pour jeter un œil et ouvert la porte avant que j'aie eu fini ma manœuvre.

—Je suis contente que vous soyez là, Angela, dit Lorraine en venant à ma rencontre. Vicky est devenue d'un calme bizarre. Je crois qu'elle a juste besoin de rentrer chez vous et de se reposer. Elle a vu une photographie de maman que j'avais trouvée dans l'appartement, et ça l'a choquée. Vicky a dit que maman semblait très maigre et fragile par rapport au souvenir qu'elle avait d'elle. Je pense que ça l'a un peu perturbée. Attendez ici, je vais la chercher.

Lorraine a filé dans son appartement et est réapparue une minute plus tard en conduisant une Vicky pâle et en état de choc.

—Ça va, ma chérie ? lui demandai-je.

Vicky a semblé ne pas me voir alors que je l'aidais à s'asseoir à l'arrière de la voiture et que je fermais la portière.

—Je l'ai déjà vue dans cet état, dis-je tranquillement à Lorraine, qui se tenait debout les bras croisés, atterrée. Et vous ?

—Oui, dit Lorraine en faisant un signe de tête. Très souvent malheureusement, quand elle vivait chez ma mère. Mais pas depuis longtemps.

—Lorraine, commençai-je en voyant là une opportunité et sans réfléchir à ce que j'étais sur le point de dire. Dites-moi si ça ne me regarde pas, en particulier un jour comme aujourd'hui, mais je ne sais pas exactement ce qui est arrivé à Vicky chez votre mère, et peut-être que ça pourrait m'être utile de le savoir.

Lorraine a baissé les yeux, décroisé ses bras maigres et posé ses mains sur ses tempes, comme si elle venait d'être prise d'un soudain mal de tête. Je n'ai pas pu m'empêcher de remarquer à ce moment que ces deux poignets avaient des cicatrices profondes.

J'ai senti les battements de mon cœur s'accélérer en comprenant ce que ça signifiait. Il semblait que l'appel à l'aide que Lorraine avait lancé plus tôt allait bien au-delà d'une simple overdose de médicaments. J'étais épouvantée ; voir Lorraine aussi vulnérable et affectée m'a fait regretter d'avoir posé cette question sur sa mère.

—Je m'excuse, balbutiai-je. Je n'aurais pas dû.

Lorraine continuait à regarder par terre.

—Non, non, c'est moi qui m'excuse, commença-t-elle en me jetant un regard sous ses cils très maquillés.

—Non, Lorraine. Je n'aurais vraiment pas dû parler de ça. C'est peut-être une conversation qu'on pourra avoir un autre jour. Je pensais juste que ça pourrait m'aider à m'occuper de Vicky si j'en savais un peu plus, c'est tout.

—J'aimerais pouvoir vous aider, dit Lorraine d'une voix faible.

—Ne vous en faites pas. Je pensais juste que je pouvais vous le demander directement, vu que les services sociaux ne me disent rien.

Je parlais dans le vide, j'étais mal à l'aise d'avoir mis Lorraine dans l'embarras, surtout un jour comme celui-là.

—Angela, je vous aiderais si je pouvais, finit-elle par dire, mais je ne sais pas ce qui est arrivé à Vicky et je me sens coupable. Je n'ai pas été là pour elle pendant des années et des années.

Lorraine s'est mise à m'expliquer qu'elle avait 10 ans et qu'elle vivait avec son père à la naissance de Vicky. Elle était retournée vivre avec sa mère un an plus tard à cause du collège où elle voulait aller, et elle était restée chez Brenda pendant 3 ans, jusqu'à l'âge de 14 ans. Vicky avait alors quatre ans.

—Je ne supportais plus les soûleries de ma mère, ajouta Lorraine, la voix pleine de remords. Mais je n'aurais pas dû laisser Vicky à cet âge-là, pas avec ma mère dans cet état. J'ai mal fait.

—Je suis désolée, dis-je. Mais ne soyez pas dure avec vous-même. Vous étiez vous aussi une enfant, Lorraine. Je vais ramener Vicky à la maison maintenant. On reste en contact.

—Merci, dit-elle en ravalant ses larmes. Et merci pour tout.

Jonathan et moi avons fini par commander une pizza ce soir-là pour l'anniversaire de Vicky, car elle nous a dit qu'elle n'avait pas envie de sortir. Ma mère est venue nous voir avec un gâteau d'anniversaire garni de 14 bougies, qu'elle avait terminé avec des biscuits au chocolat, les préférés de Vicky. Sur le dessus, elle avait écrit, JOYEUX ANNIVERSAIRE, VICKY ! 14 ANS ! avec un glaçage violet, et elle avait aussi apporté de jolis petits parasols cocktail et des perroquets en papier pour les mettre sur nos verres de limonade.

Il avait fallu plusieurs heures à Vicky pour revenir parmi nous et se remettre à parler et à se comporter normalement après les funérailles, mais elle a semblé apprécier sa petite fête d'anniversaire. Elle aimait particulièrement les parasols en papier, et parlait en long et en large à ma mère de son amour pour les oiseaux.

—Imagine un peu si tu te réveillais un matin, toute colorée comme un perroquet, et que tu pouvais déployer tes ailes et voler dans le ciel, dit Vicky.

—Ça serait formidable ! dit Jonathan en souriant. Je volerais jusqu'à la Barbade et j'irais m'asseoir sur la plage pour prendre le soleil.

—Oh ! moi, je ne ferais pas ça, dit Vicky. Je volerais sans but, en traversant les nuages et en regardant les gens depuis le ciel.

—C'est une très bonne idée, dit ma mère.

—Oui, répondit Vicky. Et si quelqu'un avait l'air d'être seul ou effrayé, je descendrais pour m'asseoir à ses côtés et lui chanter une chanson pour lui remonter le moral.

—Comme c'est gentil ! dit ma mère en souriant. Oh ! qu'est-ce que je donnerais pour avoir 14 ans. Tu as une imagination débordante, Vicky !

Alors que nous nous installions dans le salon après notre petite fête, Vicky s'est tournée vers ma mère.

—Au fait, Thelma, est-ce que tu es au courant pour mon père ?

—Non, répondit ma mère. On ne m'a rien dit à propos de ton papa. Rien du tout !

Vicky a eu l'air étonnée.

—Je pensais qu'Angela t'avait dit. C'est une grande nouvelle. Il s'appelle Vincent et les services sociaux l'ont retrouvé. Il m'a déjà écrit et j'espère que bientôt je pourrai le voir.

—Oh ! c'est une excellente nouvelle ! déclara ma mère. Angela ne m'avait rien dit, mais c'est une très belle surprise !

J'ai expliqué à Vicky que je ne donnerais jamais aucun détail de sa vie à personne, pas même à ma mère.

—Oh ! Et moi, je peux le lui dire ? demanda Vicky, les yeux écarquillés.

—Oui, bien sûr, ma chérie. C'est ta vie, tu peux en parler à qui tu veux.

Vicky a alors déclamé toutes les informations qu'elle avait recueillies sur son père avant de demander à ma mère si elle était d'accord pour corriger la réponse qu'elle avait déjà préparée.

—Bien sûr ! assura ma mère en souriant. J'en serais honorée, Vicky. C'est une lettre très importante.

Vicky savait que ma mère attachait beaucoup d'importance à la grammaire et à la ponctuation ; elle l'avait déjà aidée plusieurs fois à faire ses devoirs.

—Merci ! Je veux qu'il n'y ait aucune faute.

—On va s'en assurer ! promit ma mère en souriant.

Quelques minutes plus tard, Vicky ramenait une feuille de papier format A4 de sa chambre. Elle s'est éclairci la gorge et a commencé à lire à haute voix, ce qui m'a surprise :

—*Cher Vincent, tiret, papa*, lut-elle. *Merci pour ta lettre. J'ai été très heureuse d'avoir de tes nouvelles. On m'a dit que tu étais soldat en Irlande du Nord.*

J'aimerais en savoir plus sur ta vie et sur ce que tu as fait depuis mon enfance. J'aurai 14 ans quand tu recevras cette lettre. J'habite avec Angela et Jonathan Hart, ma famille d'accueil, et ma sœur, Lorraine, habite pas très loin. Elle a un bébé qui s'appelle James. Est-ce que tu te souviens de Lorraine ? Ma mère n'est plus en vie. S'il te plaît, parle-moi de Matty. J'ai hâte d'avoir de tes nouvelles.

Vicky avait un air triomphant en arrivant à la fin de sa lettre, et Jonathan, ma mère et moi devions retenir notre souffle, car à peine eut-elle fini de lire que nous avons tous explosé en hurlant « C'est très bien ! » et « Beau travail ! »

—Vous êtes sûrs ? demanda-t-elle.

—Évidemment, dis-je. Maman, qu'est-ce que tu en penses ?

J'ai regardé ma mère et j'ai été stupéfaite de la voir les larmes aux yeux. Comme d'habitude, ma mère portait un pantalon Marks & Spencer parfaitement repassé, un pull à col roulé et un très joli collier de perles autour du cou. Son ombre à paupières bleue et son fard à joues rose étaient impeccablement appliqués, et ses cheveux bruns teints étaient magnifiquement coiffés. Ses larmes semblaient complètement incongrues sur son visage. Je ne l'avais jamais vue pleurer.

—Maman ! m'exclamai-je. Mais tu es devenue une grande sentimentale !

Ma maman était d'un stoïcisme à toute épreuve et on lui avait enseigné à toujours respecter les convenances. Je ne me souvenais pas de l'avoir jamais vue à ce point bouleversée, même quand mon père est décédé.

—Bonté divine ! dit-elle en attrapant un mouchoir en coton dans son sac. C'est magnifique, ma petite Vicky. Passe-moi un crayon et je vais regarder s'il y a des fautes. Il faudrait mettre une petite virgule ici et ici.

J'ai regardé ma mère en ressentant une grande fierté. Elle était très aimée et très importante dans notre famille, et j'ai réalisé qu'elle avait naturellement endossé son rôle de grand-mère avec Vicky, ce qui était très réconfortant. Nous avons échangé un sourire complice, Jonathan et moi, comme nous faisions souvent dans ces moments-là. C'était merveilleux de voir que Vicky était suffisamment à son aise avec nous tous pour partager cette lettre, et je priais pour que tout cela débouche sur le résultat qu'elle méritait.

14

J'AVAIS TRÈS MAL À LA TÊTE QUAND J'ÉTAIS PETITE

Malheureusement, une semaine jour pour jour après l'enterrement de la mère de Vicky, nous avons reçu une nouvelle terrible. Les médecins ne pouvaient plus rien faire pour sauver notre neveu Aiden. Ensuite, aussi incroyable que ça puisse paraître, quelques jours après, j'ai reçu un coup de fil de Timothy, le grand ami de mon frère Andrew.

—Angela, dit Timothy. Je ne veux pas t'inquiéter et Andrew ne sait pas que je t'appelle, mais je pense qu'il faut que tu saches.

—Savoir quoi ? demandai-je, envahie par un sentiment d'effroi.

—Andrew n'est pas en forme depuis un moment. Il est dans le déni.

—Qu'est-ce que tu veux dire ?

Mon esprit essayait de se souvenir de la dernière fois que j'avais vu mon frère. C'était vers Pâques, il y avait plusieurs mois déjà, quand nous étions partis en week-end avec Michelle dans un camping à environ 40 kilomètres de chez Andrew. On ne se voyait pas souvent, mon frère et moi. On se retrouvait normalement à Noël et pour le Nouvel An, et lors des grandes réunions de famille de temps en temps, ou quand l'occasion se présentait et qu'on se trouvait au même endroit.

—Qu'est-ce qui ne va pas ? demandai-je nerveusement. Je n'avais absolument aucune idée qu'il était malade.

—Je pense que tu devrais venir, me prévint Timothy. Il est très mal. Il a un cancer, Angela.

—Oh non ! Pourquoi ne me prévient-on que maintenant ? Est-ce que maman est au courant ?

—Sincèrement, tout a été très vite. Il ne voulait le dire à personne parce qu'il pensait qu'il allait guérir, tu sais comment il est…

—Qu'est-ce que tu es en train de me dire exactement, Timothy ? Il… il ne va pas s'en sortir ?

Il y a eu un long silence.

—Il est en soins palliatifs, Angela.

Je n'arrivais pas à croire ce que j'entendais. Mon frère était un célibataire, il avait une vie très active. Il participait régulièrement à des marathons, c'était un fou de course, aussi mince et agile qu'un cabri. La dernière fois que je l'avais vu, il parlait de participer à une grande course en montagne pour une œuvre de charité, qu'il avait faite l'été suivant, et il était dans une forme prodigieuse.

L'annoncer à ma mère a été horrible.

—Andrew, quel Andrew ? demanda-t-elle, ce qui démontrait à quel point la nouvelle était inattendue.

—Notre Andrew, maman.

—Notre Andrew ? Mon Andrew ?

—Oui, maman.

—Mais il va très bien ! m'assura-t-elle.

En y repensant, elle aussi était dans le déni, en quelque sorte.

—Ça a été ma première réaction quand j'ai appris la nouvelle de la bouche de Timothy. Je pense que le diagnostic a été fait trop tard, maman, et c'est une forme de cancer très agressive, apparemment.

Fidèle à elle-même, ma mère n'a pas pleuré. Elle nous a servi un verre de brandy de la carafe qu'elle gardait toujours dans son salon, et a levé son verre.

—À Andrew ! dit-elle. Il a la peau dure, et il n'est pas encore battu. Buvons à sa santé. Qu'il écrase cette cochonnerie !

Par politesse, j'ai bu le puissant brandy en prenant de petites gorgées. Je ne buvais que très rarement et, quand ça m'arrivait de le faire, je prenais uniquement des alcools légers.

—Maman, dis-je. Il faut qu'on accepte qu'Andrew est gravement malade. Et qu'on aille le voir dès que possible.

Elle s'est laissée tomber dans son fauteuil préféré, le lourd verre en cristal vacillant dans ses mains tremblantes.

—J'annule mon rendez-vous chez le coiffeur, me dit-elle en acquiesçant. J'avais pris rendez-vous chez Jan pour un shampoing à 9 h 30 demain matin, mais je peux m'en passer.

J'ai laissé à Jonathan la responsabilité de s'occuper de Vicky et du magasin, et, le lendemain matin très tôt, je me suis rendue en voiture chez mon frère en compagnie de ma mère. Nous avons mis environ six heures malgré des bouchons épouvantables. Comble du désespoir et de l'horreur, nous sommes arrivées trop tard. Mon frère était décédé 15 minutes avant notre arrivée, avec Timothy et une infirmière spécialisée à ses côtés. Andrew venait d'avoir 47 ans, et ma mère était dans un tel état qu'elle a eu une crise de panique en voyant son corps et a ensuite insisté pour qu'on retourne aussitôt d'où on venait en voiture.

—Maman, lui dis-je gentiment, la route est longue. Peut-être qu'on ferait mieux de dormir à l'hôtel. Jonathan a pris une réservation pour nous.

—Je veux juste rentrer chez moi et dormir dans mon lit, fit-elle, suppliante. S'il te plaît, Angela. Ramène-moi à la maison.

Il ne servait à rien de m'opposer à elle. Nous avons fait le chemin du retour sans parler ou presque, dans une atmosphère de tristesse et d'abattement.

À la fin du mois d'octobre 1989, nous avons enterré mon neveu et mon frère. Aiden est mort quelques jours avant de fêter ses sept ans. C'était déchirant de voir son minuscule cercueil blanc et les visages décomposés de ses parents, ainsi que de tous les membres de la famille et amis qui l'aimaient.

—Pourquoi les bonnes personnes doivent-elles mourir ? demanda Vicky un beau jour.

Nous étions au début du mois de novembre, et elle venait de me demander de l'argent pour acheter un coquelicot à l'école pour le 11 novembre.

—Eh bien, la mort n'est pas une punition pour les mauvaises personnes, répondis-je. C'est ce qui nous attend tous, malheureusement. Certaines personnes ont juste moins de chance et leurs vies sont écourtées.

—Et certaines personnes choisissent d'écourter elles-mêmes leurs vies, comme ma mère. Elle ne méritait pas de vivre aussi longtemps qu'elle l'a fait.

—Vicky, dis-je. Ce n'est pas beau de parler comme ça des personnes qui sont mortes.

—Je me moque de ce que je dis sur elle. Elle ne mérite pas ma pitié. Je la déteste ! J'aurais aimé qu'elle meure plus tôt.

—Ça suffit ! lui ordonnai-je.

—Pourquoi ? Tu ne peux pas me dire ce que je peux dire sur ma propre mère !

—Vicky ! la repris-je, exaspérée.

Elle est sortie de la cuisine et est montée dans sa chambre en criant :

—Je la déteste ! Elle était méchante ! Ne me dis pas ce que je peux dire ou pas sur ma mère !

Je me suis assise à la table de la cuisine en me prenant la tête à deux mains. Je n'avais pas l'énergie ni la volonté de courir après Vicky pour parler de tout ça avec elle. À dire vrai, j'étais allée voir mon médecin traitant, car je dormais mal, stressée comme je l'étais. Tous les muscles de mon corps semblaient tirer en permanence, j'avais une douleur sourde dans les tempes qui allait et venait si fréquemment que je commençais à l'accepter comme quelque chose de normal, et je prenais systématiquement une aspirine avec ma tasse de thé au petit-déjeuner.

Le médecin a proposé de me prescrire des somnifères et des tranquillisants, mais j'ai refusé de m'engager dans cette voie. Je savais que des personnes qui voulaient devenir famille d'accueil avaient été déboutées parce qu'elles prenaient des médicaments, mais surtout, je n'aimais pas prendre des médicaments si je pouvais l'éviter. Au lieu de ça, j'ai quitté le cabinet avec une fiche d'information sur le stress et la relaxation, qui, j'espérais, allait m'aider. Les conseils qui y étaient donnés disaient de faire régulièrement de l'exercice, de manger sainement et de prendre du temps pour soi, par exemple de prendre un bain ou de faire une activité que l'on appréciait. En regardant la liste des bonnes intentions, j'ai pensé : *Si c'était aussi simple ! Qu'est-ce qui se passe quand vous perdez un proche ? Ou quand l'enfant dont vous vous occupez est difficile ? Une salade ou un bain ne vont pas être d'une grande aide, non ?*

Ce genre de pensée me permettait seulement de faire passer ma colère, évidemment. La réalité était qu'avec tout ce qui venait de se passer ces dernières semaines, je n'avais pas fait assez attention à moi, et je n'avais pas la possibilité de nous détendre ou de passer de bons moments avec Jonathan. Il fallait que je tienne compte de ces conseils en espérant que ça me permettrait de me sentir mieux. Après la crise de Vicky, Jonathan est entré dans la cuisine et m'a trouvée assise, perdue dans mes pensées. Il s'est assis à côté de moi.

—Est-ce que ça va, Angela ?

—Oh ! comme d'habitude, Vicky me donne du fil à retordre.

—Je suis inquiet pour toi. Tu n'es plus toi-même. J'ai pensé longuement à tout ça. Je sais que tu ne veux pas en entendre parler, mais je crois sincèrement que nous sommes un peu dépassés par les évènements. Accueillir des enfants est une énorme responsabilité, et quand on doit gérer nos propres problèmes, ou que ça se passe mal, je ne suis pas sûr que nous soyons capables de faire face.

J'ai levé la tête pour regarder Jonathan et je l'ai observé pour la première fois depuis bien longtemps. Ce que j'ai vu m'a épouvantée. Jonathan était émacié, il avait le teint gris. La mort de son petit neveu l'avait terriblement affecté, mais avec celle d'Andrew et notre responsabilité vis-à-vis de Vicky, qui devait elle aussi affronter un deuil, je n'étais pas certaine d'avoir accordé à mon mari l'attention dont il avait besoin.

—Je suis désolée, dis-je. Je t'ai négligé. Les choses iront mieux dans quelque temps ; on a juste besoin d'assimiler tout ce qui vient d'arriver.

J'ai éclaté en sanglots et Jonathan m'a prise dans ses bras.

—Tu ne m'as pas délaissé. Tu es formidable. Tu as pris soin de moi, de Vicky et de ta mère alors que tu aurais dû prendre un peu plus soin de toi.

—Je ne veux pas arrêter de faire ce travail ! pleurnichai-je.

—Je sais, Angela. Je sais à quel point ça te tient à cœur, mais je crois que nous devons y penser. En plus de tout le reste, ça te rend malade.

—Ça ne me rend pas malade ! Je n'aurais eu aucun problème si j'avais uniquement dû gérer les difficultés de Vicky et de Michelle.

—Oui, mais c'est là que le bât blesse. Que ça te plaise ou non, on aura toujours à faire face à nos propres problèmes. La vie est comme ça, et s'occuper d'enfants comme nous le faisons est une responsabilité énorme.

—Mais ce qui nous est arrivé récemment est totalement hors normes, Jonathan. Nous venons de passer le pire moment imaginable. Trois décès, tous aussi choquants que prématurés. Ça n'arrive pas tous les jours. Ça ne se reproduira plus, impossible.

—Je suis d'accord avec toi sur un point. Ce que nous avons vécu a été incroyable et hors du commun, mais ces choses peuvent se produire et se produisent. De plus, nous invitons toutes sortes d'autres problèmes dans nos vies avec cette activité de famille d'accueil, des problèmes que nous n'aurions même jamais imaginés.

—Je sais, mais j'aime le faire, dis-je en reniflant. J'aime aider les enfants.

—Je le sais, mais est-ce que ça suffit ? Je me fais du souci pour toi, Angela. Et qu'est-ce qui va se passer si on a nos propres enfants ?

—Eh bien, je ne me vois pas tomber enceinte en ce moment ! me lamentai-je, car c'était une chose dont j'avais parlé avec mon médecin, lequel m'avait dit que tout ce stress ne m'aiderait pas à tomber enceinte, ce qui ne me surprenait pas plus que ça, d'ailleurs.

Nous attendions encore notre rendez-vous à l'hôpital pour discuter de nos problèmes de fertilité et j'ai immédiatement regretté ce que je venais de dire. J'ai eu un peu peur que Jonathan aille plus loin dans son propos et qu'il m'annonce qu'il était décidé à arrêter notre activité d'auxiliaires familiaux.

—Écoute-moi, Jonathan, ajoutai-je rapidement. J'ai pensé à une chose. Et si Vicky venait avec nous à Disney World ? Je suis sûre qu'on peut changer le nom sur la réservation. Ça fait un moment que j'y pense. Maintenant, elle a son acte de naissance qu'on a récupéré chez sa mère, et il y a largement le temps pour lui faire son passeport. Qu'est-ce que t'en penses ?

—Angela, tu es incorrigible, admit-il en secouant la tête. Je pouvais voir le commencement d'un sourire sur son visage, et j'ai souri à mon tour.

—Je prends ça pour un compliment ! Donc, c'est un oui.

Jonathan a fait une pause.

—Bien sûr que c'est oui. C'est la chose la plus normale à faire, et je ne suggérais pas une seule minute que nous devions cesser de nous occuper de Vicky.

—Merci pour tout ! Je fais la demande de passeport aussi vite que possible.

—Bonne idée. On a tous besoin de faire un break, et des vacances nous feront du bien.

Les semaines précédant Noël ont été plutôt calmes, ce qui a été une vraie consolation. Hayley a été très efficace dans la gestion de notre demande pour emmener Vicky en vacances. Elle a sondé le terrain auprès de Lorraine, qui s'est montrée très accommodante et a accepté sans sourciller de nous confier l'acte de naissance de Vicky pour effectuer la demande de passeport. Jusque-là, personne n'avait parlé du plan à Vicky pour qu'elle ne se monte pas la tête, car nous avions également besoin de l'autorisation de son père, qui restait son parent le plus proche.

Vincent et Vicky avaient alors échangé plusieurs autres lettres et ils en étaient arrivés au point où Hayley pensait envoyer un travailleur social rendre visite à Vincent et à sa famille, avec l'objectif d'organiser une rencontre entre Vicky et son père au début de l'année 1990. Vicky ne m'avait pas montré les dernières lettres de son père, mais elle me disait toujours ce qu'il lui racontait. Vincent lui avait expliqué qu'il s'était marié avec Carol six ans plus tôt. Carol était infirmière, Matty faisait des études d'ingénieur à l'université, et Vincent s'était simplement décrit comme un « ancien soldat », sans indiquer s'il travaillait ou non. Il s'était séparé de la mère de Matty quand leur fils avait deux ans. Sa relation avec Brenda était relativement récente quand elle était tombée enceinte de Vicky.

Les choses n'ont pas fonctionné entre ta mère et moi, avait dit Vincent à Vicky dans une de ses lettres. *On ne se connaissait pas assez bien et on s'est aperçus qu'il était impossible pour nous de vivre ensemble.*

Vicky semblait satisfaite de la façon dont se passaient les choses et elle avait envie de rencontrer son père, bien qu'elle ne semblât pas plus pressée que ça.

—Disons que j'ai attendu si longtemps, répondit-elle en haussant les épaules quand je lui ai demandé comment elle se sentait. Je suis un peu nerveuse aussi. Et si ça se passe mal ? Je veux en apprendre autant que je peux, avant.

—Je pense que tu es très raisonnable de prendre ton temps comme ça, dis-je.

Je voulais ajouter « Je suis sûre que tout se passera très bien », mais je m'en gardais bien, tout comme Vicky. Nous savions toutes les deux que rien ne garantissait que la rencontre se passe sans heurts. C'était tellement triste qu'à cet âge Vicky ait déjà eu assez de mauvaises expériences pour savoir que les désillusions pouvaient se produire. La plupart des enfants de son âge baignaient encore dans une sorte d'innocence enfantine qui leur faisait voir le monde à travers une lorgnette rose, mais évidemment Vicky avait perdu cette ingénuité depuis des années. C'était triste, mais si les choses ne se passaient pas comme elle l'espérait, au moins, elle était mieux préparée que d'autres enfants pour gérer la situation.

De notre côté, Jonathan et moi étions très heureux quand nous avons appris par Hayley que Vincent avait donné son accord pour qu'on emmène Vicky en vacances, et il avait dit à Hayley qu'il espérait que ça soit possible qu'on se rencontre tous avant le voyage. J'ai profité de l'occasion le jour où Vicky est rentrée à la maison avec de bons résultats de l'école pour lui parler de Disney World.

—Regarde, Angela, dit-elle. J'ai reçu mon bulletin trimestriel et je suis vraiment contente !

—Voyons ça, ma chérie, dis-je en le regardant en détail. Bravo ! Je vois que tu as encore un A en économie domestique, et tu as un B+ en anglais ! C'est magnifique.

Le reste des résultats de Vicky était plus mitigé, mais c'était la progression qui m'intéressait, pas les notes.

Vicky avait souvent été absente de l'école pendant son enfance, et, à son arrivée chez nous, ses résultats étaient tous en dessous de la moyenne. Toutefois, sa présence en classe était maintenant régulière et elle en récoltait les fruits. Vicky avait également travaillé assidûment à la maison, et j'étais aux anges de voir que ses efforts payaient.

Vicky est une élève enthousiaste, avait écrit sa professeure d'économie domestique. *C'est un plaisir de l'avoir comme élève.*

Le professeur de physique était moins impressionné. *Avec un peu plus d'attention et beaucoup moins d'insolence et de bavardage, Vicky pourrait obtenir de très bons résultats lors des examens*, avait-il écrit.

—Ah, ah ! ricana Vicky comme je lisais le commentaire à haute voix. C'est vraiment un geek. Il s'attend à ce que nous apprenions tous sans rien dire !

—Vicky, la repris-je. Ne gâche pas tout en faisant ton effrontée. Dans l'ensemble, c'est un très bon bulletin. Bon travail !

—Merci, Angela. Tu sais, j'aime vraiment la cuisine. Je crois que j'aimerais devenir cuisinière quand je serai plus grande, ou faire quelque chose en rapport avec la restauration.

—Vraiment ? Je pensais que tu voulais travailler dans une réserve ornithologique.

—Eh bien, j'aimerais faire ça aussi, mais je ne crois pas qu'il y ait tant de travail là-dedans. Je crois que j'aurais plus d'opportunités en travaillant dans la restauration et je crois que je serais douée pour ça.

—Ça paraît sensé, répondis-je. Mais tu ne devrais négliger aucune option. As-tu déjà visité une réserve ornithologique ou une volière dans un zoo, d'ailleurs ? Il doit y en avoir bien plus que tu ne crois. Et j'ai réfléchi un petit peu…

J'ai souri en haussant un sourcil, pour inciter Vicky à me demander ce que j'avais en tête.

—Quoi, Angela ? Tu vas m'emmener visiter une volière, c'est ça ? Oh ! c'est pas vrai, j'adorerais ça !

—Eh bien, pas tout à fait, mais je pense que tu mérites une récompense pour tout le travail que tu as fait. Jonathan et moi nous demandions si tu voudrais nous accompagner à Disney World à Pâques.

—Quoi ? Sans blagues ?

Vicky a fait un bond et m'a serrée dans ses bras.

—Oh ! Ouaah ! Ça serait génial !

—C'est ce que j'espérais t'entendre dire. J'ai fait quelques recherches et il y a des oiseaux exotiques dans différents endroits en Floride. Tu peux même en nourrir certains.

—C'est pas vrai ! Ça va être géant ! J'aimerais venir ! Merci beaucoup ! Euh, est-ce que ça veut dire que je vais prendre le billet de Michelle ?

—Oui.

—Oh ! C'est dommage qu'elle ne puisse pas venir, quand même.

—Je sais. Elle va me manquer. Est-ce que tu la vois à l'école ?

—Non, ça fait un bail que je ne l'ai pas vue. Si je la vois, je lui dirai bonjour de ta part, d'accord ?

—Oui. Mais ne lui parle pas de Disney. Ce ne serait pas très délicat.

—Non, bien sûr, assura Vicky en souriant. Mais je peux le dire à mes amis, non ? Ils vont être tellement jaloux !

Après que Vicky avait manqué plusieurs semaines de suite la maison des jeunes et la discothèque du samedi à cause du décès de sa mère, sa vie sociale reprenait, et, une fois ses devoirs terminés, elle sortait la plupart des soirs ou Izzy et d'autres amis venaient à la maison écouter de la musique. Parfois, je la surprenais dans le jardin à fumer une cigarette.

—Désolée, Angela, disait-elle. Je fais de mon mieux, tu sais.

Vicky n'était pas gênée, simplement désolée, car elle savait que j'étais déçue de voir qu'elle fumait encore. Le concert où elle voulait aller, qui devait être sa motivation et sa récompense pour arrêter, avait malheureusement eu lieu des mois plus tôt.

—Je sais que tu fais des efforts, lui dis-je un jour. Peut-être que ça pourrait devenir ta résolution pour la nouvelle année, d'arrêter une bonne fois pour toutes ?

—Peut-être, dit-elle, si je n'ai pas arrêté avant. On ne sait jamais. Je ferai en sorte de remplir ma mission, madame Hart ! dit-elle en faisant un salut militaire.

—Heureuse de te l'entendre dire, dis-je en riant. Tu sais, je crois que ton professeur de physique t'a bien cernée.

—Qu'est-ce que tu veux dire ?

—Avec un peu plus d'attention et moins d'insolence et de bavardage, Vicky, tu pourrais faire des merveilles.

La semaine suivante, alors que Vicky m'aidait à faire les livraisons, elle est soudain devenue très tranquille après avoir ouvert une carte de Noël d'un de nos clients réguliers. Il y avait un rouge-gorge sur la carte, et, après l'avoir fixé pendant un temps, Vicky s'est mise à me raconter pourquoi elle aimait les oiseaux.

—Mon amour pour les oiseaux a commencé avec ce rouge-gorge, tu sais ? me dit-elle avec une voix étrangement nostalgique.

Nous étions remontées dans la fourgonnette après la dernière livraison et nous luttions pour ne pas geler, car l'air était glacial ce jour-là.

—Je me souviens que tu m'as dit que les rouges-gorges étaient tes oiseaux préférés, mais y a-t-il un rouge-gorge en particulier que tu préfères ?

—Oui, il y en avait un qui était toujours là, près de la porte de derrière.

Vicky parlait tranquillement et doucement, et c'était évident qu'elle se référait à l'époque où elle vivait avec sa mère.

—Il était toujours dehors près de la porte de derrière, chez ta mère ?

—Oui, confirma-t-elle en frissonnant. Quand j'étais dehors dans le froid, je lui parlais, il venait danser au-dessus de moi et j'avais l'impression qu'il m'écoutait.

—Qu'est-ce que tu lui racontais ?

—Probablement plein de trucs absurdes ! Trop de bavardages et d'insolences, sans doute.

Elle a fait une pause et a ajouté pensivement :

—Mais normalement, des trucs comme : « Tu es beau avec ta gorge rouge, monsieur Robin. » Puis j'imaginais qu'il me répondait : « Tu es jolie, toi aussi ! » et je disais : « Ne sois pas bête, monsieur Robin ! Je porte une vieille chemise de nuit ! Mes cheveux sont tout rouges et ébouriffés, mais ce n'est pas aussi beau que le rouge de ta gorge ! »

Vicky regardait à travers le pare-brise, perdue dans ses souvenirs.

—Tes cheveux étaient rouges ?

—À cause du sang. J'avais très mal à la tête quand j'étais petite.

—Je suis désolée d'apprendre ça. Est-ce que tu veux me dire ce qui s'est passé pour que ta tête te fasse mal ?

Vicky a secoué la tête en soupirant.

—Est-ce que tu crois qu'il y aura des rouges-gorges en Floride, Angela ?

—Je n'en sais rien, ma chérie. Je pense que ce seront plutôt des oiseaux tropicaux par là-bas.

—C'était mon ami, monsieur Robin. Tu sais, parfois c'était comme si je n'avais qu'Izzy et monsieur Robin. C'étaient les deux personnes qui étaient toujours là pour moi.

—Je suis vraiment désolée, Vicky.

—Excuse-moi, Angela. Tu dois penser que je perds les pédales parfois !

Vicky a éclaté de rire et soufflé sur ses mains rougies par le froid.

—Pas du tout. Comme je te l'ai toujours dit, tu peux tout me dire.

—Oui, mais après il faut que tu le dises à Hayley, non ?

—Si je pense que c'est important pour toi, pour ton bien-être.

—Exactement. Ça ne doit pas m'inquiéter de toute façon. Ma mère est morte maintenant, à quoi ça sert ? Quoi qu'il en soit, je n'aurai peut-être pas besoin d'une assistante sociale plus longtemps. Devine un peu ?

—Quoi ?

—Mon père a dit que je pourrais peut-être aller vivre chez lui, tu sais, si tout se passe bien lorsqu'on se rencontrera.

J'en ai eu le souffle coupé. C'était la première chose que j'entendais concernant Vincent qui m'inquiétait. Il ne faisait pas de doute qu'il était trop tôt pour parler d'un tel changement. Autant que je sache, notre dernier plan était de lui rendre visite en février, quelques mois avant nos vacances. Il avait grillé les étapes, d'après moi, mais j'ai préféré ne rien dire.

Vicky s'est mise à sourire sans se rendre compte de ma réaction et de l'effet que cela pouvait avoir sur mes sentiments.

—J'imagine que tu es heureuse, dis-je gentiment.

—Oui, évidemment ! Je sais qu'il habite très loin, mais c'est mon père, non ? C'est ma famille.

—Oui. T'a-t-il dit autre chose ?

—Juste à propos de son handicap.

—Je ne savais pas qu'il avait un handicap.

—Moi non plus avant sa dernière lettre. Mais tu te rappelles que ma mère avait dit qu'il avait une maladie ?

—Oui, je me souviens que tu en as parlé.

—Eh bien, elle a menti, mais ça ne me surprend pas. Mon père n'a qu'une seule jambe, tu vois, mais c'est parce qu'il a été blessé sur la ligne de front, quand il servait en tant que soldat en Irlande du Nord. C'est un héros, pas un raté.

—Eh bien ! Il en faut pour mentir sur une chose pareille.

—Je sais. Je t'ai dit que ma mère était mauvaise. Regarde, papa m'a envoyé une photo de lui.

J'ai pris la photo que Vicky avait sortie de la poche de son blouson et l'ai regardée attentivement. Vincent avait un large et franc sourire et les cheveux blonds, et sur la photographie, assis dans un fauteuil roulant, il levait son pouce en l'air, et une jambe de son survêtement était repliée sur lui. C'était un bel homme. Il y avait une légère ressemblance avec Vicky, je reconnaissais ces yeux gris bleu et ce nez mince.

—Dis donc ! m'exclamai-je-je. Comment tu te sens en voyant cette photo ?

—Bien, je crois, dit-elle en haussant les épaules. C'est un peu bizarre aussi. Je veux dire, c'est mon père ! Je n'avais jamais pensé le rencontrer un jour. Et je croyais qu'il était horrible, mais il n'est pas comme ça. C'est un choc, mais un choc positif.

15

JE NE VEUX PAS EN PARLER NI Y PENSER NI RIEN D'AUTRE !

Noël a été calme, mais très agréable. Après les décès qui nous avaient touchés les mois précédents, les fêtes ont été plutôt tranquilles. Il n'y a eu ni grandes réjouissances ni grande célébration, les différentes familles de mon côté et du côté de Jonathan ayant choisi de passer cette journée en petite compagnie. Cela nous convenait. Nous étions toujours surchargés de travail jusqu'à la veille de Noël, et j'étais très heureuse de passer cette journée tranquillement à la maison avec Jonathan, Vicky et ma mère. Lorraine allait chez son père le soir de Noël et s'était organisée pour recevoir Vicky dans son appartement le lendemain, où les sœurs se donneraient leurs cadeaux.

Le matin de Noël, Vicky, Jonathan et moi nous sommes tous mis à éplucher les légumes et les pommes de terre. Vicky a insisté pour faire du Yorkshire pudding pour accompagner la dinde, ce qui a un peu déconcerté ma mère quand elle est arrivée dans la matinée.

—Tu ne peux pas faire du Yorkshire pudding pour le dîner de Noël, protesta-t-elle très sérieusement. Le Yorkshire pudding accompagne le roast-beef, et c'est tout. Tu ne peux pas changer la tradition.

—Bien sûr que tu peux, Thelma, la taquina Vicky. J'en fais de toute façon, mais tu n'es pas obligée d'en manger.

—Angela, qu'as-tu à dire à cela ? Tu es d'accord avec moi, non ?

—Tu sais quoi, maman, j'ai vraiment envie de Yorkshire pudding pour tout dire !

—Ça alors !

Quand le moment est venu de servir, Vicky a fait toute une comédie en faisant mine de ne pas servir ma mère.

—Ne t'inquiète pas, Thelma ! se moqua-t-elle. Je vais en prendre deux. Ça ne va pas se perdre.

—Ils sont plutôt appétissants, Vicky. Peut-être que je vais en prendre un, après tout. Le petit qui est là serait parfait…

—Celui-ci ? dit Vicky en attrapant celui que ma mère avait indiqué. Mais non ! Tu n'as pas le droit ! Tu ne peux pas changer les traditions !

Après le déjeuner, nous avons joué à des jeux de plateau et regardé *Mary Poppins*, qui est un de mes films préférés. J'avais prévu divers cadeaux pour Vicky, il y avait quelques vêtements, des chaussures de sport qu'elle avait demandées, des articles de papeterie, un guide sur la Floride, deux livres de cuisine, deux cassettes et un pyjama bien chaud avec un toucan dessus. Elle a mis son pyjama en début de soirée et s'est blottie contre moi sur le canapé.

—Merci pour cette belle journée, Angela, me dit-elle, endormie. Je vous aime, toi et Jonathan, tu sais.

Mon cœur a fait un bond. Après tout ce qui s'était passé ces derniers mois, ces quelques mots ont fait que tout semblait parfait dans ce monde. Jonathan m'a jeté un coup d'œil, et je lui ai fait un grand sourire. Bien que nous ayons eu énormément de travail au magasin dernièrement, en plus de toutes les tâches domestiques supplémentaires pour préparer Noël, mon niveau de stress avait considérablement diminué ces dernières semaines, et, à un moment, j'ai réalisé que mes muscles et ma tête ne me faisaient plus mal comme avant. Je me sentais envahie par un sentiment de paix et de bienveillance, assise au chaud dans les coussins à côté de Vicky. Elle m'avait acheté une grosse boîte de chocolats, je l'ai ouverte, j'en ai pris un et j'ai fait passer la boîte.

—Je croyais que tu faisais attention à ton poids, Angela, me dit ma mère sur un ton qui m'agaça.

—Maman ! C'est Noël !

Elle a levé les yeux au ciel, puis Vicky a dit : « La vie est faite pour en profiter ! » en mordant aussi ostensiblement que possible dans un chocolat à la fraise.

Vicky avait raison. Si cette année nous avait appris une chose, c'était qu'on ne savait pas ce qui nous attendait le lendemain et qu'il fallait s'accrocher au bonheur et en profiter chaque fois qu'on en avait l'occasion.

Dès le 2 janvier, Jonathan et moi avions plusieurs rendez-vous à l'hôpital pour tenter de découvrir pourquoi je n'étais pas tombée enceinte durant toutes ces années où j'avais arrêté la contraception. Il avait très vite été établi que la fertilité de Jonathan n'était pas en cause, donc le problème venait de moi. J'étais prête à accepter n'importe quelle nouvelle et, une fois de plus, je me suis mise à penser aux personnes que nous avions perdues l'année précédente en me disant que je devrais de toute façon remercier notre bonne étoile : j'étais en vie et j'avais une existence agréable. Si je ne pouvais pas avoir d'enfant, je l'accepterais sans mauvaise grâce et je ne laisserais pas cette condition gâcher tout ce que j'avais dans ma vie.

—Tu es incroyable, m'assura Jonathan quand je lui ai dit ce que je ressentais. La plupart des femmes ne parleraient pas comme ça, surtout avec la fibre maternelle que tu as.

—Je sais, mais c'est peut-être une aubaine. Peut-être que c'est pour ça qu'on s'occupe d'enfants en placement. Peut-être que c'est le destin, peut-être que là-haut, quelqu'un savait déjà que je ne pourrais pas avoir d'enfants et qu'il m'a envoyée sur ce chemin.

Jonathan a haussé les épaules. Nous ne sommes ni l'un ni l'autre convaincus que Dieu existe. Mes divagations philosophiques n'étaient donc qu'une sorte de plaisanterie, mais avec un fond de sagesse.

—Qui sait, répondit-il en souriant. Les voies du Seigneur sont impénétrables !

J'ai passé une série de tests qui a finalement révélé que j'avais une maladie assez commune affectant mes ovaires, lesquels ne fonctionnaient pas aussi bien qu'ils auraient dû.

—Est-ce que ça veut dire que je n'aurai jamais d'enfant ? demandai-je au médecin qui m'avait appris la nouvelle, m'attendant à ce qu'il me dise oui.

—Non, pas du tout, répondit-il. Les tests montrent que votre système de reproduction n'est pas aussi efficace qu'il pourrait l'être, mais ça ne vous empêche pas de tomber enceinte. D'un point de vue technique, ça peut arriver comme ça peut ne pas arriver.

—Vraiment ? dis-je. C'est déjà ça. Merci, docteur. Et puis-je faire quoi que ce soit pour augmenter mes chances de tomber enceinte ?

—Non, madame Hart. Il faut juste que vous continuiez à essayer. Et que vous ayez de la chance !

Ça semble tellement dépassé aujourd'hui, mais à l'époque ce n'était pas dans les mœurs d'aller à l'encontre de ce que la nature avait établi, et on ne m'a proposé aucun type de traitement pour m'aider à augmenter ma fertilité.

—Sois sincère, Angela, dis-moi comment tu te sens ? m'a demandé ensuite Jonathan.

—Bien, dis-je. Sincèrement, j'ai le même sentiment qu'avant. Si ça doit arriver, ça arrivera, et je ne serai pas anéantie si ça ne doit pas se faire. Et toi ?

—Soulagé, dit-il. Je pensais que les nouvelles allaient être pires que ça, et je crois que ça aurait été difficile. J'aimerais qu'on ait des enfants ensemble et j'espère vraiment qu'on aura cette chance. C'est plutôt une bonne nouvelle, en fin de compte.

Quand nous sommes rentrés à la maison dans l'après-midi, nous étions tous les deux de très bonne humeur. Nous avions demandé à Vicky et à ma mère de s'occuper quelques heures du magasin pendant que nous étions à l'hôpital. À notre retour, le magasin était fermé et elles étaient en train de préparer le dîner ensemble en étudiant un des nouveaux livres de cuisine de Vicky.

—Bienvenue dans notre restaurant ! annonça Vicky avec un accent italien très prononcé. Au menu ce soir, spaghettis bolognaise pour votre plus grand plaisir ! Avec du pain à l'ail !

Ça sentait rudement bon et ça l'était. En dessert, nous avons eu droit à un tiramisu.

—Et voilà ! lança fièrement Vicky en plaçant le beau dessert au centre de la table.

Jonathan et moi avons applaudi. Ma mère aussi semblait très fière.

—Je pense que Vicky sera une excellente petite cuisinière, dit ma mère.

—Sera ? répondit Vicky en faisant mine d'être offusquée. Je suis déjà la plus grande cuisinière que cette maison ait jamais vue !

Nous avons ri de bon cœur. L'atmosphère était merveilleuse et chaleureuse pendant ce repas.

—Quel est le meilleur plat que tu aies jamais préparé, Jonathan ? demanda Vicky, ce qui nous a fait rire de manière peu charitable, ma mère et moi, car il n'était pas connu pour ses dons de cuisinier.

—Oh ! voyons voir. Je peux faire un excellent petit-déjeuner bien anglais, déclara Jonathan.

—Des œufs et du bacon ! N'importe quel idiot en est capable !

—Attention à ce que tu dis, Vicky ! répliqua-t-il. Je peux préparer de très bonnes pommes de terre en chemise avec des haricots et du fromage si je m'y mets vraiment. Mais seulement si le micro-ondes n'a pas été ruiné par une apprentie cuisinière, évidemment…

—Je n'arrive pas à croire que tu parles encore de ça ! dit Vicky en levant les yeux au ciel de façon théâtrale. C'est vraiment nul !

—Nul ! dit Jonathan. Est-ce que quelqu'un a dit que j'étais nul ? Une seconde, mesdames, je sors jeter cette insolente à la poubelle.

Là-dessus, il a attrapé Vicky, qui s'est mise à crier, l'a emmenée dehors pour rigoler et l'a déposée sur la poubelle dans le passage qui longe notre maison.

—Non, ne me jette pas à la poubelle ! implorait-elle en riant. Je promets que je vais arrêter d'être insolente !

—C'est trop tard ! répliqua Jonathan. Maintenant, c'est fait ! Tu restes là et que je ne te revoie plus, tu m'entends ?

La même semaine, nous avions reçu de bonnes nouvelles de la part de Hayley, ce qui a sans aucun doute participé à la bonne ambiance de la maison. Un travailleur social avait effectué la visite initiale auprès du père de Vicky pour préparer le terrain, et nous avions maintenant une date définitive pour février, où nous étions tous invités pour le déjeuner chez Vincent, Carol et Matty. Vincent a dit que Lorraine était également la bienvenue, et elle a sauté sur l'occasion pour se joindre à nous.

La relation entre Vicky et sa sœur s'était renforcée depuis la mort de leur mère. Lorraine semblait contente de voir Vicky se présenter chez elle à l'improviste quand elle rentrait à la maison après l'école, et généralement Lorraine m'appelait pour m'avertir que Vicky était chez elle, ravie et heureuse, semblait-il, de voir sa sœur. Avec du recul, je me demande si Lorraine n'avait pas souffert d'une petite dépression post-partum après la naissance de James. Personne n'a jamais vraiment abordé le sujet, d'autant qu'à cette époque ce trouble était loin d'être reconnu comme il l'est aujourd'hui. Quoi qu'il en soit, Lorraine semblait en bien meilleure forme qu'avant, et c'était agréable de la voir aussi bien.

—Comment tu te sens à l'idée de rencontrer ton père, maintenant que nous avons une date ? demandai-je à Vicky, un soir.

—Je ne sais pas vraiment. Quand je l'ai su, j'étais tout excitée, mais maintenant je me sens un peu nerveuse. Et si ça ne marche pas ? Et si je ne l'aime pas ou qu'il ne m'aime pas ? J'arrête pas de penser à ce genre de choses, et il n'y a rien à faire.

—C'est parfaitement normal. C'est un jour très important dans ta vie.

—Je sais. Je suis contente que tu sois là, et Lorraine aussi. Je ne pourrais pas faire ça toute seule, j'aurais trop peur ! Enfin, pas peur, mais je serais trop nerveuse.

Vincent avait suggéré que si elle se sentait suffisamment en confiance après l'après-midi que nous aurions passée tous ensemble, Vicky pourrait rester une semaine de plus comme nous y allions au début des vacances. Cette idée avait enthousiasmé Vicky au départ, mais à mesure que l'échéance s'approchait, elle a commencé à s'inquiéter de se retrouver toute seule aussi loin de la maison.

—Écoute, Vicky, lui dis-je. Tu n'es obligée à rien. C'est à toi de voir. Tu dois suivre ton cœur et tu n'as pas à prendre de décision avant d'être sur place.

Pour être honnête, plus février approchait, plus je me sentais moi aussi incroyablement nerveuse. J'avais passé tellement de temps à soutenir Vicky que je n'avais pas pris en compte mes propres sentiments. Mais un après-midi au magasin, durant un moment d'accalmie, j'ai pris le temps de réfléchir à tout ça. Le bien-être émotionnel de Vicky était ma première préoccupation, évidemment. Je ne pouvais pas imaginer ce que ça pouvait représenter de rencontrer son père pour la première fois à 14 ans et, honnêtement, j'espérais que ça serait une expérience positive pour elle, aussi bien le jour de la rencontre que ce qui allait suivre. Si les choses se passaient bien et que Vicky partait ensuite vivre avec Vincent, est-ce que ce serait la meilleure solution pour elle ?

Je pensais aussi aux effets que cela aurait sur Lorraine. Il avait été décidé qu'elle n'était pas en condition de reprendre sa sœur chez elle. Son appartement était trop petit, et elle prenait encore des médicaments pour ne pas retomber en dépression. Vicky avait accepté la décision lors de la dernière réunion, à laquelle Lorraine avait assisté, et personne n'avait semblé en souffrir. En fait, Vicky avait dit durant la réunion qu'elle voulait rester chez nous ; elle pensait que c'était le mieux pour tout le monde. Lorraine, elle, ne voulait pas que sa sœur parte de l'autre côté du pays, et je ne voulais pas qu'elle fasse une rechute, son état demeurant fragile. Elles avaient besoin l'une de l'autre, et même si Lorraine semblait avoir pleinement récupéré au cours des derniers mois et être en meilleure santé, ayant même repris du poids, elle restait vulnérable.

Quant à moi, je ne pouvais pas imaginer vivre sans Vicky. Même une semaine, elle m'aurait terriblement manqué. Elle vivait avec nous depuis plus de six mois maintenant et faisait partie de la famille. La perdre pour toujours était impensable, en particulier après le départ de Michelle.

Même si nous n'avions connu que deux placements, Hayley nous avait demandé, à Jonathan et à moi, de nous occuper de deux jeunes enfants pour un court séjour après le départ de Michelle. Ça n'avait rien d'inhabituel que les règles soient contournées comme ça quand les services sociaux n'avaient pas d'autre endroit où placer les enfants. Si nous avions accepté de prendre ces deux jeunes enfants en même temps, Hayley aurait dû retourner voir le comité qui évaluait les candidatures des familles d'accueil pour demander une extension de notre limite de placement, mais ça n'a pas été nécessaire. Nous étions très contents de voir que la rupture du placement de Michelle n'avait pas conduit les services sociaux à remettre en cause nos compétences, mais nous avions décidé, Jonathan et moi, qu'après tout ce qui s'était passé dans nos vies, il n'aurait pas été judicieux de notre part de nous engager davantage.

Je savais cependant au plus profond de moi que la première chose que je ferais si Vicky partait s'installer chez son père de façon permanente serait d'appeler Hayley pour lui dire que j'étais prête à prendre un ou deux autres enfants. Je ne savais pas si Jonathan aurait été d'accord, mais c'était sincèrement ce que j'aurais voulu faire si la situation s'était présentée.

—J'aimerais bien savoir à quoi tu penses ! dit soudain Jonathan en posant une tasse de thé bien chaude devant moi.

—Oh ! Les joies d'être auxiliaire familiale ! répondis-je, prise de court.

—Et qui sont ? me demanda-t-il avec un sourire sarcastique.

—Très drôle, dis-je en souriant. Blague à part, le fait de ne pas savoir combien de temps les enfants vont rester est la pire des choses au monde, tu ne trouves pas ? Je sais qu'on en a déjà parlé, mais ça ne rend pas les choses plus faciles. C'est à ça que j'étais en train de penser. C'est si difficile !

—C'est à moi que tu dis ça ? répliqua Jonathan. Ce qui doit arriver arrivera, Angela. On ne peut pas tout contrôler, mais on s'en sortira. On s'en sort toujours.

—Je sais que tu as raison. Et je sais que je l'ai déjà dit, mais c'est plus difficile pour Vicky que pour nous. C'est ça qu'on ne doit jamais oublier.

Juste avant l'heure de fermeture, les choses se sont compliquées de manière inattendue quand une de mes amies est entrée dans le magasin, un peu à contrecœur, semblait-il.

—Je sais que tu es débordée, Angela, commença-t-elle. Mais je me dois de te prévenir. J'espère que tu ne m'en voudras pas.

—Quoi ? demandai-je avec une impression de déjà-vu.

Vicky avait dû reprendre ses mauvaises habitudes et faire l'imbécile en ville.

—J'ai bien peur qu'il y ait une rumeur qui court laissant entendre que Vicky s'est acoquinée avec toute une bande de garçons, que Jonathan est devenu fou, qu'il l'a frappée et qu'il l'a mise à la porte de chez vous.

—Pardon ? dis-je, abasourdie. D'où sortent de telles inepties ?

—C'est comme ça. Tu sais que mon voisin est un bon ami du couple qui vit à côté de chez toi ?

—Non, quel couple ? Ma voisine est une vieille femme qui vit seule.

—Non, pas madame Doods ! Tes voisins de l'autre côté, du côté du passage.

—Je ne les connais même pas !

—Eh bien, ils disent avoir vu Jonathan menacer Vicky et la jeter dehors en lui disant de ne pas revenir.

—Tu plaisantes ? dis-je en réalisant brusquement ce dont ils avaient été témoins.

—Non.

—Mais Jonathan… commençai-je à répondre en perdant mes moyens. C'était une plaisanterie. Sérieusement, cette histoire est ridicule !

J'ai expliqué toute l'affaire et pourquoi Vicky avait fini sur les poubelles, ce qui, je devais l'admettre, ne semblait pas aussi drôle que sur le moment.

Mon amie a compris et s'est excusée d'avoir été porteuse de mauvaises nouvelles.

—Ne t'en fais pas. J'apprécie ta démarche. Je vais devoir appeler les services sociaux. Merci de m'avoir prévenue.

J'ai raconté toute l'histoire à Hayley dès que j'en ai eu la possibilité. Elle a enregistré l'incident après mon appel et en a parlé également avec Vicky. En ce qui me concernait, l'affaire était close. Après coup, j'en ai discuté avec Vicky.

—Je ne peux pas y croire ! dit Vicky. Combien de fois je me suis retrouvée dehors dans le froid presque sans vêtements, battue, pendant des années et des années, et personne n'a rien fait ? Et quand Jonathan est juste en train de rire avec moi, toute cette machine se met en branle. C'est stupide !

—Battue ?

—Oh ! Oublie ça !

—Non, je n'oublie pas ! Vicky, s'il te plaît, dis-moi ce qui t'est arrivé. Ça peut nous aider.

—Non ! Je ne veux pas en parler ni y penser ni rien du tout !

Bien évidemment, maintenant, je devais rappeler Hayley et lui transmettre la remarque de Vicky selon laquelle elle avait été « battue pendant des années et des années ».

—Je vois, dit doucement Hayley. Elle était vraiment en danger. Ça semble incroyable que nous n'ayons eu aucun dossier, aucune note.

—Je suis d'accord avec vous, dis-je. Tricia pensait que c'était juste une erreur humaine, que le dossier de Vicky s'était égaré. C'est vraiment triste, car on dirait qu'il manque de nombreuses pièces à ce puzzle. Je ne doute pas une seconde de ce que Vicky a dit, entre nous soit dit.

—Moi non plus. Vous avez fait ce qu'il fallait en ne l'obligeant pas à parler, Angela. Il faut juste qu'on espère qu'elle acceptera de vous en reparler quand elle se sentira prête. Est-ce que vous diriez qu'elle est plus ouverte depuis la mort de sa mère ?

C'était une bonne question, mais je n'étais pas totalement sûre de la réponse à donner. J'ai réfléchi. J'étais contente que Hayley prenne le temps de s'intéresser à l'état émotionnel de Vicky et je ne voulais pas laisser passer l'occasion de discuter plus longuement.

—Je crois que la façon dont elle en parle a changé, même si tout n'est pas encore derrière elle, répondis-je.

—Qu'est-ce que vous voulez dire ?

—Il y a moins de peur, je crois. Je vois par contre que le passé continue à l'effrayer, mais elle sait qu'elle ne retournera pas là-bas, auprès de sa mère ; donc, je crois que la terreur qui l'habitait s'est un peu atténuée.

—Ça paraît logique, dit Hayley. Pauvre Vicky. C'est affreux de penser qu'elle vivait dans la terreur. Enfin, nous avons tout de même fait de bons progrès avec son père.

—Absolument. À ce propos, a-t-il donné des informations sur leur passé ?

—Les notes que j'ai reçues du travailleur social qui est allé le rencontrer ne disent rien que nous ne sachions déjà sur l'histoire de Vicky, mais je suis sûre que vous en saurez plus grâce à votre visite. Je l'espère.

—Moi aussi, même si nous sommes peut-être optimistes. Vicky était très jeune la dernière fois que Vincent l'a vue. Mais bon, au moins on l'a retrouvé et la rencontre est imminente. Espérons que tout se passera bien.

La semaine précédant la visite que nous devions faire au père de Vicky, on nous a demandé, à Jonathan et à moi, de prendre un petit garçon de cinq ans pour un placement ponctuel, quelques jours seulement, pendant que sa mère subissait une intervention mineure. Cela faisait presque un an que nous n'avions pas eu d'enfant en placement de courte durée comme ça – c'est d'ailleurs ce que nous pensions aussi faire avec Vicky, initialement –, mais Jonathan et moi avons convenu que nous pouvions désormais le gérer. Nous espérions aussi que cela contribuerait à distraire Vicky avant la rencontre avec son père.

—Devine un peu ? On a un petit gars qui s'appelle Steven qui vient vivre avec nous pour quelques jours ! annonçai-je à Vicky. Il n'a que cinq ans.

—Vraiment ? dit-elle en souriant, puis son visage s'est soudain décomposé. Qu'est-ce qui est arrivé à sa maman ? Elle est morte ?

—Non, ma chérie. Elle doit se faire opérer et personne ne peut s'occuper de lui.

—Ah ! Bonne nouvelle. Je vais vous aider.

Le petit garçon aux cheveux bouclés est arrivé tôt dans la matinée, sa maman devant entrer à l'hôpital aux aurores. Hayley a amené Steven dans la maison. Le petit était encore vêtu de son pyjama de Batman. Je l'ai salué, mais il semblait encore à moitié endormi, puis j'ai invité Hayley à le conduire dans la cuisine.

—Est-ce que tu as pris ton petit-déjeuner, Steven ? demandai-je.

Il m'a lancé un regard noir sous sa frange aux bouclettes rouquines, sans répondre.

—Je me prépare un bol de céréales. Tu en veux ?

—Je veux maman ! grommela-t-il. Maman !

—Ta maman doit s'absenter quelques jours, dis-je. N'est-ce pas, Hayley ?

Le placement avait été organisé plutôt rapidement par téléphone et je n'avais eu que peu d'informations. Je ne savais pas si Steven avait été informé que sa mère était à l'hôpital et je ne voulais pas lui donner de mauvaises informations.

—Oui, c'est vrai, confirma Hayley. La maman de Steven ne s'est pas sentie très bien ; donc, les gentils docteurs et infirmières de l'hôpital vont prendre soin d'elle. Comme ça, elle ira mieux après. Voici les documents et les détails sur l'école et les personnes à contacter en cas de problème, Angela. Je vous laisse !

J'ai raccompagné Hayley à la porte en laissant Steven seul. Assis à la table de la cuisine, il balançait ses pieds avec un air misérable.

—C'est une opération de routine, me dit tranquillement l'assistante sociale avant de partir. Si tout va bien, la maman ne passera qu'une nuit là-bas, mais elle aura besoin d'un ou deux jours de repos de plus chez elle. S'il n'y a pas de complications, Steven rentrera chez lui vendredi après l'école.

—D'accord, ça va. Y a-t-il quelque chose que je devrais savoir ?

—Non, pas que je sache. Vous avez l'adresse de l'école, et son uniforme au complet est dans son sac. Bonne chance.

Quand je suis retournée dans la cuisine, Vicky, dans son pyjama toucan, était accroupie en face de Steven.

—Est-ce que tu sais comment s'appelle cet oiseau ? lui demandait-elle.

Steven a arrêté de faire la tête et a observé attentivement le toucan coloré sur le haut de pyjama de Vicky.

—Perroquet ! dit-il, l'air satisfait de sa réponse.

—Non, presque ! Essaie encore.

—Oiseau ! dit-il ensuite en jubilant.

—Bien essayé, mais ce n'est pas une espèce d'oiseau, gros bêta ! Est-ce que je dois te le dire ?

Steven a hoché la tête et a fait un beau et large sourire à Vicky.

—C'est un toucan ! Est-ce que tu peux répéter ?

—Tou-can, tou-can, tou-can, répéta Steven.

—Très bien, Steven. Tu es un petit malin, toi !

Il a souri fièrement.

—On dirait que vous vous connaissez déjà, tous les deux ! dis-je. Très bien. Bon, Steven. Je mange mes céréales maintenant. Qu'est-ce que tu as décidé, tu en veux ?

Il m'a regardée d'un air défiant, puis a regardé Vicky.

—J'en veux ! s'exclama Vicky.

—Moi aussi ! dit-il, tout excité.

J'ai demandé à Vicky si elle voulait que je la dépose à l'école, car je pensais que ça aiderait Steven si elle nous accompagnait dans la voiture.

—D'accord, répondit-elle. Est-ce que tu viendras nous chercher aussi ?

—Si tu veux, pas de problème. Steven finit vingt minutes avant toi, donc, c'est faisable.

—D'accord, dit-elle en se frottant les mains joyeusement.

J'ai éprouvé quelques difficultés à faire endosser à Steven son uniforme d'école et à lui faire mettre ses chaussures. Comme Vicky avait filé sous la douche, il recommençait à bougonner.

—Je veux maman ! répétait-il.

—Je sais, mon chéri. Ça ne sera pas long avant que tu puisses revoir maman !

—Je veux maman !

—Oh ! qu'est-ce qu'il est joli ce pull rouge ! Comment elle s'appelle, ta classe ? J'ai entendu dire que toutes les classes de ton école ont un nom d'animal différent.

—Je veux maman !

Quand Vicky est réapparue sur le palier, il a aussitôt retrouvé le sourire et elle l'a distrait et occupé avec brio.

—J'espère que tu n'es pas de ceux qui ronflent, Steven ! dit-elle. Parce que ma chambre est juste là et je pourrais t'entendre et je n'aime pas les ronflements !

Elle a commencé à imiter le grognement du cochon, et Steven lui a emboîté le pas en riant bêtement. Leurs grognements sont devenus de plus en plus forts et ils ont éclaté de rire. C'était touchant à voir.

L'élimination des traces du passage de Michelle dans sa vieille chambre avait été un travail horrible. J'avais rangé les photographies et autres objets qu'elle avait laissés dans des cartons, puis je les avais laissés dans la chambre pendant un bon moment, sans trop savoir quoi en faire, mais le placement de Steven m'avait contrainte à les ranger dans le grenier et à dépoussiérer et aérer la chambre. Je ne savais pas si j'aurais ou non la chance de la revoir ou d'avoir de ses nouvelles un jour, mais je n'avais pas pu me résoudre à jeter ses affaires comme ça.

Ç'aurait été trop radical. Maintenant que son ancienne chambre allait de nouveau servir à une bonne cause, je sentais que nous allions surmonter ce mauvais moment d'une manière positive.

Le placement de Steven est passé très rapidement et sans aucun incident. C'était un petit garçon bien élevé et très calme quand il était avec moi, même s'il réclamait sa maman en permanence. En revanche, la routine établie le premier matin suivait son cours : Vicky l'amusait magistralement chaque fois qu'elle était avec lui. J'étais très contente du résultat, car non seulement Steven arrêtait de réclamer sa mère quand Vicky était là, mais il était évident qu'elle appréciait d'arriver à ses fins avec lui.

—Ne t'inquiète pas, Steven, Vicky le clown est là ! lui disait-elle en me jetant un regard filou quand elle me voyait en peine avec lui.

—Est-ce qu'Angela est rabat-joie ? Bouuuh pour Angela !

—Bouuuh, faisait Steven en riant.

—Ça suffit, vous deux, prévenais-je en faisant mine d'être en colère.

Le dernier matin où Steven avait école, il avait éducation physique, et j'avais reçu comme instruction de l'envoyer avec ses affaires. Le short, le tee-shirt et ses tennis de toile étaient dans le sac avec lequel il était arrivé, mais comme il n'avait pas d'autre sac, je suis allée en prendre un en plastique pour tout mettre dedans.

—Qu'est-ce qu'il fait avec ça ? s'exclama Vicky quand elle est descendue et qu'elle a vu Steven dans le hall avec son sac en plastique dans la main, exactement comme on m'avait demandé de faire.

—Ce sont ses affaires de sport, pourquoi ?

—Il ne peut pas partir avec un sac comme ça !

—Quel est le problème ? Il n'a pas d'autre sac…

—Non, Angela ! Tu ne peux pas le laisser sortir comme ça ! Il ne peut pas aller à l'école comme ça !

—OK, dis-je en réalisant que ça ne servait à rien de discuter devant la réaction extrême de Vicky.

Steven semblait un peu perplexe et je ne voulais pas qu'il se fâche, mais c'était Vicky qui me préoccupait le plus. Elle était devenue rose et très agitée.

—OK, Vicky, est-ce que tu as un sac en plus qu'il pourrait utiliser ? Je ne pense pas avoir quoi que ce soit de convenable.

—Oui, je vais chercher mon vieux sac de piscine, attends.

Vicky a monté l'escalier en un temps record et est redescendue précipitamment avec un sac en nylon rouge et bleu avec des cordons.

—Regarde, Steven, est-ce que tu veux utiliser mon sac ?

Il a acquiescé timidement.

—Bien, donne-moi ce sac, allez, c'est ça, mets tout dans celui-là. Voilà !

Vicky a eu un souffle de soulagement une fois que les affaires de sport furent transférées dans son sac de piscine, puis elle est allée dans la cuisine et a jeté le sac en plastique dans la poubelle.

—Voilà, dit-elle, comme si elle venait d'éviter une catastrophe.

Si une chose pareille s'était passée au début de mon activité d'assistante familiale, j'aurais certainement pu m'agacer ou tenter de m'imposer en pensant que c'était faire du tapage pour pas grand-chose. Mais j'avais beaucoup appris, et cette histoire avait visiblement touché une corde sensible.

—Donc, euh, tu peux m'expliquer pour ce matin ? demandai-je à Vicky quand on s'est retrouvées toutes les deux à débarrasser la table après le dîner, Jonathan jouant aux cartes avec Steven dans le salon.

Je m'attendais à ce que Vicky me dise quelque chose en rapport avec le cabas qu'elle avait en arrivant chez nous, ou qu'elle ne voulait pas qu'on rappelle à Steven qu'il était en famille d'accueil, même de manière temporaire.

—Ma mère m'envoyait toujours dehors avec des sacs comme ça, dit-elle. Et pas seulement pour l'éducation physique.

—Tu n'avais pas de cartable ?

—Non, jamais. Mais elle m'envoyait aussi avec un sac le soir, avec ses lettres et des trucs dedans.

—Oh ! tu veux dire les lettres que tu donnais aux gens en échange des pilules et des médicaments ?

—Oui. Ça paraît bizarre, non ? Comme je te le disais, je devais aller frapper aux portes et remettre des lettres, et je récupérais des sacs de pilules pour elle. J'ai toujours eu peur que les gens puissent voir ce que je transportais parce que les sacs étaient toujours blancs et fins, comme ceux des épiceries. On pouvait pratiquement voir à travers et j'avais peur que mes amis m'aperçoivent et me demandent ce que je faisais, parce que personne à part Izzy ne savait ce que ma mère me demandait de faire.

—Je vois. Et tout était pour ta mère ? On dirait qu'il y avait beaucoup de pilules.

—En y repensant, c'est évident que toutes les pilules n'étaient pas pour elle, mais à ce moment-là je pensais que oui, parce que sinon, pourquoi se donner tant de mal pour les obtenir ? Des fois, j'étais dehors tous les soirs de la semaine, dans tout le lotissement, ou dans celui d'Izzy. J'en avais un gros sac plein, des fois deux. Ça ressemblait aux pilules que tu vas chercher chez le pharmacien, dans des bocaux et en paquets. Quand j'y repense, je n'ai jamais vu ma mère prendre autant de pilules. Elle ne pouvait pas toutes les prendre. Elle serait morte bien plus tôt sinon.

—C'est un vrai mystère, n'est-ce pas ?

—Hum. Des fois, il y avait des hommes qui venaient la voir, et ils apportaient des trucs dans des sacs aussi.

—Des pilules, tu veux dire ?

—Je crois que c'était surtout de l'alcool. Elle appelait toujours ces hommes ses « courtisans ». Je détestais ça quand ils étaient là : elle était toujours plus saoule que la normale. J'allais à la bibliothèque pour ne pas déranger et je lisais aussi longtemps que je pouvais, jusqu'à ce que la bibliothèque ferme. Je ne suis pas surprise que mon père ne soit pas resté très longtemps, vu l'état dans lequel elle était.

—Fais attention quand même. On ne sait pas comment était ta mère quand elle était avec ton père. Mieux vaut ne pas tirer de conclusions hâtives.

—Je pense que tu es trop gentille, Angela ! Elle était toujours saoule et affreuse pour autant que je m'en souvienne. J'ai des tas de questions à poser à mon père, des tas. Qu'est-ce qui est arrivé au père de Steven, au fait ?

—Je n'en sais strictement rien, répondis-je, et de toute façon je n'aurais pas partagé cette information avec Vicky si je l'avais su.

—Vicky ! appela soudainement Jonathan du haut de l'escalier. Tu as fini ?

—Presque ! Les derniers verres !

—Bien !

—Pourquoi ?

—Il y a un jeune homme qui ne veut plus jouer aux cartes avec moi. Il veut jouer avec toi.

Vicky leva théâtralement les yeux au ciel.

—D'accord, j'arrive dans une minute ! dit-elle en prenant l'expression d'une femme au foyer épuisée à force de jongler entre tâches domestiques et enfants. Et j'imagine que je vais devoir prétendre qu'il m'a battue ! me dit-elle en plaisantant.

—Tu as tout compris ! lui dis-je en souriant.

—Merci de m'écouter, Angela, finit par dire Vicky. C'est important pour moi. Je n'ai jamais parlé comme ça de ma mère à qui que ce soit.

—C'est normal, ma chérie. Ça peut prendre des années et des années pour parler de son passé quand ça a été difficile, et certaines personnes gardent tout pour elles. Je suis heureuse que tu réussisses à m'en parler.

—Comme ça, il y a au moins quelqu'un qui est d'accord pour te parler, Angela ! dit-elle en me jetant un regard complice.

Il m'a fallu un moment pour réaliser que c'était une petite pique qui se référait au fait que je luttais légèrement pour établir un rapport avec Steven.

—Ce n'était pas vraiment utile, petite effrontée ! lançai-je dans son dos alors qu'elle montait l'escalier.

C'était du Vicky tout craché, pensai-je, restée seule dans la cuisine. À un moment donné, elle revivait les périodes troubles de son passé, et l'instant d'après, elle revenait dans le présent avec une plaisanterie pleine d'espièglerie.

J'ai entendu Steven pousser un cri de joie en voyant entrer Vicky dans le salon à l'étage, et une bouffée d'optimisme s'est emparée de moi. C'était une fille magnifique et spirituelle, elle méritait sans aucun doute un peu de bonheur.

—S'il te plaît, Vincent, dis-je à voix haute. S'il te plaît, ne la déçois pas.

16

C'EST NOTRE MÈRE QUI A FAIT ÇA

Le jour était enfin venu pour Vicky de rencontrer son père.

—Je ne veux pas y aller, déclara-t-elle en mangeant son petit-déjeuner composé d'œufs brouillés, de bacon et de haricots.

Sa valise était prête dans le hall. Elle était remplie de vêtements pour une semaine au cas où elle voudrait rester le temps des vacances. Nous devions passer prendre Lorraine une demi-heure plus tard.

—Tu es juste un peu nerveuse, ma chérie, dis-je en fermant la fenêtre de la cuisine et en finissant de nettoyer la vaisselle dans l'évier.

—Ce n'est pas ça, soutint Vicky. Je veux dire, ce n'est pas à cause d'aujourd'hui, de ma rencontre avec lui. C'est à cause de tout le reste.

—Qu'est-ce que tu veux dire ?

—Je suis heureuse ici avec Jonathan et toi. J'ai peur de tout gâcher.

—Vicky, ma chérie, c'est compréhensible que tu te poses toutes ces questions. Ce que tu dois garder en tête, par contre, c'est ce que je t'ai déjà dit : personne ne t'oblige à rien. Si on déjeune simplement et que tu t'en vas, et que tu ne revois pas ton père pendant quelque temps, ce n'est pas un problème. Si tu décides de rester pour une semaine, ça va aussi. Il faut juste avancer étape par étape.

Elle a repoussé son petit-déjeuner qu'elle avait à peine touché.

—C'est ça le problème ! Je ne sais pas ce qui va se passer et je veux juste savoir, MAINTENANT !

—Eh bien, il n'y a qu'une façon de le savoir, dis-je en essayant de rester aussi calme que possible. Allez, monte, tu te brosses les dents et on y va.

—Aaaaarrh ! C'est tellement énervant ! Je parie que tu espères juste que je m'entende avec lui et que j'aille vivre là-bas. Comme ça tu pourras te débarrasser de moi !

Elle est sortie de la cuisine en traînant les pieds. Je connaissais suffisamment bien Vicky pour ne pas relever cette accusation infondée. Elle évacuait juste la pression, et je savais qu'elle ne pensait pas une seconde ce qu'elle avait dit.

Lorraine aussi était agitée quand nous sommes arrivés chez elle. Les deux sœurs se sont assises à l'arrière de la voiture, contrariées et embarrassées par la présence de l'autre.

—Comment va James ? demanda Vicky.

—Bien. Carl s'occupe très bien de lui. Ils vont au parc.

—C'est bien.

—Oui. Il va me manquer aujourd'hui ! Je ne l'ai jamais laissé aussi longtemps. Combien de temps as-tu dit que durait le voyage, Jonathan ?

—J'ai compté cinq heures, Lorraine, s'il n'y a pas de bouchons.

—C'est ce que je pensais.

Vicky a soupiré ostensiblement.

—Qu'est-ce qu'il y a ? dit Lorraine. Tu devrais être reconnaissante envers Angela et Jonathan de se donner autant de mal. C'est très gentil de leur part de nous conduire jusque là-bas.

—Ce n'est pas du voyage que je me plains. Plus longtemps il durera, mieux ce sera en ce qui me concerne ! C'est juste que tu te lamentes de laisser James une journée. Vincent m'a laissée 14 ans. Pourquoi est-ce que je me casse la tête avec ça ? Maman avait raison : c'est un raté.

Nous nous sommes regardés, Jonathan et moi, et nous avons attendu de voir ce que Lorraine allait répondre.

—Peut-être, dit-elle. Mais peut-être pas. Au moins, tu vas pouvoir le découvrir par toi-même, une bonne fois pour toutes.

—Oui, c'est l'occasion, dit Vicky en soufflant. Tu n'as pas tort là-dessus.

Les deux sœurs sont ensuite restées silencieuses un bon moment, et Jonathan a allumé la radio pour détendre un peu l'atmosphère, ce qui a fonctionné, très légèrement. Vicky avait emporté un livre, et elle s'est mise à lire quelques chapitres pendant que Lorraine feuilletait des magazines féminins qu'elle avait dans son sac.

Nous nous sommes arrêtés pour nous dégourdir les jambes et aller aux toilettes dans une station-service sur l'autoroute alors que nous nous trouvions à une heure et demie de la maison de Vincent. La pause a semblé faire du bien à tout le monde.

—Tu sais à quoi ça ressemble, où il habite ? demanda Lorraine.

—Aucune idée, répondit Vicky.

—Et s'il vit dans une immense maison ?

—Ah, ah ! C'est quoi les probabilités, Loz ? Par contre, ça serait drôle, non ? Et s'il est riche ? Et si c'est un millionnaire ?

L'atmosphère est devenue plus légère une fois sur la dernière ligne droite. Un sentiment d'excitation et d'impatience a commencé à envahir la voiture. Je me sentais submergée par un mélange d'émotions. J'avais les nerfs à cran, j'étais pleine de doutes et d'appréhensions, mais j'avais hâte aussi de découvrir ce que le reste de la journée allait nous réserver. On dit que les liens du sang sont les plus forts, mais est-ce que ce vieil adage allait être vrai dans le cas de Vincent et Vicky, ou est-ce que trop d'eau était passée sous les ponts pour que le père et la fille réussissent à recréer un lien ?

—On est presque arrivés ! déclara Jonathan en contournant un grand lotissement à côté d'une rocade très fréquentée.

Le lotissement dans lequel nous sommes entrés était terriblement délabré. Les maisons étaient toutes très petites et nombre d'entre elles semblaient abandonnées. Malheureusement, le temps paraissait accompagner le décor. Il faisait gris et froid, et le ciel était couvert.

—La prochaine à droite, dis-je à Jonathan.

—Droite ! répéta-t-il avec entrain.

Son attitude me rappelait le jour où nous nous étions garés sur le parking lugubre des services sociaux pour la première réunion de suivi de Vicky, quand elle était terrifiée à l'idée de voir sa mère et que Jonathan faisait de son mieux pour la ragaillardir. Plus nous nous enfoncions dans le lotissement, plus l'état des maisons et des jardins semblait se dégrader. C'était un environnement déprimant. Une maison avait un frigo couvert de rouille posté devant la porte d'entrée, à côté des sacs plastique remplis qui jonchaient le jardin. Un enfant avec un pull et une couche jouait avec un caddie renversé à côté du porche en béton d'une autre maison, et il y avait un groupe de jeunes à l'air patibulaire qui zonait sous un lampadaire vandalisé. Ils fumaient tous et portaient tous des vestes et des pantalons de survêtement dépareillés.

—La prochaine à gauche, indiquai-je. Ensuite, ça devrait être au fond de l'impasse.

Je scrutais devant moi quand nous sommes entrés dans la rue, priant pour que sa maison ait l'air plus accueillante que celles que nous avions vues jusque-là. Heureusement, c'était le cas.

—Voilà ! dis-je en désignant un des deux pavillons mitoyens situés au bout de l'impasse.

Jonathan s'est garé et on a tous profité d'un moment pour reprendre nos esprits.

—C'est toujours plus grand que chez moi ! fit remarquer Lorraine.

—J'aurais dû me douter qu'il aurait une maison de plain-pied, commenta Vicky.

—Ah oui, à cause du fauteuil roulant, répondis-je. Bien sûr. Allez. On y va ! On est à l'heure. Merci de nous avoir conduits, Jonathan.

Vicky est sortie de la voiture avec méfiance. Je mourais d'envie de la prendre dans mes bras. L'état général du lotissement semblait avoir mis à mal certaines des espérances et des attentes enfiévrées qu'elle avait nourries auparavant : elle marchait les épaules voûtées, sans grand entrain.

—Allez, dit jovialement Jonathan. On y va !

On a tous emprunté la rampe qui menait à la porte d'entrée, qui s'est ouverte avant qu'on ait eu le temps de frapper.

—Bonjour ! Je suis Carol ! s'exclama la femme qui se trouvait devant nous. Entrez ! Ça gèle dehors !

—Merci, dis-je comme elle reculait dans le couloir en répétant son invitation. Je suis Angela. Et voici Vicky, Lorraine et mon mari, Jonathan.

—Bonjour ! répondirent-ils tous.

Carol était une femme menue, aux cheveux fins et blonds coupés en un carré court. Elle portait un chemisier crème, un cardigan rose, un pantalon bleu marine et des chaussons.

Nous sommes entrés en essuyant nos pieds.

—Vous voulez qu'on enlève nos chaussures ? proposai-je.

—Non, ce n'est pas la peine ! répondit-elle. Venez, entrez.

Nous l'avons suivie et nous avons passé une porte sur la gauche du couloir qui menait au salon, où Vincent était assis sur notre droite dans son fauteuil roulant, un grand sourire aux lèvres.

—Bonjour ! dit-il avec un fort accent écossais en scrutant nos visages avant d'identifier celui de Vicky. Tu dois être Vicky ! Bien, bien, bien. Viens ici dire bonjour à ton vieux père !

Vicky s'est avancée vers lui d'un pas hésitant.

—Bonjour ! dit-elle timidement en faisant comme un petit signe de la main.

—Fais pas la timide ! Viens ici m'embrasser ! Dis-moi bonjour !

À contrecœur, Vicky s'est exécutée et a donné à Vincent la plus rapide et légère accolade possible avant de se retrancher dans notre petit groupe.

—Asseyez-vous ! proposa aimablement Carol en faisant un signe vers le canapé en velours bordeaux calé contre le mur.

À son accent, il semblait qu'elle était originaire du coin. L'accent écossais très prononcé de Vincent était une surprise ; j'avais pensé à tort qu'il était originaire de notre région, où Vicky était née.

Il y avait une belle cheminée en laiton en face de nous, et le mur qui l'hébergeait était entièrement recouvert de carreaux d'ardoise, dont certains dépassaient pour former des étagères qui recevaient des figurines de chevaux et de chiens en laiton. À une place d'honneur, au centre de la cheminée, trônait une médaille rutilante enfermée dans un grand cadre au fond de velours, qui, j'imaginais, devait être la décoration que Vincent avait reçue de l'armée.

—Je mets la bouilloire à chauffer, nous avertit Carol. Qui souhaite une tasse de thé ou un café ?

Jonathan et moi avons répondu que nous accepterions volontiers un thé, Lorraine a demandé un verre d'eau, et Vicky a dit qu'elle ne voulait rien.

—Ça va, ma chérie ? lui demandai-je.

Assise à côté de moi sur le canapé, Vicky avait l'air d'un lapin saisi par les phares d'une voiture. Elle regardait fixement Vincent de l'autre côté de la pièce.

Il portait un polo de rugby, qui boudinait son gros estomac, et un pantalon de survêtement rouge, dont une jambe était repliée vers lui, comme sur la photo qu'il avait envoyée. Curieusement, il semblait différent de la photo, et au début je n'arrivais pas à comprendre pourquoi. Il avait les mêmes cheveux blonds, les mêmes yeux gris bleu et le même nez mince, évidemment, mais je ne voyais absolument aucune ressemblance avec Vicky, contrairement à ce que j'avais pensé dans un premier temps. Est-ce que ça avait été un vœu pieux de ma part ? Avais-je cherché quelque chose qui n'existait pas, en essayant à tout prix de faire un lien ?

—Bon, eh bien, Vicky, parle-moi un peu de toi ! dit Vincent. Je suis tellement heureux de te voir après tout ce temps !

Vicky continuait à le fixer, mais elle ne lui a pas répondu, et à mon grand désarroi j'ai réalisé qu'elle était entrée dans une de ses transes de semi-repli dues à la peur.

—Je suis désolée, Vincent, bredouillai-je. Ça arrive parfois. Quand Vicky est un peu, euh, tendue.

Pétrifiée, Vicky ne clignait même plus des yeux quand Carol est revenue avec un plateau sur lequel étaient posés trois grandes tasses de thé et le verre d'eau pour Lorraine.

—Tu es sûre que tu ne veux rien, Vicky, même pas un verre d'eau ? demanda Carol en essayant d'attirer son attention. On a aussi du Coca-Cola ou du sirop.

—Désolé, l'interrompit Jonathan. Comme Angela était en train de dire à Vincent, Vicky a parfois des phases de repli.

—Oh ! je suis désolée.

Carol s'est de nouveau tournée vers Vicky, et nous avons tous suivi son regard. Vicky était blanche, raide comme une morte, les yeux dans le vide et immobiles.

—Est-ce qu'on peut faire quelque chose pour l'aider ? Vous êtes sûre qu'elle va bien ? Je suis infirmière, comme Vincent l'a dit à Vicky dans une de ses lettres, je crois. Vous voulez que je l'examine ?

—Sincèrement, elle va s'en remettre, dis-je. Ça lui arrive parfois. Le mieux, je pense, est de lui laisser le temps de reprendre ses esprits.

Quand j'ai eu fini de parler, Vincent a laissé échapper un grand soupir, puis a pris sa tête entre ses mains.

—Mon Dieu ! Qu'est-ce que j'ai fait à ma petite fille ?

Je l'ai regardé, alarmée. Son agitation était inattendue, et j'avais envie lui dire, « S'il vous plaît, ne vous culpabilisez pas », mais les mots ne voulaient pas sortir de ma bouche.

—Ce n'est pas votre faute, dit soudain Lorraine. C'est notre mère qui a fait ça. C'est elle qui a fait ça à Vicky, pas vous.

Vicky a commencé à tourner la tête vers Lorraine à la manière d'un automate comme je l'avais déjà vue faire plusieurs fois.

Dans le même temps, Carol s'est approchée de Vincent et l'a enlacé.

—Ne t'énerve pas, mon bébé, lui dit-elle. Tu sais que ce n'est pas bon pour toi.

Au moment où Carol disait ces mots, j'ai compris pourquoi Vincent ne semblait pas le même dans la vraie vie que sur sa photo. C'était l'expression grave de son visage qui lui donnait un air si différent. La photographie sur papier glacé qu'il avait envoyée l'avait capté avec un pétillement dans les yeux, mais en chair et en os il avait un regard légèrement hanté par des démons invisibles ; le type de regard que j'avais déjà vu chez les soldats qui avaient servi dans des endroits comme l'Irlande du Nord.

Oh mon Dieu ! pensai-je. *Il est peut-être aussi traumatisé que Vicky.*

—Comment tu sais ? murmura Vicky à Lorraine.

Elle avait parlé si bas que Lorraine avait eu du mal à la comprendre.

—Quoi ?

—Comment tu sais que c'est la faute de maman ?

—Tu es en train de la défendre ? demanda Lorraine, l'air choqué.

—Non, je veux juste connaître toute l'histoire. Je veux connaître les deux versions.

J'ai jeté à Vicky un regard que j'espérais rassurant.

—Comme vous pouvez l'imaginer, dis-je à Vincent, Vicky a énormément de questions à vous poser.

—J'ai des choses à dire, répondit-il en essuyant une larme.

Avant que nous nous en soyons rendu compte, Vincent s'est lancé dans un étonnant monologue qui nous a tous tenus en haleine.

—Je veux que tu connaisses toute l'histoire, Vicky. C'est ce que tu mérites, ni plus ni moins. J'aimerais connaître toute l'histoire si j'étais à ta place, pas de doute là-dessus. Donc, voilà ce qui s'est passé.

» Quand j'ai rencontré ta mère, je venais de quitter l'armée. Je ne savais pas ce que ma vie allait devenir, ni ce que j'allais faire. Matty était un bébé, et sa maman avait foutu le camp et m'avait laissé. « Je ne peux pas vivre avec un infirme. » Oui, c'est comme ça qu'elle m'appelait. Un infirme ! J'avais servi la reine et le pays à Belfast, nom d'un chien ! J'aurais pu mourir. J'ai eu de la veine de ne perdre qu'une seule jambe. Bref, elle a pris ses petites affaires et elle est partie, et moi j'étais là, en fauteuil roulant, avec une jambe en moins et un marmot dont je devais m'occuper. Je vivais alors par chez toi, et grâce à Dieu les autorités m'ont fourni un appartement et un peu d'aide. C'est comme ça que j'ai connu ta mère. Elle était amie avec une des jeunes filles qui venaient me donner un coup de main. Je les ai rencontrées toutes les deux un soir dans un pub, alors que Matty était avec sa baby-sitter. Et bam ! C'est arrivé comme ça. Ta mère avait une énergie folle, je lui concède ça. Elle était en train de chanter au pub. Pas pour un spectacle, elle s'amusait juste à chanter une chanson et à danser avec ses amis, et vers la fin de la nuit elle est venue me voir et m'a fait cette remarque :

« On dirait bien que t'es un gars qui a besoin de passer un peu de bon temps. »

Vincent a fait une pause pour reprendre sa respiration pour la première fois depuis qu'il avait commencé à raconter son histoire et je l'ai coupé. Une réaction instinctive.

—Vous êtes sûr que ce soit approprié pour Vicky d'entendre ça ? l'interpellai-je, un peu inquiète par ce qui allait suivre.

Vincent m'a complètement ignorée et Vicky n'a même pas détourné les yeux de son père. J'ai regardé Jonathan l'air de dire, « Qu'est-ce qu'on va faire ? » et il a haussé les épaules d'un air impuissant tandis que Vincent s'éclaircissait la voix, prenait une longue inspiration et reprenait son monologue.

—Et elle m'a fait passer un bon moment, je t'assure ! C'était une femme très drôle, et terriblement vivante, exactement ce dont j'avais besoin. Elle se moquait qu'il me manque une jambe. J'avais une veine terrible. Ça n'a pas mis longtemps avant que ta maman ne passe presque tout son temps dans mon appartement, car c'était compliqué pour moi de sortir, avec Matty qui était si petit et mon fauteuil roulant. Bref, on était ensemble depuis quelque mois seulement quand ta mère m'a appris qu'elle était enceinte. Est-ce que j'étais aux anges ? Oh oui, tu peux me croire ! J'avais l'impression que la vie me donnait une deuxième chance.

» Ta maman n'était pas une sainte, cela dit. Je pensais qu'elle allait changer avec sa grossesse, mais elle n'a pas changé. Non, pas Brenda. On aurait dit qu'elle était encore plus déchaînée, elle sortait tous les soirs, elle fumait et buvait comme elle avait toujours fait.

J'aurais dû réaliser qu'elle n'était pas la meilleure mère du monde avec toi, Lorraine, qui vivais avec ton père. Brenda m'a dit qu'elle avait la garde partagée avec son ex, mais si c'était vrai, elle ne faisait pas sa part. Je ne t'ai même jamais rencontrée, Lorraine, durant tout le temps que j'ai été avec ta mère.

» La grossesse avançait, on a commencé à se disputer à propos de ses beuveries, mais Brenda ne voulait pas changer ses habitudes, oh non ! J'espérais que les choses s'arrangeraient après la naissance du bébé, mais je suis désolé de dire que rien n'a changé. Elle te déposait dans mes bras avec une bouteille de lait, Vicky, et elle allait au pub et revenait à n'importe quelle heure, totalement ivre. Ça a duré comme ça quelques mois, puis un soir, je l'ai laissée à l'appartement avec Matty et toi pour aller voir le type qui vivait à côté. Il aimait la pêche et il devait m'emmener sur un des lacs du coin. J'étais allé chez lui pour qu'on s'organise. Je suis resté dehors environ 20 minutes, pas plus, mais quand je suis rentré, Matty se baladait dans l'appartement avec une couche toute sale, et toi, Vicky, ça me brise le cœur d'y repenser, mais tu étais en train de hurler à la mort dans ton berceau. Brenda n'a pas donné signe de vie jusqu'au lendemain matin, quand elle est tombée devant la porte, puant l'alcool une fois de plus.

» C'en était trop. Je lui ai dit que c'était terminé entre nous et que j'allais faire une demande pour avoir ta garde, mais elle s'est mise dans une colère noire. Elle m'a dit qu'elle avait rencontré un nouveau mec qui avait une maison à lui et que je n'avais aucune chance d'obtenir la garde, seul et handicapé comme j'étais. On n'était même pas mariés et je savais qu'elle avait raison. Tout jouait contre moi. Mais je n'ai pas laissé tomber, Vicky. Je veux que tu le saches. J'ai essayé d'obtenir ta garde. J'ai essayé tant que je pouvais, mais on m'a débouté. Même là, je n'ai pas renoncé. J'ai demandé aux services sociaux de t'inscrire dans un registre des enfants « en danger » en leur disant de m'appeler si jamais il y avait un problème, car je me serais occupé de toi. Personne ne m'ayant jamais contacté, j'ai essayé de me dire que c'était peut-être une bénédiction, même relative. Brenda avait dû régler ses problèmes, sinon on m'aurait averti. C'est ce que je me suis dit pendant toutes ces années : *Ma Vicky va bien. Tout doit bien se passer pour elle, sinon les services sociaux auraient frappé à ma porte.*

Il y a eu un long silence ; on aurait pu entendre une mouche voler.

—On m'a dit récemment qu'il n'y avait aucune trace nulle part de mon combat pour obtenir ta garde, pas plus que de ma demande pour t'inscrire comme enfant « en danger ». C'est criminel ! J'ai passé les 14 dernières années de ma vie à penser que tu allais bien, que tu devais aller bien. Dans le cas contraire, les services sociaux m'auraient contacté. C'est ce que j'ai toujours cru, toujours. Maintenant, je découvre que les documents de mes démarches ont dû se perdre ou être jetés comme des vieux papiers froissés ! Je pourrais aussi bien ne jamais avoir existé ! Et les services sociaux pourraient aussi bien ne pas exister ! Et nous avons perdu toutes ces années…

Vincent a fondu en larmes, et ses sanglots ont résonné dans la pièce. Nous étions tous assis en silence, dans une sorte de recueil respectueux des sentiments de Vincent, déplorant cette perte qui le bouleversait.

—Quatorze ans ! répéta-t-il en secouant la tête. Quatorze ans !

Alors qu'il disait « Quatorze ans » pour la troisième fois, un adolescent dégingandé est apparu dans l'embrasure de la porte.

—Euh, tout va bien ? Je, euh… je me suis dit que je devais venir dire bonjour.

—Voici Matty, tout le monde, dit Carol.

—Bonjour, Matty, l'avons-nous poliment salué, Jonathan, Lorraine et moi.

Vicky, elle, le regardait fixement. On aurait dit qu'elle venait de sortir des pires montagnes russes imaginables et qu'elle était désorientée, encore sous le choc.

—Ton père vient de raconter son histoire à tout le monde, dit Carol à Matty. Évidemment, il y a pas mal d'émotions.

—OK, dit-il en regardant Vicky de haut en bas. Eh bien, ravi de tous vous rencontrer. Euh, je reviens quand le repas sera prêt.

—On dirait que c'est un garçon charmant ! remarquai-je quand il fut parti pour essayer de détendre l'atmosphère tout en me rendant bien compte que cette observation devait sembler incongrue.

—Donc, j'avais raison, on ne s'est jamais rencontrés, marmonna Lorraine. Je savais que je m'en serais souvenue.

En recoupant le tout, Lorraine était effarée par l'histoire de Vincent. Elle s'est tournée vers moi et m'a demandé d'un ton indigné :

—Comment se fait-il que les services sociaux n'aient conservé aucune trace ?

—On ne saura jamais vraiment ce qui s'est passé, répondis-je. Le dossier a dû se perdre ou être détruit…

—Je pense que c'est un point de vue bien généreux, me coupa Jonathan à ma grande surprise. Ce n'est pas comme si on parlait d'un coup de téléphone passé à la trappe, ou de la dénonciation d'un étranger qui aurait été mal traitée ou négligée. Il s'agit du père de Vicky, il a fait une demande en bonne et due forme.

Ça ne ressemblait pas à Jonathan de ne pas tenir sa langue, mais il était évident que cette fois-ci, il n'avait pas pu se retenir. Je l'ai regardé dans les yeux, lui ai jeté un regard qui disait « Ça suffit » et je l'ai vu se mordre les lèvres.

—Est-ce que ça va, ma chérie ? demandai-je à Vicky.

Elle a acquiescé mollement.

—Est-ce que ça va, papa ? dit-elle en regardant Vincent.

Il a relevé la tête et a regardé Vicky avec une expression d'amour et de soulagement sur le visage.

—Oui, confirma-t-il. Ce qui est fait est fait, je suppose. C'est quoi, l'expression ? Rien ne sert de pleurer sur le lait renversé ?

À la lumière de ce que nous venions d'entendre, sa bravade m'a rappelé la façon dont Vicky se comportait dans des circonstances similaires, quand elle reprenait ses esprits à une vitesse impressionnante. C'était une leçon d'humilité et j'ai jeté un œil sur la médaille de Vincent qui trônait sur le manteau de la cheminée. Carol m'a vue faire.

—Une médaille de bravoure, dit-elle. Vincent est un homme très courageux. Il n'aime pas en parler.

Elle a fait une pause, puis a ajouté :

—Il a vécu des choses difficiles, vous savez.

—On ne croirait pas que j'étais courageux, n'est-ce pas ? dit-il à Vicky en tentant de sourire. Est-ce que tu peux me passer un mouchoir, bébé ?

Carol est allée chercher des mouchoirs dans la cuisine.

—Quelqu'un d'autre ? demanda-t-elle en les passant comme s'il s'agissait d'une boîte de chocolat.

On en a tous pris un et nous sommes essuyé les yeux et le nez. Le premier contact avait été très émouvant.

—Bon, j'espère que vous avez tous faim ? déclara Carol en tapant dans ses mains et en nous regardant avec espoir. J'ai préparé une énorme salade de pommes de terre, il y a deux quiches différentes, un tas de viandes froides et, en dessert, un crumble rhubarbe et pommes.

Vicky m'a regardée avec un air amusé sur le visage, ce qui m'a réjouie.

—Ah ! Vicky est très douée pour les crumbles à la rhubarbe, annonçai-je.

—C'est pas vrai ! s'exclama Vincent. Le crumble est mon plat préféré. J'adore ça.

—C'est pas vrai ! répondit en écho Vicky. Avec de la crème anglaise ?

—Évidemment ! Crème anglaise, toujours !

Carol nous a conduits jusqu'à la salle à manger et le repas a été une réussite. La cuisine était délicieuse et ils s'étaient donné du mal pour bien faire. La conversation s'est orientée vers le type de discours auquel il faut s'attendre lorsque des personnes se rencontrent pour la première fois. On a découvert que Vincent était un grand amateur de pêche et qu'il travaillait à mi-temps dans l'administration pour la Légion britannique, ce qu'il appréciait beaucoup. Carol était infirmière dans l'hôpital local, et ils s'étaient rencontrés à l'occasion d'une physiothérapie suivie par Vincent. Elle n'avait pas d'enfant et avait la quarantaine, le même âge que lui. Matty n'a pas dit grand-chose, mais il a poliment répondu aux quelques questions qui lui ont été adressées et a quitté la table dès qu'il a pu, après le plat principal, en disant qu'il n'aimait pas trop les desserts.

—Je vais à la salle de sport, dit-il. Je vous laisse. Ravi d'avoir fait votre connaissance.

Dès que Matty a été sorti de la pièce, Vincent a demandé à Vicky si elle voulait rester pour la semaine.

—Oui, je crois que j'aimerais assez, dit-elle sans hésitation, ce qui m'a surprise. Je pouvais voir que Jonathan et Lorraine étaient aussi surpris, ravis et réticents que moi.

—Super ! affirma-t-il. J'aimerais passer du temps avec toi. On a tellement de retard à rattraper.

Vicky a souri.

—Je sais, dit-elle. Je suis heureuse de t'avoir retrouvé.

17

CE N'EST PAS JUSTE ! C'EST UNE VRAIE TORTURE

—Je crois que je vais appeler pour m'assurer qu'elle va bien, dit Lorraine.

On s'était arrêtés prendre de l'essence, et Lorraine a foncé vers la cabine téléphonique à côté de la station-service.

—Je viens avec toi, dis-je.

Jonathan m'a lancé :

—Dis-lui que je l'aime.

Ça ne faisait que 40 minutes que nous avions laissé Vicky, mais on aurait dit que ça faisait des jours. Je souffrais déjà de son absence. Elle avait l'air heureuse – excitée même – et on s'était embrassées avant de se quitter, mais je me demandais comment elle se sentait maintenant qu'elle était seule avec son père, dans une ville inconnue, pour rester une semaine entière avec une famille qu'elle venait de rencontrer. Lorraine s'était mise à pleurer à l'arrière de la voiture dès que nous étions sortis du lotissement de Vincent. Cet endroit était tellement désolant, et même si Vincent et Carol étaient accueillants et leur maison agréable et confortable, le délabrement de leur quartier n'aidait pas.

—Je n'y crois pas ! dit Lorraine, bouleversée. Qu'est-ce qu'on a fait ? On ne peut pas la laisser seule là-bas !

—Ça va aller, la rassurai-je en retenant mes larmes. Je lui ai dit qu'on viendrait la chercher n'importe quand si elle voulait rentrer plus tôt. Elle a juste à téléphoner.

C'était la vérité, mais j'avais moi-même du mal à supporter la situation et je savais que mes mots n'étaient d'aucun réconfort.

Le récit de Vincent avait été bouleversant. Il aurait pu retrouver Vicky tellement plus tôt si son dossier avait été conservé et que ses mises en garde avaient été prises en compte. Comment Vicky allait-elle assimiler toute cette histoire ? Savoir qu'elle aurait pu échapper à cette vie terrible avec sa mère si seulement le dossier et tous les documents avaient été traités correctement serait difficile à accepter. Cette seule pensée m'a submergée de regrets, mais c'était surtout la réaction de Vicky qui m'inquiétait. C'est elle qui avait été mise dehors dans le froid en chemise de nuit et habillée quotidiennement comme un arlequin avec des vêtements d'occasion qui n'étaient pas à sa taille. C'est elle qui avait vécu avec une mère alcoolique qui semblait plus préoccupée par ses pilules, son alcool et ses « courtisans » que par le bien-être de sa fille. Et c'est Vicky qui avait été battue et avait la tête qui lui faisait mal, incident dont je devais encore découvrir les détails.

—Vic ! Est-ce que tu vas bien ?

Lorraine parlait déjà avec sa sœur et j'attendais à l'extérieur de la cabine téléphonique en tenant la porte entrouverte pour pouvoir entendre son côté de la conversation.

—Oh ! c'est bien. J'en suis très heureuse… Qu'est-ce que c'est ? Oh ! c'est bien. Vraiment ? Ça aussi, c'est bien. Rappelle-toi ce que t'a dit Angela, hein ? Appelle-nous quand tu… Tu m'entends ?... D'accord, Vic. Prends soin de toi. Ça bipe, là. Salut… Toi aussi. Au revoir, au revoir.

—Elle va bien, me confirma Lorraine en raccrochant le combiné.

—Évidemment qu'elle va bien ! dis-je résolument.

—Oh ! Angela !

Lorraine s'est jetée dans mes bras et a sangloté sur mon épaule.

—Ne me fais pas pleurer, dis-je. Allez ! Elle va très bien. Qu'est-ce qu'elle t'a dit ?

—Pas grand-chose. Ils ont un chat qui s'appelle Hugo qui n'aime pas les étrangers, mais elle venait de le rencontrer et il est adorable. Il a les yeux de deux couleurs différentes, apparemment, comme David Bowie.

—Oh ! très bien. Ça va lui plaire.

—Et Vincent a aussi un pigeonnier au fond de son jardin. Il aime les oiseaux, comme Vicky. C'est drôle, non ?

—Oui ! Drôle de coïncidence !

Quand on est repartis, Lorraine s'est endormie à l'arrière de la voiture, et je n'ai pas pu éviter de repenser aux paroles de Vincent et à la façon dont il nous avait raconté son histoire.

—Est-ce que tu crois que Vincent a suivi une thérapie ou quelque chose du genre ? chuchotai-je à Jonathan après avoir retourné mille fois les choses dans ma tête.

—Pourquoi, à cause de son amputation ?

—Euh, oui, mais je pensais plus à ce qu'il avait dû supporter mentalement.

—Tu veux dire une psychothérapie ou quelque chose dans le genre ?

—Je ne sais pas comment ils appellent ça. Mais c'était un peu étrange cette façon de tout raconter pêle-mêle comme ça. Un peu comme s'il était habitué à le faire. La plupart des gens seraient peu loquaces ; lui, ça a été tout le contraire. C'était plutôt surprenant, tu ne trouves pas, cette façon de tout débiter d'une seule traite, sans reprendre sa respiration ou presque ?

—Humm, tu as raison sur ce point, Hercule Poirot ! a dit Jonathan en souriant gentiment. Il faut qu'on fasse attention quand même. On ne sait pas exactement ce qu'il a traversé, non ? Ou le type de personne qu'il était avant… de perdre sa jambe.

—Je sais, dis-je. Je ne veux pas le critiquer, mais je me demande s'il a réfléchi à la façon dont ça pourrait affecter Vicky, que toute cette histoire lui soit racontée comme ça. Je veux dire, j'ai trouvé ça plutôt choquant de mon côté. Tu imagines pour Vicky ?

Jonathan a hoché la tête.

—Je ne suis pas sûr qu'il y ait réfléchi, sinon il aurait été plus délicat.

—C'est ce que je pense. Et Carol a soulevé un point important lorsqu'elle a parlé de sa médaille et qu'elle a dit qu'il avait vécu des choses difficiles. Je pense que c'était sa manière à elle de me dire qu'il fallait être indulgent avec la façon dont Vincent faisait les choses.

J'ai appelé Vicky tous les jours et, à mon grand soulagement, elle semblait passer un très bon moment. Son père lui avait montré des photos de lui dans son uniforme de l'armée, ce qui l'avait beaucoup impressionnée, elle adorait jouer avec le chat Hugo, et Carol les avait conduits au parc du coin, ils s'étaient promenés autour du lac, et Vicky avait poussé le fauteuil roulant de son père et donné à manger aux canards.

—C'est drôle comment papa aime les oiseaux, m'a dit Vicky en riant.

—C'est vrai, répondis-je en souriant. Et le coup du crumble était assez drôle aussi, non ?

—Je sais. Il m'a aussi donné un bon conseil pour m'aider à arrêter de fumer, ajouta-t-elle en m'expliquant que Vincent avait fumé depuis son adolescence et qu'il avait réussi à arrêter quand il avait quitté l'armée.

Je savais que Vicky continuait à fumer une cigarette de temps en temps. Sa résolution d'arrêter pour la nouvelle année n'avait pas duré une semaine, et j'espérais que l'intervention de Vincent pourrait faire la différence.

—Et c'est quoi le secret ?

—Eh bien, il a acheté des bonbons à l'ananas et d'autres au coca dans une épicerie, et chaque fois qu'il avait envie de fumer une cigarette, il mangeait un bonbon. J'ai essayé et ça marche !

—Ça alors ! C'est super, et, hum… tu as souvent eu envie de fumer ?

—Pas mal, oui.

—Donc tu as été un peu stressée ou la maison t'a manquée ?

—Pas vraiment, non. Je veux dire, toi et Jonathan, vous me manquez, évidemment, et Lorraine et tout le monde en fait, mais je suis bien ici. C'est juste un peu bizarre d'être dans un endroit inconnu, sans amis.

Sa franchise m'a rassurée, même si j'avais encore pas mal de doutes. Tout semblait s'être passé si vite, et je ne voulais pour rien au monde que les choses finissent mal, pour aucun d'entre nous. Quand la semaine s'est terminée, je suis retournée seule là-bas chercher Vicky, parce que Jonathan devait rester au magasin et que Vincent n'avait pas proposé de la ramener. Ça n'avait pas d'importance. L'embrassade avec son père au moment de lui dire au revoir a été très différente de celle qu'elle lui avait donnée lors de son arrivée, et j'étais heureuse d'en avoir été témoin. Vicky a jeté ses bras autour de son père avec un enthousiasme et une affection sincères.

—À bientôt, papa, dit-elle en souriant. Merci pour tout.

Carol a été aussi agréable que la première fois, m'offrant une tasse de thé et me demandant si je voulais un sandwich.

—Non, merci. J'ai apporté un panier déjeuner pour le retour, l'informai-je. Mais c'est très gentil de votre part.

Ce n'est qu'au moment où Carol a appelé Matty pour qu'il vienne saluer que j'ai détecté une petite tension. Matty est sorti à contrecœur de sa chambre, au fond du bungalow, et a laconiquement salué Vicky avant de tourner les talons.

—Qu'est-ce que ça signifie ? demandai-je à Vicky une fois que nous fûmes parties.

—Je crois qu'il ne m'aime pas, dit-elle. Je l'ai entendu demander à Carol quand je repartais, et il savait que je pouvais entendre.

—Oh ! c'est dommage. J'imagine que pour lui c'est aussi un gros changement de te voir arriver comme ça. Il a toujours été le seul enfant de la maison.

—Il a été méchant, murmura Vicky.

—Comment ça ?

—Un matin, pendant que nous n'étions que tous les deux, il m'a dit que je ne devais pas croire mon père.

—Vraiment ? Pourquoi ?

Mon cœur se serrait, et j'avais peur de ce que Vicky allait bien pouvoir me dire.

—Il m'a dit qu'il avait des problèmes mentaux en plus de ses problèmes physiques. Il m'a demandé si je croyais à cette histoire selon laquelle il s'était battu pour avoir ma garde. Je lui ai dit qu'évidemment, j'y croyais. Pourquoi inventer cette histoire ?

—Et qu'est-ce que Matty t'a dit ?

—Il m'a dit que s'il avait tellement voulu s'occuper de moi, il aurait fait beaucoup plus pour me retrouver.

—Et qu'est-ce que tu as répondu ?

Vicky a pris une longue respiration.

—Je ne lui ai pas répondu. Je ne voulais pas gaspiller mon énergie.

Là-dessus, elle a branché ses écouteurs et écouté une cassette sur un vieux walkman que son père lui avait donné et dont elle était très fière. J'ai décidé de la laisser tranquille. J'étais certaine que Vicky savait qu'elle pourrait parler avec moi quand elle en sentirait le besoin.

—Est-ce que je peux y retourner à Pâques ? a finalement demandé Vicky une fois de retour à la maison.

—Oui, ma chérie, si ton père et Carol n'y voient pas d'inconvénient.

—Non, ils sont d'accord. Ils m'ont dit que je pouvais venir quand je voulais. Est-ce que tu pourras me reconduire là-bas ?

—Je suis sûre qu'on réussira à s'arranger. On est en Floride pour 15 jours, mais tu as presque 3 semaines de vacances, car il y a quelques jours de formation des professeurs qui viennent s'ajouter aux vacances de Pâques. Je suis sûre qu'on peut organiser quelque chose. Et Matty, ça ne t'inquiète pas ?

—Non, il est juste jaloux. J'ai vu sa tête quand papa m'a donné le walkman.

—Oh ! c'est vraiment dommage.

—Personnellement, qu'il le prenne comme il veut. Je me moque de savoir si ce qu'il a dit est vrai. L'important est que j'ai retrouvé mon père, et je ne vais pas le laisser gâcher la fête.

Vicky et moi avons reçu la visite de Hayley après la semaine qu'elle avait passée chez son père. Elle a répété tout ce qu'elle m'avait dit, lui assurant qu'elle était très heureuse de la façon dont se déroulaient les choses, mais elle a omis de parler de ce qui s'était passé avec Matty.

—Est-ce que tu voudrais vivre avec ton père ? demanda Hayley.

—Oui, répondit aussitôt Vicky, les yeux brillants d'excitation. Est-ce que c'est possible ?

J'ai senti ma gorge se serrer.

—Oui. Ton père nous a dit qu'il était d'accord pour que tu t'installes chez lui quand tu décideras de sauter le pas.

—Quoi, vraiment ? Vous voulez dire maintenant ?

—Eh bien, il va d'abord falloir qu'on te trouve une école ; je ne peux donc pas te donner de date exacte. Sincèrement, c'est plus réaliste de penser que tu pourras y aller au début des vacances d'été.

—C'est très loin. Cela dit, comme ça, j'irai en Floride !

Vicky a fait un grand sourire et m'a regardée.

—C'est génial, n'est-ce pas, Angela ? dit-elle.

—Magnifique !

Inutile de dire que ça n'avait rien de génial pour moi, vraiment rien. Vicky allait terriblement me manquer, et j'étais aussi tourmentée par les doutes. Je trouvais qu'il était trop tôt pour prendre une telle décision, même si ce n'était pas à moi d'en décider. Je n'avais pas voix au chapitre, et je ne voulais pas jouer les trouble-fête en donnant mon opinion. Hayley était la professionnelle, et si elle et ses collègues, qui étaient formés aux problématiques des services sociaux, soutenaient cette idée, qui étais-je pour m'y opposer ?

Avant de partir, et une fois que Vicky était sortie, Hayley m'a demandé si elle pouvait échanger un mot seule à seule avec moi. Une seconde, je me suis naïvement convaincue qu'elle allait me demander mon avis sur la situation ou sur le fait que Vicky aille vivre chez Vincent. Mais je m'étais trompée.

—J'ai des nouvelles concernant Michelle, me dit Hayley, à ma grande surprise.

Je lisais dans ses yeux que ce n'étaient pas de bonnes nouvelles.

—Est-ce qu'elle va bien ?

—Elle est enceinte, m'annonça Hayley.

—Non !

—J'ai bien peur que si. La naissance est prévue dans quelques mois. Est-ce que vous le saviez ?

—Non, pas le moins du monde ! dis-je avec indignation en réalisant brusquement que Hayley ne me le disait pas pour me tenir au courant, mais plutôt parce que c'était son boulot de le faire.

Je me sentais jugée, et ma première réaction était de me défendre :

—Comme vous le savez, continuai-je, c'est moi qui vous ai prévenue que la mère de Michelle lui permettait de coucher avec son petit ami pendant ses week-ends de visite, mais je ne l'ai su qu'après que son placement avec nous a été révoqué.

—Michelle est tombée enceinte quand elle habitait chez vous, Angela, dit Hayley d'un air sombre. Je vais laisser une annotation stipulant que vous n'en saviez rien et je vous recontacterai pour le départ de Vicky. Les périodes scolaires sont différentes là où habite son père ; il va donc falloir qu'on ait un peu de chance pour lui trouver une place dans une école.

Hayley a sorti ses clés de voiture de son sac et s'est levée.

—Une minute, l'interrompis-je, sous le choc après toutes ces nouvelles. Vicky doit passer ses examens l'année prochaine ; il faut donc qu'on s'assure qu'elle continuera dans la même filière et avec le même programme d'examens. Vous ne pouvez pas la mettre dans une école juste comme ça.

—On fera de notre mieux pour lui trouver la meilleure place possible, évidemment, mais je suis sûre que vous savez que notre priorité est de la renvoyer auprès de ses parents. On pourrait ne pas avoir le choix.

Mon cœur s'est serré. Vicky avait fait de réels progrès à l'école, je ne voulais pas que ses études soient compromises. Il ne fallait pas qu'elle souffre de quelque manière que ce soit. J'avais un farouche instinct de protection vis-à-vis d'elle et j'étais également très énervée à l'idée de la perdre.

—Et Michelle ? m'exclamai-je, exaspérée. Qu'est-ce qui va se passer ? Va-t-elle rester avec sa mère ? Va-t-elle garder le bébé ?

—Je ne peux pas vous le dire, Angela, dit-elle en me lançant un regard où je percevais une légère désapprobation.

Je ne savais trop comment l'interpréter. Hayley sous-entendait-elle que ma question était inappropriée ou me reprochait-elle ouvertement que Michelle soit tombée enceinte alors qu'elle était sous ma responsabilité ? Dans tous les cas, j'étais secouée, inquiète, et j'avais une boule au ventre. Après le départ de Hayley, je me suis longuement regardée dans le grand miroir de l'entrée. Au premier regard, je paraissais la même que d'habitude. Mes cheveux brun foncé, balayés sur un côté, encadraient normalement mon visage. Mon maquillage était minimal ; le peu de fard à joues, la fine couche de mascara et la légère touche de rouge à lèvres que j'appliquais chaque matin étaient à peine visibles, comme j'aimais. Mais il y avait quelque chose de différent sur lequel je n'arrivais pas à mettre le doigt.

Quelque chose a changé, Angela, ai-je pensé en regardant mon reflet dans le miroir.

J'avais enduré de telles épreuves depuis que j'avais commencé mon activité d'assistante familiale, et en particulier depuis que Vicky était arrivée. Mon aspect général était resté le même, bien sûr, mais quelque chose avait changé en moi, et la visite de Hayley m'avait aidée à réaliser la chose. La brusquerie avec laquelle Hayley avait traité la nouvelle inquiétante du déménagement de Vicky et la grossesse de Michelle m'avait fâchée. Je savais qu'elle ne faisait que son travail, qu'elle devait traiter les choses en professionnelle, mais j'avais envie de pleurer. Cependant, malgré la douleur et le trouble que je ressentais, je sentais une très forte détermination m'envahir. Je n'étais pas prête à ce que mon visage se décompose à force de prendre des coups. J'étais trop impliquée, je n'allais pas abandonner, quelles qu'en soient les conséquences. J'ai relevé fièrement mon menton et mes épaules en me regardant droit dans les yeux. Une lueur d'acier, qui m'était inconnue, brillait dans mon regard. J'avais tellement appris que je m'étais endurcie ; voilà ce qui avait changé en moi depuis que j'avais entrepris cette aventure.

Il ne s'agissait ni de moi ni de mes sentiments. Pour être totalement honnête, dans un premier temps, je recherchais autant la gratification personnelle liée à cette activité que le fait de prendre soin des enfants.

Je continuais à vouloir cette gratification, évidemment, mais rien n'était aussi important que la satisfaction d'aider un enfant. Seulement, maintenant, je comprenais que pour sortir gagnante, je devais être capable d'encaisser les coups qu'on m'envoyait dans l'estomac et dans le cœur. Ça faisait partie des règles du jeu, je le savais maintenant sans l'ombre d'un doute.

—Ne pense même pas à me dire que c'est le coup fatal, s'il te plaît, avertis-je Jonathan dès que je lui ai parlé de la visite de Hayley.

—De quoi parles-tu ?

—Je sais ce que tu vas dire, mais j'ai les idées claires, Jonathan. On a décidé de s'engager pour aider les enfants. On pensait que ça serait bien plus simple que ça ne l'est, mais tu sais quoi ? On veut continuer à aider des enfants, n'est-ce pas ?

—Oui, bien sûr.

—Marché conclu, alors. C'est justement parce que c'est plus difficile que prévu que nous ne devons pas nous arrêter. Sinon, ça voudrait dire qu'on a fait tout ça par simple égoïsme.

Jonathan a réfléchi longuement à ce que je venais de lui dire. Il était encore en train de digérer les dernières nouvelles concernant Michelle et le possible départ de Vicky ; c'était donc un moment compliqué à gérer. Normalement, je ne l'aurais jamais mis dans une telle situation, mais je crois que ça démontrait la passion qui m'animait et ce que je voulais pour notre vie commune.

—Est-ce que tu es avec moi ? lui demandai-je franchement. Je veux continuer à le faire, coûte que coûte.

—Je ne peux pas te répondre maintenant, répondit-il. Attendons que Vicky soit partie, si elle part, pour voir comment on se sent.

Je savais qu'il avait raison d'être prudent, mais je savais aussi que je ne changerais pas d'avis. M'occuper d'enfants dans le besoin était ma destinée. Je n'avais jamais été aussi sûre de quelque chose de toute ma vie.

Vicky est tombée amoureuse au mois de mars. Il s'appelait Scot ; elle l'avait connu quelques années plus tôt à la maison des jeunes. C'est ma mère qui les a surpris main dans la main un samedi en ville.

—Est-ce que tu vas me présenter ton petit copain ? lui a demandé ma mère, ce qui avait fait rougir Vicky qui, après avoir levé les yeux au ciel, avait murmuré : « Scot, voici Thelma, Thelma, Scot. »

—Avant que ta mère ne te le dise, j'ai un petit ami, il s'appelle Scot, m'annonça Vicky en rentrant à la maison un après-midi.

—Oh ! bonne nouvelle, ma chérie, dis-je. À quoi il ressemble ? Quand est-ce que tu vas me le présenter ?

—Il vient un peu plus tard, après le dîner, si ça ne pose pas de problèmes ?

—Super ! Qu'est-ce que vous faites ?

—On va juste aller dans ma chambre écouter de la musique.

—D'accord.

C'était une toute nouvelle dimension pour moi, et j'en ai discuté avec Jonathan.

—Est-ce que tu crois que c'est bien de les laisser seuls en haut ? demandai-je.

—Je pense que Vicky est une fille sensible. On sait ce qu'elle pensait du comportement de Michelle à ce sujet. Je crois qu'on doit juste s'assurer de garder le contrôle.

—Je suis d'accord, dis-je. La dernière chose que je souhaite est de me fâcher avec elle maintenant, mais sa santé et sa sécurité priment avant tout, il va sans dire.

Ma mère devait également venir nous rendre visite dans la soirée. Elle avait reçu plusieurs cartons d'affaires personnelles de mon frère Andrew et m'avait demandé de l'aider à s'en occuper. Ce n'est pas une chose que je désirais faire. En fait, je redoutais ce moment. Quand on a entendu la sonnette de la porte, à peu près une demi-heure après la fin de notre traditionnel *fish and chips* du samedi soir, sans penser à ce que je disais, j'ai dit à Vicky :

—Oh ! ça doit être ton courtisan.

Vicky s'est immobilisée, laissant tomber par terre le torchon de cuisine qu'elle tenait.

—Ça va ? demandai-je.

C'était comme si elle avait été frappée par la foudre. Vicky avait une expression terrifiante dans les yeux et me regardait fixement.

—Vicky ? Qu'est-ce qui t'arrive, ma chérie ?

Le moment d'après, Jonathan est apparu avec ma mère.

—Regardez qui le vent nous amène ! plaisanta Jonathan.

—Oh ! maman ! Je croyais que c'était le petit ami de Vicky qui arrivait.

—Désolée de vous décevoir ! répondit-elle en regardant Vicky. Hé ! qu'est-ce qui t'arrive ?

—Vicky ? demanda Jonathan. Qu'est-ce qui ne va pas ? Tu m'entends ?

En regardant ma mère, je me suis mise à expliquer que ça venait d'arriver, que Vicky s'était paralysée à l'instant.

—J'ai dit à Vicky : « Ça doit être ton copain à la porte » et elle s'est figée, expliquai-je.

Vicky a commencé à tourner la tête très lentement dans ma direction, par à-coups, centimètre par centimètre.

—Ce n'est pas ce que tu as dit, rectifia-t-elle d'une voix presque inaudible quand ses yeux se sont finalement trouvés en face des miens.

—Je suis désolée, ma chérie, c'est ce que je voulais dire.

Le visage de Vicky était devenu gris, inexpressif.

—Qu'est-ce que tu as dit exactement, Angela ? demanda ma mère, l'air inquiète et confuse.

—Eh bien, j'ai dit, j'ai dit... Oh ! je me rappelle maintenant. J'ai dit : « Ça doit être ton courtisan. »

Vicky a haleté en m'entendant répéter ces mots, et j'ai enfin réalisé mon erreur. Brenda parlait toujours de ses visiteurs comme de ses « courtisans ». Ma remarque avait dû toucher une corde sensible dans la mémoire de Vicky. J'étais mortifiée d'avoir été aussi peu attentive. Ce n'était pas une expression que j'utilisais normalement. Je crois que je l'ai dit de cette façon seulement parce que j'avais ma mère en tête et que c'était le genre de choses qu'elle aurait pu dire.

—Vicky, ma chérie, je m'excuse. Viens t'asseoir.

Je l'ai prise par les épaules et l'ai guidée vers une chaise de la cuisine.

—Respire profondément, dis-je. Respire.

J'ai indiqué à ma mère et à Jonathan qu'ils feraient bien de nous laisser seules, et je les ai entendus monter l'escalier jusqu'au salon. Dès qu'on s'est retrouvées toutes les deux, Vicky m'a regardée fixement pleine d'espoir.

—Tu as meilleure mine, ma chérie, dis-je. Ça va aller. On peut rester assises ici aussi longtemps que tu le voudras.

—Quand est-ce que ça va s'arrêter ! lâcha-t-elle brusquement.

—Ça a été tellement dur pour toi, il n'est pas étonnant que tu sois un peu perturbée.

—Perturbée ? répéta Vicky, perplexe.

—Tu sais, instable, sur le fil.

—Je sais ce que ça veut dire, me coupa-t-elle agressivement. Mais c'est bien plus que ça, Angela.

Vicky s'est murée dans le silence, et j'ai fait la même chose pour lui laisser le temps dont elle avait besoin et parce que je ne souhaitais pas la contrarier davantage.

Finalement, Vicky a brisé le silence.

—Je pensais que ça serait mieux, mais chaque fois que je me souviens d'elle, je suis terrifiée. C'est comme si elle me hantait.

—Elle ne te hante pas, dis-je avec une relative fermeté. Ta mère ne peut plus te toucher, te parler, t'envoyer dehors ou faire ce qu'elle avait l'habitude de te faire.

—C'est ce que j'ai essayé de me dire. Je pensais que je pouvais même détacher mes cheveux et les laisser tomber sur mes épaules après sa mort, mais même ça je n'y arrive pas. J'ai encore peur. C'est pas juste ! C'est une vraie torture !

J'ai repensé au jour des funérailles de sa mère, quand Vicky s'était fait un brushing pour faire un carré long. C'était la seule et unique fois qu'elle s'était coiffée comme ça, mais depuis elle les attachait tout le temps.

—J'avais trouvé ça très mignon quand tu t'étais coiffée au carré comme ça, dis-je pour l'apaiser.

—J'aime les porter au carré. Je voulais le faire pour ce soir, avec Scot qui venait, mais je n'ai pas pu, je ne pouvais pas. Tout est de sa faute !

—Je vois. Est-ce que je peux te demander, Vicky, ce que faisait ou disait ta mère en rapport avec tes cheveux ?

Vicky a mis ses mains sur son visage.

—Cet homme horrible d'à côté, Alf, il savait ce qu'elle faisait. Il entendait, il voyait. Quand je l'ai vu aux funérailles, j'ai cru que j'allais vomir.

J'avais entendu la rumeur selon laquelle Alf avait disparu aussitôt après la mort de Brenda et n'était réapparu que brièvement pour son enterrement. Les rumeurs disaient que son implication dans le « commerce des pilules » était sur le point de le rattraper et qu'il s'était fait oublier. Vrai ou non, je n'en savais rien. J'entendais tout le temps des rumeurs au magasin, mais rares étaient celles qui s'avéraient.

—Je suis vraiment désolée d'entendre ça, Vicky, sincèrement.

—Ce n'est pas de ta faute. Comme pour le coup du courtisan, eh bien… ces hommes étaient vraiment des sales types. Un jour, tu sais ce qu'elle m'a dit ?

—Non, dis-moi.

—Je portais une minijupe et quand j'ai croisé mes jambes, elle m'a dit que je faisais exprès de montrer ma culotte. Elle a dit que je voulais me la raconter devant son ami ! J'avais sept ans, Angela. Je ne comprenais pas de quoi elle parlait. L'homme était effrayant. Il riait à gorge déployée et son haleine était horrible, et il n'avait que trois dents dans la bouche, toutes noires et jaunes.

—Oh ! Vicky, ma chérie. Viens là. Est-ce que je peux te serrer contre moi ?

Elle a acquiescé et je l'ai enlacée.

—Je suis tellement désolée d'avoir utilisé ce terme. Ça a été très maladroit de ma part. Je n'aime pas te voir dans cet état.

Elle a légèrement dodeliné de la tête, ce que j'ai pris comme une invitation à m'éloigner d'elle.

—Ça va aller. Des choses bien plus graves arrivent à d'autres. Scot va se pointer bientôt, je ferais mieux de me préparer.

Vicky a attrapé quelques mouchoirs et je lui ai dit qu'elle était courageuse et que si elle voulait finir de me raconter son histoire à propos de ses cheveux, ou n'importe quoi d'autre, elle pouvait le faire n'importe quand.

—Merci, Angela, dit-elle en se mouchant. S'il te plaît, excuse-moi auprès de ta mère et Jonathan.

—Pas besoin, assurai-je. Ils comprennent.

—J'ai de la chance que tu sois là, avoua Vicky. Tu vas me manquer quand je serai partie.

18

J'AI VÉCU DANS UNE MAISON TERRIFIANTE

La dernière semaine d'école avant les vacances de Pâques, Jonathan, Vicky et moi avons eu une nouvelle réunion de suivi avec Hayley et Stuart Williams. Ils nous avaient informés qu'une place s'était libérée pour Vicky dans une école près de chez Vincent. Il était donc prévu qu'elle aille s'installer avec son père après notre voyage en Floride. Tout semblait aller incroyablement vite, mais Vicky ne semblait pas déconcertée par les changements que ça impliquait dans sa vie.

—C'est un peu différent cette fois ! avait-elle dit gaiement quand nous nous étions garés dans le parking lugubre des services sociaux à l'extérieur de la ville.

Les détritus et les graffitis étaient encore là, mais Vicky semblait être une jeune fille différente.

—Et est-ce que ce n'est pas normal ? souris-je en repensant à cette affreuse journée où la mère de Vicky ne s'était pas montrée.

Vicky était très excitée depuis que nous avions appris qu'elle pourrait s'installer chez son père ; elle semblait impatiente de commencer la deuxième partie de sa vie. Nos vacances étant elles aussi imminentes, son adrénaline était à son maximum.

Une nouvelle fois, nous nous sommes retrouvés, Vicky, Jonathan et moi, assis dans la salle d'attente, exactement comme plusieurs mois auparavant. Le distributeur d'eau était encore hors d'usage, la même collection fatiguée de magazines reposait sur la table, mais l'atmosphère était complètement différente.

—Est-ce que tu sais que même dans mes rêves les plus fous, je n'aurais jamais imaginé que cela puisse m'arriver ? dit Vicky. La dernière fois qu'on était là, je voulais juste mourir.

—Ne dis pas ça, ma chérie, dis-je, car la seule idée que Vicky pouvait avoir eu ce genre de sentiment me rendait mélancolique. Je ne supporte pas de penser que tu aies pu être si triste.

—Excuse-moi, Angela. Mais je ne suis plus triste maintenant. Tout est arrangé.

Une fois que la réunion a commencé, Vicky a souri en confirmant à Hayley et Stuart Williams qu'elle était contente de changer d'école et d'aller vivre avec son père et sa famille.

—Y a-t-il quelque chose qui te préoccupe ? demanda Hayley.

—Non, répondit Vicky. J'ai hâte.

—Quelqu'un souhaite-t-il ajouter quelque chose ? Angela ?

—Non, je ne crois pas, si ce n'est que Jonathan et moi avons apprécié d'avoir Vicky sous notre toit.

—Oh ! fit Vicky. C'est tellement gentil de votre part !

—Mais c'est vrai, Vicky, ajoutai-je. Tu es une jeune fille adorable.

J'étais toujours inquiète de la façon dont allait se passer les choses pour elle, mais évidemment, ça aurait été inapproprié de ma part d'en parler devant elle, et dans tous les cas mon opinion n'aurait rien changé. Le déménagement allait être un changement énorme pour Vicky, et j'espérais que le lien père et fille serait assez fort pour compenser tous les compromis qu'ils devraient inévitablement faire.

J'avais parlé avec Lorraine plusieurs fois depuis que le programme se précisait et je savais qu'elle partageait mon sentiment.

—Je suis heureuse pour Vicky, mais je suis aussi très inquiète, m'avait-elle dit quand je lui avais demandé comment elle voyait les choses. Je pense qu'elle est courageuse. Je ne suis pas sûre que je serais capable de faire la même chose, si j'étais à sa place.

—Je suis d'accord. Elle a du cran. C'est au moins un trait de caractère qui lui sera fort utile si les choses ne se passent pas aussi bien que nous le souhaitons tous.

Par chance, Jonathan et moi devions organiser les vacances, ce qui nous occupait l'esprit. Nous avions pris une personne en intérim pour rester ouverts pendant notre absence, il fallait lui apprendre à tenir la boutique et puis préparer nos valises et planifier de manière détaillée notre voyage. Jonathan et moi, nous étions déjà allés en Floride des années plus tôt, mais nous avons passé plusieurs soirées à feuilleter notre guide et des brochures sur Disney World. On voulait absolument retourner avec Vicky aux parcs thématiques Magic Kingdom et Epcot, mais impossible de faire l'impasse sur le Dolphin Cove, Sea World et les studios Universal et MGM. Je me renseignai aussi sur la volière tropicale, qu'on pouvait rejoindre en bus depuis notre hôtel et qui était une attraction incontournable.

—Est-ce qu'il y a quelque chose en particulier que tu souhaites faire ou voir ? demandai-je à Vicky un soir.

—Pas vraiment, juste les oiseaux, répondit-elle en haussant les épaules. Est-ce que je peux aller chez Scot ? Izzy et d'autres y vont ?

—Oui, pas de problème, ma chérie, tant que tu es de retour à la maison à 21 h 30.

—OK. Au fait, combien de temps on part exactement ?

—Les vacances sont programmées pour 14 jours, Vicky. On revient quatre jours avant que tu déménages chez ton père.

—Oh ! c'est long. Je pensais que c'était juste une semaine.

Je n'ai pas relevé. Je pensais que c'était une remarque typique d'adolescente et je ne me suis pas inquiétée. Vicky avait vraiment des sentiments pour Scot ; ils passaient beaucoup de temps ensemble. Je savais que Vicky voulait venir avec nous en vacances et qu'elle comprenait la chance qu'elle avait, mais elle voulait aussi voir Scot et ses amis avant de partir.

—Tout est réservé maintenant et ça ne vaut pas la peine d'y aller moins de 15 jours. Il y a trop de choses à faire.

Vicky a fait une moue avant de partir.

J'ai levé les yeux au ciel.

—Ah ! les enfants ! m'exclamai-je.

—Incroyable ! poursuivit Jonathan. Elle n'a aucune idée de la chance qu'elle a.

—Je sais, dis-je en sentant l'excitation monter. J'ai hâte de voir sa réaction devant les attractions et les manèges. Ça va être absolument génial. Floride, nous voilà !

Vicky n'était jamais allée à l'étranger, elle n'avait jamais dormi à l'hôtel avant, tout était une aventure dès notre départ d'Angleterre. Elle était émerveillée par des choses inimaginables, comme les plateaux-repas qu'on lui a servis pendant le vol jusqu'aux États-Unis, l'air conditionné ou les peignoirs blancs et soyeux mis à notre disposition dans la chambre d'hôtel à Disney World.

—C'est comme dans un film, répétait-elle sans cesse.

Il faisait tous les jours très chaud en Floride, on a beaucoup marché et fait la queue, mais Vicky ne s'est jamais plainte, pas une seule fois. Elle a fini complètement trempée à Sea World quand on l'a incitée, plutôt malicieusement, à s'asseoir au premier rang pour voir l'orque en action.

—Vous saviez ce qui allait arriver, n'est-ce pas ? nous reprocha-t-elle en riant pendant que je prenais des photos quelques rangs en arrière. Je vous revaudrai ça.

Jonathan et moi avions vu plus ou moins la même chose lors de notre visite précédente, et nous avions adoré. On y était retournés uniquement pour que Vicky puisse profiter de cette expérience, mais notre réaction nous a surpris. C'était merveilleux de la voir s'amuser autant, et nous avons passé autant de temps à regarder Vicky que le spectacle en lui-même. Space Mountain aussi était une attraction déjà faite pour nous.

—C'est un des meilleurs manèges, dis-je à Vicky. Je pense que tu vas adorer.

—Qu'est-ce que c'est ?

—Je ne peux pas te dire. Ça gâcherait le plaisir. Viens !

Vicky a crié comme une folle, mais elle a adoré, à tel point qu'elle était prête à faire une autre heure de queue pour faire un deuxième tour. La maison hantée a été la seule attraction qu'elle n'a pas aimée. Vicky était vraiment effrayée, en particulier quand on est entrés dans une pièce étrange où une séance de spiritisme à la chandelle devait avoir lieu.

—Hiiii, pas le feu ! cria-t-elle de peur en se couvrant le visage avec les mains.

Vicky est sortie de là blanche comme un linge.

—Mince, à quoi on s'attendait ? soupira Jonathan. Tu crois qu'elle va bien ?

Comme Vicky avait l'air terrorisée, nous l'avons gentiment conduite vers un banc où nous sommes restés assis avec elle une vingtaine de minutes, jusqu'à ce qu'elle retrouve complètement ses esprits.

—Désolée, ma chérie, dis-je pour la tranquilliser. Je ne pensais pas que tu aurais aussi peur, sinon je ne t'y aurais jamais emmenée.

—C'est pas ta faute, m'assura-t-elle doucement. C'est juste que les maisons hantées, c'est pas mon truc.

Son expression s'est adoucie et elle a esquissé un sourire.

—Je pense que c'est parce que c'est trop vrai, dit-elle en haussant légèrement les épaules. J'ai vécu dans une maison terrifiante, n'oublie pas !

—Oui, ma chérie, mais elle n'était pas pleine de fantômes et de squelettes ! rétorquai-je en essayant désespérément de m'en sortir par une boutade, mais ça n'a pas vraiment eu l'effet escompté.

—Nan ! C'était pire que ça !

Jonathan et moi avons échangé un regard attristé avant de décréter que c'était l'heure de manger une glace. Par bonheur, je crois que notre visite à la volière tropicale a plus que compensé cette petite déconvenue. Vicky était enchantée de se promener dans les allées chaudes au milieu de la jungle, d'observer toutes sortes d'oiseaux aux couleurs vives et d'entendre leurs drôles de cris et leurs belles mélodies.

—Bonjour, disait Vicky, chaque fois qu'elle croisait un oiseau. Qu'est-ce que t'es beau !

Puis elle s'arrêtait, comme si elle attendait patiemment une réponse, mais évidemment la plupart des oiseaux secouaient simplement leurs plumes et s'envolaient sans faire attention à elle.

—Ils sont vraiment mignons, mais ils ne sont pas aussi sympas que monsieur Robin, conclut Vicky.

Les vacances étaient réussies. Nous sommes rentrés à la maison tout bronzés, avec des tonnes d'histoires à raconter. Ma mère nous a écoutés avec entrain raconter nos aventures en lui montrant les photos déjà imprimées.

—Qu'est-ce que tu as préféré ? demanda ma mère.

—La volière ! répondit Vicky sans hésiter. Et les peignoirs de l'hôtel. C'était un peu comme dans *Dallas*.

Ma mère s'est mise à rire.

—Je ne m'attendais pas à cette réponse ! dit-elle. C'est facile de te faire plaisir, Vicky. Et est-ce qu'il y a quelque chose que tu n'as pas aimé ?

J'imaginais que la maison hantée allait surgir dans l'esprit de Vicky, mais elle a répondu quelque chose auquel je ne m'attendais pas du tout.

—La maison m'a manquée, dit-elle. Je ne suis pas sûre d'aimer être loin d'ici. C'est bizarre.

Cette remarque a fait naître en moi des sentiments mitigés. J'étais contente que Vicky aime la vie de famille que nous avions créée pour elle, mais je ne pouvais m'empêcher de me soucier de la réaction qu'elle aurait au moment où elle partirait pour de bon. Si deux semaines en Floride avec nous avaient entraîné chez elle le mal du pays, comment allait-elle faire pour s'ácclimater définitivement à une vie à des centaines de kilomètres ?

J'avais le cœur brisé quand il a fallu commencer à préparer les affaires de Vicky quelques jours après notre retour de vacances, mais j'ai essayé de ne pas montrer mes sentiments parce que je ne voulais pas la contrarier. Vicky, elle, ne semblait pas le moins du monde perturbée, mais je me demandais dans quelle mesure ce n'était pas dû à son manque de maturité.

—C'est comme si on faisait les bagages pour d'autres vacances alors que je viens de rentrer de voyage ! dit-elle en rangeant ses affaires dans deux grandes valises et deux fourre-tout que je lui avais donnés. Je vais accrocher celle-là au mur de ma chambre chez papa, ajouta-t-elle en glissant une des photos de nos vacances dans un livre pour ne pas la froisser.

La photo nous montrait tous les trois au Sea World, posant avec de grands sourires. Elle avait été prise juste après que Vicky eut été trempée par l'orque, et elle était blottie entre nous deux, faisant de son mieux pour nous mouiller le plus possible.

—C'est super, dis-je. Laisse-moi voir si je peux trouver un petit cadre.

Je suis sortie de la chambre de Vicky et j'ai étouffé un sanglot. C'était très difficile à vivre, mais je savais que je devais rester forte, pour le bien de Vicky.

Le soir, ma mère est venue nous voir en apportant un gâteau sur lequel était écrit BONNE CHANCE, VICKY, ce qui m'a émue. Le lendemain, j'ai conduit Vicky chez Lorraine pour que les deux sœurs puissent se dire au revoir.

Lorraine a insisté pour que j'entre chez elle, alors que je refusais fermement pour ne pas me mettre entre elles.

—Ne soyez pas bête, dit Lorraine. Vous faites partie de la famille maintenant, Angela !

J'ai de nouveau été submergée par un mélange d'émotions C'était très gentil de la part de Lorraine de me dire ça, et je savais qu'elle le pensait, mais cette idée a rendu encore plus dur le départ de Vicky. Je me sentais comme une partie intégrante de la famille de Vicky, mais je n'avais absolument aucune certitude, en tant que famille d'accueil, que cela durerait. Vicky était jeune et malléable, et j'imaginais très bien qu'elle puisse ne pas rester en contact avec nous après qu'elle se serait construit une nouvelle vie avec son père.

Vicky s'est assise dans le salon de Lorraine avec son petit neveu sur les genoux, chantonnant *Autour, autour du jardin* en faisant courir son doigt sur la paume de sa petite main potelée. James avait huit mois maintenant, et quand Vicky est arrivée au moment de la comptine où elle le chatouillait sous les bras, il s'est mis à rire. Lorraine a alors fondu en larmes.

—Excusez-moi ! dit-elle avant de se précipiter dans la cuisine et de s'essuyer les yeux avec du sopalin. Oh ! elle va lui manquer sa tata Vicky !

—Je reviendrai ! assura Vicky. Ne t'inquiète pas, petit bonhomme !

Le lendemain, sans surprise, le voyage jusque chez Vincent a été très dur. Lorraine ne nous a pas accompagnés cette fois-ci. Jonathan conduisait et on s'est comportés comme s'il s'agissait d'une excursion quelconque, même si ce n'était pas le cas.

—Nous voilà arrivés ! cria triomphalement Vicky quand Jonathan est entré dans le lotissement.

Puis elle a sauté hors de la voiture à peine le moteur coupé, se précipitant vers le bungalow et sonnant à la porte avec bonheur.

Quand la porte d'entrée s'est ouverte, Vincent était dans le couloir sur son fauteuil roulant, l'air très heureux et plutôt ému, et il a ouvert grand les bras pour embrasser Vicky. Matty ne s'est pas montré, mais Carol était là et elle a dit à Vicky qu'elle était ravie que ce jour soit finalement arrivé.

—Moi aussi ! avoua Vicky. Je n'arrive pas à y croire. C'est comme un rêve !

On ne s'est pas arrêtés et, même quand on s'est salués, Vicky n'a pas montré le moindre signe d'inquiétude ou de tristesse.

—À bientôt, dit-elle gaiement. Merci de m'avoir amenée, Jonathan !

Elle lui a fait un salut et nous a embrassés tous les deux en nous remerciant pour tout ce que nous avions fait pour elle.

—Ça nous a fait très plaisir, lui dit Jonathan.

—Au revoir, ma chérie, réussis-je à dire. On reste en contact, tu m'entends ? Dis-moi comment tu vas.

—Évidemment ! dit-elle. À plus, dans le bus !

J'ai souri affectueusement. C'était du Vicky tout craché, de lancer une petite boutade lorsqu'elle était gênée. Je savais que derrière cette façade de confiance, elle cachait ses propres inquiétudes, mais j'espérais seulement qu'elles se dissiperaient très vite une fois qu'elle serait installée et qu'elle connaîtrait mieux sa nouvelle famille.

Vincent et Carol nous ont assuré que Vicky pourrait utiliser le téléphone autant qu'elle le voudrait, et ils nous ont dit qu'on pouvait aussi l'appeler n'importe quand. La scène avait quelque chose d'irréel. Quand j'en ai parlé à une de mes amies un peu plus tard, elle m'a dit que ça ressemblait un peu à la première fois où elle avait laissé sa fille à l'université.

—Je retenais mes larmes, mais elle était aux anges ! m'a dit mon amie. Je ne voulais pas pleurer devant elle, mais une fois passé le coin de la rue, les vannes se sont ouvertes !

Il y avait sans aucun doute des similitudes, car j'ai pleuré comme une enfant dès que nous sommes sortis du lotissement. Cependant, notre situation avait une autre dimension, dont mon amie et moi-même étions pleinement conscientes, mais que nous n'avons pas voulu exprimer. Le fait est que ce n'était pas comme de laisser son enfant à l'université. Pour commencer, Vicky avait 14 ans, mais surtout, elle n'allait pas revenir à la maison avec son sac de linge sale pour les vacances. Non, ce n'était pas la même chose du tout parce que la dure réalité était qu'il était possible que je ne revoie plus jamais Vicky et que je ne pouvais absolument rien y faire. Je ne pouvais qu'espérer qu'elle soit heureuse dans sa nouvelle maison et que même si je ne la revoyais jamais, elle continue à me donner des nouvelles.

19

TOUT EST DIFFÉRENT

La maison était incroyablement calme sans Vicky, qui me manquait énormément. Elle nous a appelés le premier dimanche après-midi après son départ et m'a donné tous les détails sur sa nouvelle école.

—Je passe un test la semaine prochaine pour intégrer l'équipe de basket, dit-elle. Et j'aime beaucoup mon professeur d'économie domestique. C'est le même programme ; donc, je suis contente !

—C'est bien, ça, ma chérie. Et comment ça se passe à la maison avec tout le monde ?

—Très bien, merci. Papa a plein d'histoires à raconter. Est-ce que tu savais qu'il avait travaillé dans une ferme avant d'entrer dans l'armée, et que c'est un très bon cuisinier ?

—C'est super !

—Oui. Avec ses collègues, il rapporte tellement de poisson à la maison qu'il a appris à les cuisiner de toutes les manières possibles ! Il m'a déjà appris à faire du curry de haddock. Mon prof de cuisine était très impressionné quand j'ai inscrit ça sur le menu du petit-déjeuner sur lequel je travaillais.

—Tout ça semble parfait. Je suis si contente que les choses se passent bien.

—Moi aussi ! Tout le monde me manque à la maison, mais je pourrais venir faire une visite cet été, non ?

—Bien sûr, ma chérie. J'ai hâte. Mais n'oublie pas : appelle-moi n'importe quand si tu as envie de parler. Et fais attention à toi.

—Merci, Angela. Toi aussi. Embrasse Jonathan et ta maman.

Nous avons eu une conversation aussi enjouée le dimanche suivant, et cette fois-là, j'avais des nouvelles à communiquer à Vicky.

—Il y a une petite fille qui vient habiter chez nous la semaine prochaine, dis-je. Elle s'appelle Mélanie et elle a neuf ans. Elle devrait rester avec nous quelques semaines, le temps d'aider sa maman à régler deux, trois choses.

—Ah ! C'est bien, dit Vicky.

—Oui, je suis très heureuse. Jonathan et moi avions pensé faire une petite pause, mais la maison était vraiment trop calme à mon goût !

Vicky a ri, et moi aussi, mais ce que j'avais dit n'avait rien de drôle. Même si Jonathan et moi avions apprécié avoir quelques jours pour respirer après le départ de Vicky, on s'était tous les deux rendu compte qu'il manquait quelque chose dans notre quotidien quand il n'y avait pas d'enfants à la maison. Un soir, j'avais fait un grand hachis Parmentier et, après en avoir mangé la moitié à nous deux, nos yeux sont tombés sur ce qui restait.

—Tu pensais devoir nourrir une armée ? demanda gentiment Jonathan.

—C'est l'habitude, dis-je. J'aime avoir du monde autour de la table. Qu'est-ce que tu crois ?

Après plusieurs conversations en profondeur, nous avions convenu de ne pas prendre de décision hâtive concernant notre avenir à long terme comme famille d'accueil. En revanche, et à ma grande joie, Jonathan était d'accord pour continuer à accueillir des enfants sur des périodes plus courtes. D'où l'arrivée de Mélanie. Ça semblait être un bon compromis. Jonathan ne souhaitait plus des placements de longue durée, et ça me convenait également pour le moment. Je ne me sentais pas prête à m'impliquer dans un placement long juste après Vicky, mais mes sentiments n'avaient pas changé et j'étais plus déterminée que jamais à continuer cette activité.

—Euh, combien de temps va rester Mélanie, exactement ? demanda Vicky.

—Deux semaines et demie si rien ne change. C'est juste un placement temporaire.

—Oh ! c'est bien, ajouta-t-elle avec nostalgie.

—Est-ce que tout va bien, Vicky ?

—Eh bien, comme ci comme ça, Angela. J'aime bien la vie chez papa, mais je ne suis pas sûre de vouloir rester pour toujours.

—Oh ! je vois. Ce n'est que le début. Il y a quelque chose qui ne va pas ?

—Non, pas vraiment, je veux dire, je n'aime pas vraiment Matty, ou plutôt je devrais dire que Matty ne m'aime pas. Il ne m'a pas fait sentir la bienvenue, ce qui n'est pas très agréable.

—Je suis désolée d'entendre ça. Est-ce qu'il s'est passé autre chose ?

—Non, rien d'autre. C'est juste qu'il m'ignore en général. Il me montre qu'il préférerait que je ne sois pas là.

—Je vois. J'imagine que c'est un gros changement pour lui aussi. Et ton papa et Carol ? Comment sont-ils avec toi ?

—Adorables. Je les aime beaucoup, ils sont très gentils. Je n'arrive toujours pas à croire ce que ma mère m'a raconté sur mon père. C'est l'opposé de ce qu'elle m'avait décrit.

—Je suis très contente d'entendre ce que tu me dis. Mais est-ce qu'il y a autre chose qui t'embête ?

—Tout est différent. Je suis juste loin de chez moi. Lorraine et James me manquent, mes amis me manquent et toi, Jonathan et ta maman, vous me manquez. Les filles à l'école sont gentilles, mais elles ont toutes leurs groupes d'amies et ont grandi ensemble. J'ai un accent différent du leur et j'ai l'impression de ne pas être à ma place.

—C'est un grand changement, Vicky. Je ne suis pas surprise que tu aies besoin de temps pour t'acclimater. Je suis certaine que les choses s'arrangeront avec le temps. As-tu parlé de ce que tu ressens à ton papa ?

—Oui. Il est génial. Il m'a dit qu'il avait un peu d'expérience pour parler des problèmes parce qu'il a eu besoin de pas mal de consultations quand il a perdu sa jambe. Il aide parfois d'autres soldats dans des groupes de parole, il sait écouter et c'est très facile de parler avec lui. Il m'a dit que tout ce que je ressentais était normal et, comme toi, que ça allait prendre du temps pour que je me sente totalement chez moi, mais…

—Mais quoi, ma chérie ?

—Mais je ne suis vraiment pas sûre que ce soit ce que je veux. J'ai rencontré mon papa maintenant et je sais que je peux lui rendre visite quand je veux, mais je crois que je préférerais vivre avec vous.

—OK, Vicky. J'entends ce que tu me dis, et il faut que tu en parles avec ton père et ton assistante sociale, mais je te conseillerais de prendre ton temps, de ne pas prendre de décision hâtive.

—D'accord, Angela, dit-elle. Je ferai de mon mieux.

Malgré le mal du pays, Vicky a tenu jusqu'aux vacances d'été dans sa nouvelle école, mais après une visite de trois jours pendant les vacances, elle a déclaré que son papa lui manquait, mais qu'elle avait pris sa décision et qu'elle voulait revenir.

—Est-ce que je peux revenir vivre avec vous ? me demanda franchement Vicky la dernière nuit de son séjour.

—J'aimerais vraiment beaucoup, répondis-je aussitôt, mais en ajoutant rapidement que ça ne dépendait pas uniquement de moi.

Je ne voulais pas donner de faux espoirs à Vicky, car je ne savais pas si c'était possible. Je n'étais pas non plus totalement certaine de la réaction de Jonathan, mais en l'occurrence il n'a pas réfléchi à deux fois à l'idée que Vicky revienne, si c'était possible. Nous étions tous les deux d'accord sur le fait qu'elle était comme un membre de la famille, et, après avoir discuté de sa situation avec les services sociaux, il a été décidé que Vicky pourrait revenir chez nous au début des vacances d'automne, si son ancienne école ou une alternative convenable pouvait l'accueillir.

Vincent a été très compréhensif. Il a dit à Vicky qu'elle pourrait revenir vivre chez lui quand elle le voudrait si elle changeait encore d'avis. Hayley s'est aussi montrée d'une grande aide. Elle a trouvé une place pour Vicky dans son ancienne école à la vitesse de l'éclair et a géré toutes les démarches administratives nécessaires en faisant preuve d'une grande efficacité. Dans le même temps, Jonathan et moi avons accueilli deux autres jeunes enfants après le court séjour de Mélanie, tous les deux pour une période d'une semaine ou deux. Ils ont rempli la maison de bruit et de désordre et c'était divertissant, mais ce n'était pas la même chose que d'avoir un adolescent à la maison.

—J'adore m'occuper de ces petits, mais ça n'a rien à voir avec Vicky, non ? avais-je fait remarquer plusieurs fois.

—Pas de doute là-dessus, consentit Jonathan. Je n'aurais jamais pensé dire ça un jour, mais les défis que suppose la présence d'un adolescent à la maison me manquent. Je crois que nous sommes faits pour ça.

Nous ne savions pas à ce moment-là que cette conversation allait être prophétique, car quelques années plus tard Jonathan et moi avons suivi une formation pour familles d'accueil spécialisées pour les adolescents. Pour l'heure, cependant, on continuait à proposer nos services pour des séjours de courte durée tout en ayant

Vicky à la maison et dans nos vies. C'était un vrai bonheur que de l'avoir de nouveau auprès de nous.

Après ces quelques mois d'absence, je constatais encore mieux que Vicky avait fait des pas de géant depuis notre première rencontre, ce qui était très satisfaisant. Le petit bout de fille qui était arrivée à notre porte dans un survêtement violet bien trop grand, en balançant son cabas avec ses affaires, se rapprochait maintenant de son quinzième anniversaire. C'était devenu une vraie jeune fille, et sa gouaille juvénile avait fait place à une élégance et une confiance en soi admirables.

—Je vous suis très reconnaissante, à Jonathan et à toi, dit-elle en ouvrant ses valises dans son ancienne chambre. Je ne suis pas sûre que je serais revenue si je n'avais pas pu rester chez vous.

—Eh bien, on est ravis que tu sois là, lui avouai-je. Tu nous as tellement manqué.

—Vous m'avez manqué aussi ! Vous m'avez offert ma première vraie maison. La maison de ma mère n'a jamais été ma maison. Je suis si heureuse d'être revenue.

Je n'avais jamais cessé de m'interroger sur les sévices que Vicky avait subis de la part de sa mère, mais avec l'expérience, je comprenais que je ne pouvais pas lui poser de questions. Ça devait venir de Vicky, et je m'étais résignée au fait qu'elle ne m'en parlerait peut-être jamais.

Le retour de Vicky a été un succès sur toute la ligne. Elle a vécu avec nous pendant presque deux ans, au cours desquels ses épisodes de paralysie et de choc se sont considérablement réduits et sont devenus moins graves. Elle nous a quittés de nouveau quand elle a terminé l'école, à presque 17 ans, et nous sommes toujours restés en contact depuis.

Vicky n'a pas parlé de sa mère pendant plus de 20 ans, et puis un jour elle s'est présentée à l'improviste. Elle avait alors la trentaine, elle était mariée avec un homme adorable, Keith, et leurs 2 filles avaient 9 et 11 ans. Vicky était venue avec ses filles pour nous faire une petite visite, quand j'ai fait une remarque à propos de leurs magnifiques cheveux longs.

—Comme vous avez de la chance, les filles ! dis-je. Je crois n'avoir jamais vu des cheveux aussi jolis !

Les deux filles de Vicky avaient des cheveux d'un blond soyeux qui montrait qu'ils étaient bien entretenus. Ils brillaient au soleil tandis qu'elles couraient dans le jardin derrière nos lapins et nos cochons d'Inde. Depuis la naissance des filles, j'avais remarqué que Vicky était très attentive à leur apparence. Elles étaient toujours parfaitement habillées, et, s'il y avait la moindre petite tache sur leurs vêtements, Vicky les changeait immédiatement. Nul besoin d'être un génie pour comprendre pourquoi. Malgré cela, je me demandais si Vicky n'agissait pas de manière excessive en raison des négligences dont elle avait souffert. Mais j'étais très fière d'elle et je n'aurais jamais émis une critique touchant à ses qualités maternelles. C'était une maman attentive et dévouée, et elle n'en faisait jamais trop pour ses filles.

—Je n'ai jamais pu avoir les cheveux longs et détachés comme elles, dit Vicky avec mélancolie en réponse à mon compliment.

—Tu portais toujours une queue de cheval, pas vrai ? dis-je en observant ses cheveux, qu'elle gardait courts depuis qu'elle était devenue maman.

—Oui. À cause de ma mère. Je les avais détachés pour ses funérailles, tu te rappelles ?

—Je m'en souviens très bien. Et après tu m'as dit que tu n'arrivais pas à les laisser détachés.

—C'est vrai. Mais je ne t'ai jamais dit pourquoi, n'est-ce pas ?

—Pas vraiment, non.

Il y a eu un moment de silence, et Vicky m'a regardée dans les yeux, soutenant mon regard tout en se mettant à parler doucement, mais sans hésitation :

—Ma mère avait l'habitude de m'attraper par les cheveux et de m'envoyer valser quand elle était saoule. Ça arrivait à l'improviste. Elle m'attrapait brusquement, sans prévenir, puis elle me balançait contre le mur, contre la rampe d'escalier ou contre les meubles. Je m'attachais les cheveux, car c'était plus dur pour elle comme ça de m'attraper et de me tenir quand j'essayais de me dégager, mais elle y arrivait presque toujours.

J'ai eu l'impression qu'une porte venait de s'ouvrir sur un monde qui m'était inconnu jusqu'alors, et la peine m'a envahie.

—Et donc… c'est la raison pour laquelle tu les attachais toujours ? demandai-je en essayant d'assimiler ce que je venais d'entendre.

—Oui, et aussi quand elle m'attrapait par les cheveux et qu'ils étaient détachés, ça me faisait encore plus mal et ils s'arrachaient plus facilement.

—C'est horrible, murmurai-je.

—Je sais. Même après sa mort, j'avais encore peur d'avoir les cheveux détachés. J'avais l'impression que je devais toujours faire attention à ce qui se passait derrière moi.

—Oh ! Vicky. C'est tellement triste.

—Triste ? Ce n'est pas le bon mot, Angela. Je dirais que c'était cruel. Elle était méchante, une vraie diablesse. Ce n'est qu'après la naissance de mes enfants que j'ai réalisé à quel point elle était méchante.

Nous sommes restées assises en silence quelques instants à regarder les filles, qui s'étaient mises à cueillir des marguerites.

—Est-ce que je peux te demander pourquoi tu n'en as jamais parlé à personne, Vicky ?

—J'avais trop peur, Angela. C'était aussi simple que ça. Elle m'avait menacée de me tuer si j'en parlais, et elle en était capable.

Je me souvenais que Vicky m'avait dit, bien des années plus tôt, qu'elle pensait que sa mère allait la tuer. C'était un brise-cœur de penser à la peur que cette jeune fille avait dû souffrir.

Après un moment, Vicky m'a raconté qu'à l'âge de huit ans elle avait trouvé sa mère sur son lit en feu. Brenda avait fait tomber une bougie alors qu'elle était ivre, et Vicky avait dû éteindre le feu.

—Elle m'a dit que c'était de ma faute, et, après ça, j'avais toujours peur que ma mère nous tue toutes les deux, à cause d'un incendie ou de n'importe quoi d'autre, en nous coupant avec des verres cassés, par exemple, comme elle faisait quand elle se tailladait les doigts, mais en pire. Je pensais qu'elle était assez folle pour ça, surtout parce qu'elle me détestait tellement.

Vicky a émis un bruit étranglé entre rire et sanglot, comme si souvent auparavant, puis elle a rapidement détendu l'atmosphère en retrouvant une expression de bravade espiègle.

—Nom d'un chien, Angela, tu te souviens de la maison hantée où on est allés, à Disney World ?

—Évidemment. Tu étais pétrifiée.

—Je sais, mais c'étaient pas les fantômes et les squelettes qui m'effrayaient. C'était cette voyante bizarre avec sa bougie. Tu te rappelles ? Elle était là pour faire une sorte de scène de terreur. Sincèrement, Angela, je croyais que c'était ma mère qui revenait me hanter ! Qu'est-ce que j'étais bête !

—Pas du tout. Avec le recul, ce n'était pas une très bonne idée de t'emmener dans la maison hantée ! Je me le suis toujours reproché.

—Toi ? T'en vouloir ? Il n'y a rien que tu puisses te reprocher, Angela ! Tu m'as offert la seule enfance que j'ai eue.

Des cris de joie nous sont parvenus du fond du jardin, et Vicky et moi avons regardé dans la direction des filles qui étaient en train de se faire des couronnes de pâquerettes sur la tête.

—Regarde-les ! me dit fièrement Vicky. Je ne leur ai encore rien dit, mais on va les emmener à Euro Disney, Keith et moi. C'est quelque chose que j'ai toujours voulu faire, car j'avais adoré notre séjour. Et comme on a finalement mis assez d'argent de côté, on va y aller aux prochaines vacances de Pâques !

—Euro Disney ? Vicky, c'est une super nouvelle ! Elles vont adorer, et Keith et toi aussi !

—Je sais. Je pense que les filles ont le bon âge pour en profiter. J'ai vraiment hâte de voir leurs têtes quand on va le leur annoncer ! Merci, Angela.

—Pourquoi, merci ? demandai-je, perplexe.

C'était maintenant au tour de Vicky d'être un peu incrédule.

—Rien de tout cela ne serait arrivé sans toi, Angela. Personne ne voulait de moi ni ne m'aimait avant que j'arrive chez toi. Tu as tout fait pour que je me sente la bienvenue, alors que je pensais que tout le monde s'en fichait. Je ne serais pas la personne que je suis aujourd'hui si je ne t'avais pas rencontrée.

Épilogue

Ça a été un privilège de voir Vicky s'épanouir et devenir une femme et une mère merveilleuse tout en menant une très belle carrière professionnelle. En repensant à toutes ces années, je suis vraiment très fière de sa réussite.

Les services sociaux ont placé Vicky dans un « hébergement d'accompagnement » pendant quelques mois après la fin de l'école lorsqu'elle a eu 16 ans et demi. C'était une pratique courante pour les adolescents qui étaient en famille d'accueil dans notre région au début des années 1990. Ces hébergements étaient des maisons de la ville où cohabitaient plusieurs jeunes, supervisés par un travailleur social ou un gardien qui effectuait des visites régulières et pouvait être joint en permanence. Les hébergements d'accompagnement étaient pensés pour servir de tremplin, mais rétrospectivement ce n'était pas une très bonne idée de faire vivre des adolescents sous le même toit, avec très peu de limites et énormément de liberté. Vicky cohabitait avec quatre garçons qui organisaient souvent des fêtes et recevaient fréquemment la visite de la police et des fonctionnaires de la ville, à cause des plaintes des voisins.

—C'est un peu sale, fit remarquer Vicky quand je l'emmenai dans sa maison la première fois. Je me fiche de mon propre désordre, mais je ne supporte pas celui des autres.

La cuisine et la salle de bain étaient sales, la moquette du salon usée et tachée, et la chambre de Vicky avait une trace de moisissure noire qui se développait sur le mur sous sa fenêtre.

—Allez, dis-je. Faisons de notre mieux.

Je lui avais donné des draps et des serviettes de toilette, et je l'ai aidée à faire son lit et à déballer ses affaires. J'ai aussi disposé un vase avec ses fleurs préférées sur le rebord de la fenêtre, ce qu'elle a vraiment apprécié. J'étais évidemment très agacée de devoir la laisser vivre là-bas, mais Vicky était devenue une jeune fille très capable et indépendante, et j'étais sûre qu'elle se débrouillerait très bien. Je lui ai dit qu'elle pouvait venir nous voir quand elle le souhaitait et qu'il lui suffisait de décrocher le téléphone si elle avait besoin de quoi que ce soit, car on habitait juste à 10 minutes à pied. Même alors, je savais que nous resterions en contact ; un lien très fort existait entre nous deux, et je pense que nous le ressentions de la même manière.

Vicky a maintenu une très bonne relation avec son père, et c'était réconfortant de savoir que nous n'étions pas les seuls, Jonathan et moi, à la suivre de près, qu'elle pouvait aussi compter sur Vincent en cas de besoin. Il a toujours dit à Vicky que sa porte était ouverte si elle le souhaitait. Par ailleurs, elle était plus proche que jamais de sa sœur.

Après avoir obtenu des notes supérieures à celles que nous attendions lors de ses examens, Vicky a décroché une place dans une école des environs, où elle a suivi deux ans de formation aux métiers de la restauration. Elle était invitée à manger tous les dimanches midi à la maison et elle arrivait à midi pile chaque fois. Ma mère souffrait alors de rhumatisme et d'arthrite et n'était plus en mesure d'organiser ces déjeuners. Elle aussi se joignait à nous, et nous passions toujours un bon moment, qui se prolongeait très souvent pendant des heures à jouer à des jeux de plateau. À plusieurs reprises, Vicky a demandé si elle pouvait rester dormir ou si je pouvais lui donner un peu d'argent. Je n'ai jamais refusé qu'elle passe une nuit à la maison si nous avions de la place, même si Jonathan et moi continuions à accueillir de nombreux enfants et adolescents. Par contre, je n'ai jamais donné d'argent à Vicky. Je lui proposais simplement de lui laver son linge et de lui faire quelques courses parce que je pensais que ça lui était plus utile.

—Tu ne me fais pas confiance ? me disait-elle en me lançant un coup d'œil insolent.

—Si, Vicky, mais tu es encore très jeune et tu ne sais pas encore voler de tes propres ailes. Quand j'avais 16, 17 ans, dès que j'avais de l'argent en poche, il se transformait en un nouveau haut ou en disque. Je veux m'assurer que tu manges correctement et que tu prends soin de toi.

—Rabat-joie ! me taquinait-elle.

—Je fais ça pour ton bien, Vicky, lui dis-je un jour.

—Je sais, Angela, répondit-elle. Et je suis très contente que tu le fasses. Je ne sais pas où je serais sans toi.

Après avoir terminé sa formation en restauration, Vicky a trouvé un poste dans un hôtel à environ 70 kilomètres de notre ville. Une fois de plus, je lui ai dit de rester en contact et je savais qu'elle le ferait.

—Comme si je n'allais pas le faire, dit-elle. Vous êtes ma famille.

Vicky appelait plusieurs fois par semaine et venait souvent nous rendre visite. Elle a même continué à passer Noël avec nous pendant des années, ce que nous appréciions tous. Lorraine a eu un autre enfant et elle venait souvent à la maison avec ses deux garçons quand Vicky était là. Son mari et elle avaient été relogés dans le lotissement où Vicky avait grandi et, malheureusement, malgré le temps qui avait passé, Vicky était encore terrifiée à l'idée de se retrouver aux alentours de l'ancienne maison de sa mère. C'est encore le cas aujourd'hui. Lorraine comprenait parfaitement et, en conséquence, les deux sœurs se retrouvaient souvent chez moi, ce qui était toujours un plaisir. C'était merveilleux de voir comment elles avaient toutes les deux évolué. Lorraine était en forme et elle adorait son rôle de maman, comme Vicky par la suite.

Il y a un cliché que j'ai souvent entendu depuis que j'ai commencé cette activité d'auxiliaire familiale, selon lequel les enfants victimes de négligence ou de maltraitance choisissent généralement entre deux voies : soit ils reproduisent le même schéma, soit ils s'en libèrent totalement. Je suis d'accord avec cette observation, et Vicky était certainement un très bon exemple de survivante, car la vie qu'elle a construite pour sa famille était à l'opposé de ce qu'elle avait enduré durant son enfance. Son amie Izzy est une autre belle histoire, d'ailleurs. Comme Vicky, elle s'est mariée, a eu deux enfants et elle gère une affaire florissante en ville.

Malheureusement, j'ai su que ça avait été bien plus difficile pour Michelle de rompre avec son passé. Elle avait placé son bébé, une petite fille, en famille d'accueil après que ça n'avait pas fonctionné avec sa mère, et elle s'est retrouvée dans un foyer pour sans-abri à l'âge de 18 ans. Elle nous a complètement éliminés de sa vie, Jonathan et moi, après être partie si brusquement de la maison, ce qui avait été une source de chagrin pour nous pendant très longtemps. Michelle s'est ensuite mariée, puis a divorcé, et sa fille a eu un bébé au tout début de son adolescence. Par chance, j'ai entendu plus récemment que Michelle a finalement le bonheur qu'elle méritait. C'est une grand-mère adorable et elle s'est installée avec son nouveau compagnon, qui la traite bien.

Vicky avait la vingtaine quand elle a rencontré son mari, Keith, au travail. Ils ont fini par trouver un poste ensemble dans un hôtel très fréquenté sur la côte, à côté du complexe où nous l'avions emmenée, Jonathan et moi, lors de ses premières vacances en caravane. Nous la voyions parfois là-bas quand on faisait nos petites excursions, et c'était toujours très agréable. Vicky semblait heureuse et en bonne santé, et nous passions de bons moments ensemble en nous remémorant le jour où elle avait versé un seau de glace sur Jonathan ou les excursions et les barbecues que nous avions partagés sur la côte.

Keith est un homme aimable et attachant, et quand Vicky et lui se sont finalement mariés et qu'ils ont eu leurs deux filles, nous avons été invités au mariage et aux baptêmes, qui ont été des évènements mémorables. Vicky a continué à venir régulièrement nous rendre visite, même après être devenue une maman très occupée, ce que j'appréciais énormément.

—Angela, je ne reviendrais jamais par ici sans venir te voir, m'a-t-elle dit un jour quand je l'ai remerciée de toujours faire cet effort. C'est grâce à toi que je suis capable de revenir aujourd'hui.

—C'est très gentil de ta part de dire ça, ai-je répondu. Mais je n'ai fait que ce que toute auxiliaire familiale aurait fait.

—Non, a-t-elle dit. Ce n'est pas vrai. Tu as fait bien plus. Tu aurais pu m'oublier quand j'ai eu 16 ans et ne plus jamais me revoir, mais tu ne l'as pas fait.

J'ai connu tellement de personnes au fil des ans qui me disaient qu'elles ne pourraient pas exercer cette fonction d'auxiliaire familiale parce qu'elles trouveraient trop dur de devoir se séparer continuellement des enfants. Cela m'a toujours fait sourire, parce que d'après mon expérience, ce n'est jamais du court terme. Dès lors que l'enfant le souhaite, il s'agit de relations de très longue durée, et je suis restée en contact avec bon nombre des 50 enfants dont je me suis occupée durant toutes ces années.

Après cette journée dans le jardin, quand Vicky m'a raconté combien sa mère était cruelle, elle a commencé à me révéler d'autres secrets de son passé, par bribes et souvent au moment où je m'y attendais le moins.

Un après-midi d'hiver, de but en blanc, elle m'a dit qu'il arrivait à sa mère de se saouler et d'avoir une relation sexuelle avec son « courtisan » en pleine journée, sans se soucier qu'elle puisse l'entendre ou la voir. Alf, le voisin, emmenait la mère de Vicky à l'étage pour ce qu'il appelait le « paiement en nature » après avoir apporté l'alcool, les pilules ou les sacs de vêtements d'occasion pour Vicky.

Une autre fois, Vicky m'a dit que même si elle avait peur de se retrouver dehors dans le noir en chemise de nuit ou d'être envoyée se balader dans le lotissement dans le froid, elle avait encore plus peur de se retrouver seule dans la maison avec sa mère.

—Parfois, il suffisait que je la regarde d'une façon qui lui déplaisait et elle m'agressait. Elle n'avait pas besoin d'excuses, mais il lui arrivait de s'en inventer une quand même. Elle criait « Tu es en retard ! » si j'étais allée à la bibliothèque ou chez une amie. Elle me disait toujours de rentrer avant la nuit. Je faisais toujours de mon mieux, mais il arrivait que le soleil se couche avant que je sois rentrée, et ma mère s'en servait d'excuse pour passer ses nerfs sur moi.

Encore aujourd'hui, Vicky continue à me livrer ses secrets. Assez récemment, elle et moi avons emmené les filles au café dans le parc. Vicky a terminé son verre de Coca-Cola, puis m'a dit très calmement, d'un air pensif :

—Tu sais quoi, Angela ? Parfois, ma mère finissait son verre, puis elle le cassait et commençait à s'entailler les doigts en m'obligeant à la regarder faire. « Regarde ce que tu m'as fait ! elle disait. Je n'ai jamais voulu t'avoir ! Regarde ce que tu m'as fait ! » Quand ses doigts saignaient, elle menaçait de se couper les veines ou de me les couper. « Viens là ! Viens ici maintenant ! » Elle hurlait. Je me souviens de t'en avoir déjà parlé, Angela, mais je ne t'ai pas raconté toute l'histoire. Je devais m'approcher d'elle, sinon je pensais qu'elle allait se couper les veines, mais dès que j'étais assez près d'elle, elle m'attrapait par les cheveux et elle me traînait à travers la maison. Après, j'avais des plaies au crâne et des mèches de cheveux rougies par le sang, mais je ne savais pas si c'était le sien ou le mien.

Vicky a toujours essayé de finir ces conversations sur une note positive, remerciant constamment sa bonne étoile qui lui a permis de survivre et d'avoir la vie agréable qu'elle avait aujourd'hui. Durant toutes ces années, elle ne m'a jamais parlé de ce qu'elle pensait de la bataille qu'avait menée son père contre sa mère pour avoir sa garde ou de sa tentative de l'inscrire au registre des enfants « en danger ». Vincent est décédé il y a quelques années, mais même sa mort n'a pas incité Vicky à en parler. Je me demande encore ce qu'elle pense de son dossier perdu, de la façon dont ça a pu altérer le cours de sa vie, mais Vicky n'y a jamais fait allusion et n'a jamais exprimé aucune amertume ou aucun regret. Malgré les épreuves qu'elle a traversées, Vicky est une personne radieuse, dotée d'une grande générosité et d'un esprit noble – une leçon pour nous tous, en fait.

—Ce que tu es parvenue à construire est tout simplement remarquable, disais-je à Vicky la dernière fois que nous étions en train de parler de son passé.

—Merci, Angela, répondit-elle, un grand sourire illuminant son visage. Je pourrais te dire la même chose. Tu as totalement transformé ma vie, et je ne pourrai jamais assez te remercier pour ça.

Vicky n'était pas le premier enfant dont je me suis occupé à me le dire, et c'est ce qui m'a poussée à continuer, année après année, et encore aujourd'hui, avec Jonathan à mes côtés chaque instant.

Toutefois, le compliment avait une saveur toute spéciale venant de Vicky. Mon cœur se gonfle de fierté chaque fois que je la vois ou que je pense à elle, et je me sens très chanceuse de faire encore partie de sa vie et de la voir s'épanouir.

Achevé d'imprimer en mai 2023
sur les presses de la Nouvelle Imprimerie Laballery
58500 Clamecy
Numéro d'impression : 304561

Imprimé en France

La Nouvelle Imprimerie Laballery est titulaire de la marque Imprim'Vert®